现代游记丛编

蒋维乔游记

蒋维乔 著
薛 冰 编

上海三联书店

前　言

薛　冰

　　蒋维乔（1873—1958），字竹庄，号因是子、因是先生，室名因是斋，江苏武进（今常州）人，早年中秀才，入南菁书院深造，清末随蔡元培参加中国教育会和爱国学社，曾在商务印书馆编辑小学教科书十年。入民国历任教育部秘书长、参事，江苏教育厅长，东南大学校长等职。一九四九年后任江苏省人民政府委员，寓居上海。著作有《中国佛教史》、《中国近三百年哲学史》、《因是子静坐法》、《因是子游记》、《中国的呼吸习静养生法》等。

　　蒋维乔早年因患肺病，身体不好，休养期间自创静坐养生法，康复后又热爱运动，动静得宜，竟得享高寿。他最喜爱的运动方式就是旅行，并且写下许多别开生面的游记，所以当年与《因是子静坐法》同样脍炙人口的，还有一本《因是子游记》。

　　蒋维乔的旅游经历，在文前他的《自序》和书后附录赵君豪《蒋竹庄先生访问记》中，已经说得很清楚，无须我再赘言。这里只想从游记的角度稍作讨论。

中国的记游文字，历史悠远。《列子》中描绘端木叔的"达人"形象，就有"及其游也，虽山川阻险，途径修远，无不必之"一条。枚乘在《七发》中，也将游览、田猎和观涛作为疗救精神心理疾患的良方。庄子的"逍遥游"，更是心灵在时空之间不受任何拘束的漫步，那是一种只有在达到了超越的境界后才能进入的自由。而游记的写法，大体可分为两类，一偏重于记事，一偏重于抒情。至于所谓"情景交融"，不过是中学课堂上的套话，因为纯记事而不及于情，或纯抒情而不及于景的文字，已不可称为游记。

蒋维乔就是这样一位"达人"。他的游记，明显属于记事类，正如他自己所说："无意求文章之工。惟描写实景，为后游者作指导耳。"收入本书的游记，大多是按日计程，从走出家门到返程归家，完整而准确地记录了当年的旅行线路、食宿状况与景观风貌。从某种意义上说，"行"的成分竟不亚于"旅"的成分。正是那些看似琐屑的细节，令后世读者产生清晰的现场感，仿佛与作者一起登程、一起投宿、一起翻山涉水、一起流连佳境，共同体味旅途的艰辛和游观的欣悦。而行程与景观的今昔对比，亦如看老照片一样，也是一种有趣味的事情。

火车、汽车、轮船等新交通工具的出现，大大扩展了人们的活动半径，也拓宽了人们的视野。但是在蒋维乔所处的时代，新型交通工具往往并不能直接抵达名胜景观，必须以毛驴、肩舆、软兜、木船等传统交通工具为补充。道路的原始、工具的落后，致使举足艰难，甚至须"手脚并用"地攀爬。然而，当目的不是赶路而是旅行时，旅游景点的原生态，交通工具的多样化，遂不被游人视为缺陷。与今人旅游利用各种先进交通工具直达目的地不同，蒋维乔那一代人，往往更注重抵达的过程，必得经历种种艰难险阻，才会有登临之际豁然开朗、尘襟尽涤的愉悦。与此相反，今日过于便捷的交通条件，使游人的行动方式越来越趋同与单一，失去了艰难探索的铺垫，以致对许多景观，便都有不过尔尔之感。

　　固然，这些游记中所提供的交通与食宿状况，已经成为历史，甚至许多名胜景观也发生了巨大的变化，不再具有"指导"意义。但是，蒋维乔的游踪之广，在同时代人中是少有的。他先后游览十几个省的五六十处自然与人文景观，有些地方且不止游过一次。更难得的是，他旅游所经历的时间跨度很大，从光绪十九年（1893）到南京、游金山，迄民国廿四年（1935）游诸暨，长达四十馀年。即以本书所收游记看，从宣统元年（1909）首游西湖起算，也有近三十年。所以他的游记文章，从空间和时间两个范畴，广泛地反映出社会风貌与时代变迁。尤其是生活细节的记述，对后人了解二十世纪上半叶的中国，不失为一种丰富、切实而生动的资料。至于研究旅游学、名胜志或交通史的人，就更是难得的实证材料。著者行文朴实，写景叙游，简洁明快，偶涉旧典，也都是点到即止，决不卖弄。然而毕竟文化素养深厚，佳句时出，不乏引人入胜、发人遐思之妙。

　　蒋维乔的游记，多发表于赵君豪任编辑主任的《旅行杂志》上。

也是在赵君豪的促成下，编为《因是子游记》，一九三五年十二月由商务印书馆出版。其时蒋维乔已年过花甲，此后未见再有远游的记录。所以此书可说是他一生游记的汇集。迄今八十馀年，《因是子游记》未见再版，令今天的读者不免望洋兴叹。现选编"现代游记丛编"，此书亦在选目中，易名为《蒋维乔游记》，委我编校。因此书仅此一版，所以校核工作，只限于如下几方面：一是繁体字与异体字，均改为当今通用的简化字。一是明显的错别字，如地名、景名、人名有误，如文中前后不能统一之处等，均直接予以改正，不出校记。对前人与今人用语不同之处，则不改。再就是标点符号的用法，原书与今日规范差距较大，为便于阅读，均依新规范重标。

原书的编排顺序，是依行政区划分列，其目的，或是承续既往舆地类书籍的传统，或是为便于当时读者选择旅游景点与线路。然而，今天的交通便捷，使旅游者的活动范围大大拓展，一次出行游览多省景区已属常事。同时，景区内的变化也相当大，使得此书不可能再有按图索骥的导游功用。所以此次重编，改变为依著者旅行的时间为序。其好处，首先是蒋维乔的旅途人生，行走、游观、思想的发展过程，以及所映现的社会面貌和人文精神的变化，可以较为明晰地呈现。其次是著者在游记中，常会引述既往游览的景观与情感作为比较，依时序而读，引文便不再突兀。最后是著者游记写作的风格变化，行文特点，脉络也更为清楚。

古往今来，人们希望通过旅行，打破现时的生活局限，进入更为广阔的生命范畴。读一点前人的游记，更会有时空穿越的妙趣。

自　序

　　余一生好游，每以春秋佳日，涉猎各省名山水。偶为游记，辄发表于各杂志。率尔操觚，无意求文章之工。惟描写实景，为后游者作指导耳。友人见者多好之，以为游记之别开生面者。又以散见各杂志，搜阅不便，多怂恿之，印为专集。余漫应之曰："余足迹所未至者，尚有四川、云南、贵州、广西、福建诸省，俟遍游后，余之游记，乃稍完备，届时再谋付印，未晚也。"近数年中，则为学校教职所束缚，春秋既无暇出游，暑假又因炎热，不便旅行，游历兹数省之愿，渐成失望！而友人之督促则不已，《旅行杂志》主任赵君豪先生，尤为注意，屡以汇刻为请。且云："不妨将已成者先印，以慰读者之望，至未历之数省，俟往游后，可再出续集。"余韪其言。乃于本年暑假搜集旧作，得数十篇，先行出版，名曰《因是子游记》。至余之足迹所至，初不限于所记诸山，有游后并未有记者，如民元前己酉，游苏州之天平；民二年两至无锡之惠山、锡山；民元前十九年及民十二年，两至金山；民四年及十二年两至焦山；民八年游苏州穹窿山；民十一年游济南之千佛山、大明湖，徐州之云龙山；民十二年游扬州之瘦西湖、平山堂；民十三年游燕子矶、岩山十二洞是也。亦有同游者作记，余即辍笔者，如民元前壬寅、庚戌，两至虞山，同游之我一作记，余读而赞美之，即不复作是也。最令余怀念不置者，即民四年七月，与袁君观澜，同游衡山。归途余欲游匡庐，观澜则由湘入赣，循赣江东下。余独自一人到牯岭。宿一夕，本拟第二日登山，游程已排定，不料翌晨即雨，大雾迷漫，对面不能见人，而家中适有急信至，促余遄返。遂于雾里下山，真所谓不见庐山真面目！后来屡与友人约游，均为他事所阻。而两过洛阳，未登龙门，道经大同，未上云冈，此皆余至今悒悒不忘者。总之，游山只可想到即行，不可迟疑，目前错过，以后即不易实践。昔人云："有约不到罗浮。"此言深有味也！

民国二十四年八月蒋维乔叙于因是斋

6

目　录

西湖回忆

　　余初到西湖，在清宣统元年，在后凡游浙中山水，均过西湖，先后不下十数次，而足迹遍历湖山者有三次。以西湖之记载，既详且多，不复作游记。及今回忆昔日西湖，迥非现在可比，亦颇可玩味，因补写之。

　　清宣统元年四月初一日，偕严练如、庄百俞、钱琳叔、徐果人、于瑾怀、翁佩孚，自沪趁小轮赴杭州。初二日晨六时，到嘉兴，登岸，换乘浙路公司（是时尚为浙人集股自办，不称沪杭甬）火车，由嘉兴至闸口，半日即到。下车后，先游钱塘江边之六和塔。塔建于月轮山，为龙山之支阜，塔下为开化寺，寺甚旧，只有僧二人。塔凡七级，登其顶，可俯视钱塘，月轮山环其东北，隔山乃不得见西湖，塔下有喷月泉。游毕，仍回火车站。以为时尚早，拟雇肩舆至法相寺，而余等七人，只雇到四乘。不敷用，遂作罢，乃乘汽车回拱宸桥，宿于来安栈。时尚无新式旅馆，只有旧式客栈，湫隘嘈杂，夜不得眠。

初三日，晨，雇小舟赴西湖。舟从运河南行，自上午九时开，至十二时，乃抵松木场。盖当时湖边荒凉，无游客驻足之所，必从拱宸桥雇舟，乃可抵湖边也。登岸，雇夫役挑行李，至昭庆寺，稍息啜茗。复至湖滨雇船，荡漾入外湖，至孤山登陆，饭于楼外楼。饭毕，回舟，向西泠桥而行，桥畔苏小墓，颓然一亭，荒凉满目，不似今日之完整。泛入东里湖，登孤山北麓，谒林和靖墓，前有放鹤亭，亭畔有巢居阁，阁下冯小青墓在焉。立孤山下，遥对葛岭呼唤，回声甚大，名曰"空谷传声"，盖声浪为葛岭折回，又阻于孤山故也。于是复泛舟至阮公墩、湖心亭，入里湖，谒岳王庙而回。湖上除寺宇外，无可宿之旅馆，乃暂租刘果敏公祠为寓所。前楼五间，南面临湖，轩爽之至，惟有宿无膳，乃向左近湖山春社晚膳。膳毕，回祠，湖边寂静无声，既无电灯，亦无行人，与现代之繁华适相反。七人无聊，戏作叠字诗。其法，第一人任意写一字于纸条，第二人接写一字，至第三人则将首一字折没，只许在第二字下接一字，至第四人又将第二字折没，只许在第三字下接一字。如是轮至第七人，接成七字，乃启折视之，有时七字句不通，可笑，令人捧腹，有时亦竟成佳句。吾侪叠成七绝一首，颇有意趣。录如下："湖堤千缕袅春风，杨柳楼台曲曲通。漫说当窗云水绿，有人同向夕阳红。"

初四日，泛舟游三潭印月。登岸，复游净慈寺，观济癫僧古

002

井运木遗迹。寺对雷峰塔，塔尚未圮，惟不可登耳。既而至柳浪闻莺，泛舟至涌金门。入城午膳，复泛舟至平湖秋月，再自锦带桥入东里湖。登岸，至大佛寺，寺在宝石山，因山壁凿为千佛岩。山巅有保俶塔，塔半毁，不可登。其形上锐下削，下面五级，成椭圆球形，上面两级，如罩，以铁环五六，层叠为顶。循塔基而西，仰望虾蟆石，高出半空，向无人迹。余好奇，欲穷其胜，乃循来凤亭而西，亭旁有寿星石，块然横置于岩，而与岩并不相连。再折向西南，则有洞，窅而深。循石级而下，探得其口，乃两巨石架成洞形。中有石台、石凳，外有摩崖大字，曰"正德庚辰方思道至此"，洞内有"川正洞"三字。从洞后一线天而上，历石级二十馀，有斜石压顶，磴道敧侧，身偏于左，乃得上升。级尽，乃得平地，纵广尺许，疑已无路，忽见峰后有极仄磴道，拾级而上，则为第一峰。峰顶凹如盂，从顶而下，审视前面，又有曲径，深入岩腹，循之前行，复仰见一线天。历石磴十馀，险曲如栈道，回环而上，得造第二峰之巅，有石几，稍坐息足。复渡石桥而登第三峰，其巅有平台，台畔有石栏，大石壁立其上，即虾蟆石也，向者游人仅在山下望之，石形若虾蟆，因以为名，而不知须越过三个峰头，乃得见之，实为平台上之立石也。虾蟆石之高，适与保俶塔齐，于此俯视全湖，有类池沼，杭州全市在足底，钱塘如带环其南。日将西，乃从原路而下，至大佛寺前，登舟归寓。晚膳后，仍作叠字诗为戏，竟不能成句。

初五日，晨七时乘肩舆赴三天竺，登白云峰之半，还至灵隐。

在寺前饭店午膳毕，即入寺，登飞来峰。峰下洞穴甚多，著名者为龙泓洞、通天洞、天乳洞。入龙泓洞，洞内甚凉，水蒸气滴沥而下，仰首见一线天。复从旁入天乳洞，洞内黑暗，而上有一孔通天光，即通天洞也。洞侧有穴，幽而深，非秉炬不能入，遂出洞，登飞来峰。自左攀扶而上，自右而下，路皆险仄难行。山麓有涧泉侧出，跨石渡涧，循涧水而行，历冷泉、壑雷、春淙三亭，水声潺潺，即所谓石门涧也。有穴，二孔相连，有人以口接其一孔，试作声，扬出甚响，名呼猿洞。坐冷泉亭，静聆涧水声，令人神爽。既而入云林寺，从寺中紫竹林而上北高峰，至韬光庵。庵后有金莲池，池中遍开金莲花，叶似莲而小，略圆而端有尖，花黄色，瓣如覆瓦，相合而成杯形，雌蕊柱头，作深红色。再上为吕岩祠，祠前额刻"观海"二字。于此遥望钱塘江，江之东，烟水苍茫不可得辨，盖海也。由庵出，登北高峰，石级盘旋而上，旁为山涧，松篁夹路，幽秀异常，历千馀级至其巅，有北高峰寺。七人中登巅者只四人，余待于韬光庵。四时，自峰而下，仍回云林，乘肩舆归，路经清涟禅寺，入观玉泉池。池中有鲤鱼数千尾，大者四五尺，重数十斤，寺僧以漆盘承粉饵授客，投饵于池，群鱼争来唼食。池前有"鱼乐国"三字，为董香光所书。出寺，回寓。

初六日，晨七时乘肩舆过茅家埠，经大麦岭、小麦岭之间，山深树密，浓荫上覆。登灵石山，逾风篁岭，由过溪亭而入龙井寺，小坐品茗，寺僧导观龙井。井前为龙泓涧，涧旁有神运石，又有石，状如片云，上镌"一片云"三字，再北为涤水沼。自龙井出，向九溪十八涧而行，西湖山中之最胜处也。两山夹涧，有路可通，屈曲如羊肠，溪水之声，潺潺不绝，过涧处则以乱石架道，水流石隙，声益湍激。至理安山，中藏古寺，即理安寺也。寺前松柏参天，风景幽秀，殆非尘境。寺内有泉，自洞石间流出，其前刻"滴滴归原"四字，名法雨泉。度杨梅岭、翁家山，而至烟霞洞。洞甚高大，内壁皆凿佛像，进洞数十步，即黑暗。洞口凿龛，供财神像，陈蓝洲明府以其不伦，为之改凿东坡像，题其额曰"苏龛"。寺僧学信，闽人，颇不俗，善布置，于洞顶凿石通道，构一亭，名曰"吸江"，以其正对钱塘也；下构一亭，名曰"卧狮"，以亭后有石如卧狮也。学信又善烹调，客至，必亲手制蔬享客，精美异常。余等往游时，学信年已近七十，不久即圆寂，其徒复三继其业，至今烟霞洞之素蔬，驰名湖上，则学信为之创也。余等在此午饭毕，至石屋寺，观石屋洞，其上为乾坤洞。又逾石屋岭，至法相寺，寺内有定光古佛像。出寺，便道谒于忠肃公墓，遵湖滨而归。晚间新月初上，相率至白堤步月。今者湖上电灯繁密，即在望日，月光亦为所掩，非泛舟湖心，不能玩月。当时之湖上，入夜即黑，故虽上弦新月，亦已倍觉光明矣。

清宣统三年八月十四日，晨九时，偕陆费伯鸿、沈朵山、严练如、庄百俞诸君，趁沪杭火车，第二次游西湖，则与前次已大不相同，湖边葛岭下，已有新式之惠中旅馆，房舍被褥，均清洁，余等即宿于此。旅馆前对孤山，中隔锦带湖，即孙氏别墅改建者也。

十五日，五人共乘一画舫，先泛至孤山，啜茗于巢居阁。闲步至圣因寺、文澜阁。阁中正大兴土木，改建浙江图书馆，山顶建数亭，或方或圆，可以登览全湖。离孤山，过西泠桥，至岳武穆祠，遂登栖霞岭，观紫云洞。拾级而登，至山半之紫云寺。叩门，阒然无声，惟闻犬吠。未几，见一僧从山中来，即寺之住持也。自言在山中折薪，闻声招呼，路遥而客未觉。言时，即以钥启门，延余等入。问其寺中有几个比丘？答：止一人。导余等游洞，洞颇高大，寒气凛然。复前行，观栖霞洞，则较小，出寺下山，泛舟至两宜楼午餐。餐毕，复泛北里湖，至宋庄、高庄、廉庄，出映波桥。泛外湖，至三潭印月，啜茗。夕阳西下，遂归。晚霞红晕，湖水映碧，东方明月上升，景物秀美，令人心旷神怡！至平湖秋月登岸，饮于楼外楼，醋鱼莼菜、新栗，风味绝佳！餐毕，回寓。复鼓棹夜游，湖中月色，分外光明，在三潭印月，玩赏久之，至十二时方回。

十六日，晨七时，五人共乘兜子进山。前次来游，所乘者是有顶小轿，至此方有兜子。先到清涟寺，观鱼乐国。次至灵隐、韬光，皆旧地重游。复至烟霞洞午餐，访问老僧学信，则圆寂已年馀矣。其徒复三出而招待，应对颇敏，然不着僧衣。余问："和尚是谁？"则对曰："兄弟即是和尚。"颇堪发噱。复三手制之蔬，不亚于学信，可见薪传有自。餐毕，导余等登南高峰，前游所未到也。由后面小径而上，崎岖逼仄，较北高峰难行。达其巅，则全湖一览，白、苏二堤，略如短带，孤山及三潭印月，夷如平地。杭城房舍栉比，钱塘绕其外，皆了了可指。湖上各山，登其巅能回望无障碍者，惟此峰耳。峰顶有废塔基址，破殿三槛。下山，过九溪十八涧，由理安至龙井，遵原路归寓。晚膳后，复沿白堤步月，至锦带桥，夜深始返。

十七日，本拟游云栖，便道至江头看潮，适逢大雨，即作归计。上午泛舟湖中赏雨。昔人言，西湖景物，无一不宜：夜月则游月湖，逢雨则游雨湖，冬日则游雪湖，此语颇确。余于月湖、雨湖，皆身经之，独未游雪湖耳！

民国八年，五月十日，余从北平来上海，将游莫干山。适四弟雪庄，自常州来。手足别离多年，旅中相值，至以为快！余告之曰："汝生平未到西湖，曷勿同我往，一览湖山之胜耶？"弟亦欣然。即于是日午后登沪杭车，于晚抵杭，寓新新旅馆。弟素嗜酒，因命酒把杯，各话家庭琐事，旅馆地既幽静，肴馔更佳，兄弟宴乐，乐可知矣！

十一日，有雨，偕四弟乘舟游雨湖。尽一日之长，游遍孤山、湖心亭、三潭印月、平湖秋月等处。复登葛岭巅之初阳台，俯视全湖，有新建之抱朴庵，洋式楼房，甚为美丽，昔者来游所未见也。

十二日，晨八时，偕四弟乘藤舆赴栖霞岭之紫云、金鼓二洞，复至玉泉观五色鱼，后游灵隐、韬光。此次余已携带测高器，测韬光高二百英尺，测北高峰六百英尺。午餐于灵隐寺前之周家庄。餐毕，至三天竺。迤逦自九里松、双峰插云而回，为时尚早，泛舟至涌金门，雇二我轩照相馆人，同往孤山，兄弟二人，合摄一影毕，饭于楼外楼。临湖小酌，尽兴而返。

十三日，晨七时，偕四弟乘舆往五云山，遵昨日原路，至上天竺之南，登琅玙岭，高七百英尺。岭半有望仙亭，亭下有狮子峰，因形似得名。有茂记茶场，占地千馀亩。再上为关岭，高九百英尺，有望云寺。自岭而下，即入五云山。上下数山坡，始达其巅，亦高九百英尺，上有真际寺。可见西湖所称南、北高峰，盖指濒湖之山而言。若离湖较远之琅玙、关岭、五云，皆高出于北高峰也。十一时，抵云栖寺，在寺午餐。云栖为明代莲池大师道场，遗像及墓塔犹存。寺外竹林，延长数里，绿阴幽深，亭午若不见日光。稍憩，即下山，沿钱塘江赴开化寺，登六和塔。塔凡十三级，高二百英尺。登第一层，远眺江流如带，帆船如叶。复至定慧寺，观虎跑泉，净慈寺观济癫僧运木古井。登南屏山，观雷峰古塔。遵苏堤六桥而归。

　　十四日，晨八时，往游西溪、花坞。先乘人力车，至松木场，再登小舟。冯君菊堂（德华）在彼招待。小舟以芦席为篷，仅堪容膝。行三小时，抵法华山麓。换乘藤舆赴花坞，坞中竹木深密，涧水低流，曲径中通，极幽秀之趣！昨在云栖爱其竹林蓊郁，然仅里馀，兹则连绵十馀里，比云栖更胜！有茅庵七，错落于溪山间，类皆苦行僧人，独居静修，多掩扉不开者。余等次第至休庵、树雪林、白云堆三庵稍休。十二时，仍乘舆自吴家河头登舟，泛至交芦，庵僧出书画示客，中有华岳绘西溪幽居图及奚铁生绘西溪始泛图较佳。在庵午餐。餐后，泛舟至菩提庵，稍息即出。复随意泛舟，溪流曲折，路路皆通。临水各村，宛在中央。西溪之幽静，如逸士高人，西湖之秀美，如佳人名士，诚各极其妙也。

　　余到西湖十馀次，而穷湖山之胜者，亦只此三次。第一次探虾蟆石，登北高峰。第二次登南高峰。第三次登五云山，探西溪。湖山胜概，几尽于是矣！

　　　　　　　　　　　　　　　　　　（二十四年八月补记）

西山纪游

西山在京师宛平县西三十里，为太行山之支阜。众山连接，著名者甚多，西山其总名也。自京汉、京张铁道通后，游西山者改为火车，往返便利十倍。翠微山离京不及三十里，朝往可夕返。潭柘距京五十里，戒坛距京八十里，尤称绝胜，则虽有火车，非在山中信宿，不能游焉。玉泉山在京师西北郭，策蹇驴半日可至，则无须火车也。乘京张支路车往者，则出西直门，至黄村下车，先游翠微而后潭柘、戒坛。乘京汉车往者，则出广安门至长辛店下车，先游戒坛、潭柘而后翠微。余于民国之初，供职教育部，居京二年，恒以馀暇与师友二三放旷于山水间，凡两至翠微，一至潭柘、戒坛、玉泉。追忆旧游，以文记之。

元年十月二十七日晨，四十五分，偕钟师宪鬯、袁君观澜乘京张支路车，游翠微山。至黄村，各骑驴入山，抵灵光寺。寺后依石壁，前有归来庵，为清端方所筑，颇清洁。庵前方池，凿石而成，引岩洞之泉入之。寺僧名圣安，余等嘱其备兜子，乘之登山，至大悲寺，略览一周，复上为龙王堂。适及山半，后有龙泉，自山洞出，泻入寺之西廊下，寺僧以竹承之，凿石为龙口。水自龙口出，入于方池，池中朱鱼数百尾，见人不惊。又于其上建一阁，曰卧游，登之可以望远。出龙王堂，至香界寺，规模甚宏大，为唐时古刹。本名平坡，清乾隆时始改今名。再上至翠微之巅，有宝珠洞，在观音岩后。四壁幽深，扪之若湿，洞石累累如珠，故名。至此已十一时半，余等出干粮分食之，以当午餐。食毕，从山之东下，登狮子窝。下有精舍十数楹，依山构宇，亘以长廊。廊中画聊斋志异图，颇有意趣。地非寺观，人非僧侣，实为内监所管理。客至得随意游览，仆人具茶享客。余与观澜，直造山巅。下山过涧，渡石桥，迤逦至卢师山之秘魔崖，证果寺在焉。寺僧名宽广，导余等游览，直至崖下，坐石磴稍憩。崖横出数丈，岩腹空洞，可容数十人。下为卢师像，外塑二童子侍其旁，相传隋末有卢师至此，伏二青龙为二童子，故名。是山与翠微相对，不如翠微之高，而秘魔崖之奇特，则过之。三时，回王村。乘四时二十分晚车而归。半载在京，尘俗鞅掌，今日入山，顿觉心神清旷！山中树木葱郁，浓绿之中，杂以红叶，晚秋景物，飒爽撩人。山农用二马，或三马，相并耕田，多已种麦，麦苗之出土者三四寸。盖北方刈高粱后种麦，犹南方刈稻后种麦也。

二年六月一日，休沐之辰，钟师、袁公约往游玉泉、碧云、卧佛三处。七时,出西直门,至海淀。时方九时,在市数小饮,食面饼以当午餐。各雇一驴,往玉泉山迤逦而行,一鞭得得,风景甚佳。行五六里,即闻水声淙淙,自山泻入昆明湖。至玉泉寺门,有人导入游览,过石桥,拾级而上,至龙王庙,有石碑一,题四大字,曰"玉泉趵突"。泉自山根涌出,以勺取一杯饮之,清冽异常。山石上刻曰"天下第一泉",清乾隆帝所书也。泉汇为一池,池面水泡喷涌如沸,当午尤甚,故名趵突。盖水底物质化合,发为碳酸气而上出,日光烈时,化合益盛也。拾级登山,至华严寺,甚庄严,惜已破坏,再上至伏魔洞,有方亭一。再上为玉峰塔影,有高塔一,为玉泉最高处。从山后下出寺门,方十二时,骑驴赴香山。山中寺宇,以碧云、卧佛为最有名。行五六里,至碧云寺。门前有狮二,雕刻之精,世鲜其匹,碧云所为以狮名也。过石桥,历一佛殿,两旁偶像,绘塑甚工,惜皆倾圮。至大殿旁,有方丈及客室,陈设颇精,盖备游客寄宿者。殿后为金刚宝塔座,白石为基,座凡三层,上列石龛。顶建七塔,塔凡十三级,建筑雕刻均极精妙。俯视玉峰塔影,已出其下。自宝塔座而下,至方丈稍憩。寺僧复导观罗汉殿,有罗汉像五百尊,为明代古物。以檀香木为身,黄金为外饰,完好如新。明代阉宦,如于经、魏忠贤辈,均于寺后营生圹焉。既出,复赴卧佛寺。遥见山巅到处有碉堡,为清乾隆时用兵征金川,健锐营在此练习攻守者,约行三里至焉。寺前有五色琉璃坊,进坊为驰道,长里许,古柏夹道。进山门后,有一石桥,桥下有池,中畜金鱼千尾,大者长七八寸,以所携饼饵，分裂投之，群聚争食，泼剌有声。正殿之后有卧佛，长丈六尺，范铜为之，盖般涅槃相也。正殿两旁有东西院，基督教青年会赁之为夏令会友聚集之地。余等以时将暮，未及遍览。出寺骑驴归，绕玉泉山而行，至海淀，易车归家，已昏黑矣。

余以西山之最胜处，为潭柘及戒坛，仅至翠微，未足以尽西山之景物也。乃于是年九月六日，复约钟师、袁公往游焉。午后一时，仍乘京张支路车赴王村，至灵光寺。因时已暮，宿于寺之归来庵。是夕，寺僧出山肴野菜供客。晚间，新月一钩，为翠微峰半掩，夜景苍茫，各坐庵前荷池边纳凉。十时后安卧，秋虫之声，唧唧入耳，尘俗襟怀，为之涤尽。

明晨五时即起，六时早餐毕，各乘兜子离灵光寺赴潭柘。途中两次渡浑河，浑河即古之桑干，今名永定河，源出边外，流过西山间，为两山所束，水声湍激，闻于数里。渡河之舟，为长方形，舟首竖一圆木，空其中，贯以轴，两岸立木架，架以铁缆，横过河面，舟人手转圆木，缘铁缆转之，舟即前行，达于彼岸，并不用篙，殆因河底皆沙，用篙不便欤。一路所过村落，乡民男妇，正刈黍稷及玉蜀黍，堆积场上，妇女或磨玉蜀黍为粉，即北俗所呼为棒子面者。过罗睺岭（俗称西峰），势甚陡峻，乱石为路，颇觉难行。至十二时，约行五十里，始抵潭柘寺。寺在罗睺岭平原村，距京西北九十里。燕人谚曰："先有潭柘，后有幽州。"其寺之古可知！峰巅有龙潭寺，前多柘树，故名。清代改名岫云寺。寺中殿宇，金碧辉煌，颇为壮丽。凿石作沟，上承龙潭之水，淙淙下注不绝，故入潭柘者，墙壁阶础间，殆无往而不闻泉声。余等在寺午餐毕，寺僧导观各处，正殿中有大青、小青二蛇神，以宠供之。相传出入无常，闻钟声即至，乃谛视之，大青宠中，不见有物，小青宠中，则一蛇蜿蜒，长一二尺，粗如大指，安知非寺僧捕一蛇畜之，故神其说以炫人者！又观殿旁之帝王树，有清乾隆帝题额，大略言康熙帝时，树为一株，至乾隆时，复生一株，后两树合抱，以为瑞应，其实即银杏树耳。银杏之生，往往多干，后即合抱，其生理本如是，而寺僧则讹为每一帝即位，此树即生一株，后必合抱，其传述之荒诞，更甚于乾隆帝之题额矣！殿后有毗罗阁，阁之东有舍利塔，塔为西藏式，最高处为观音殿。殿中有元代妙严公主之拜砖，公主元世祖女，削发此寺，日就是砖顶礼于大士前。砖厚三四寸，长方形，四周有花边，尚完好，惟中间两足痕处，砖已磨穿，可知其拜跪之久矣。殿旁有依松斋，斋前有巨松。斋下为猗玕亭，亭内铺石，凿石成槽，屈曲为龙首形。由亭畔石沟引潭水灌之，水流入曲槽，浮以酒杯，杯随水流，名曰流觞曲水。虽雕凿甚工，然刻画亦太过矣！三时后，乘兜子赴戒坛寺，仍过罗睺岭。从狮子岩盘旋取道，凡十八转，皆乱石为磴，登降之险，更甚于前。至五时后，行二十里，始抵万寿寺，寺在马鞍山高处，建于唐武德年间，至明正统间，改名万寿。戒坛即在寺之北，白石为之，凡三级，四面皆列戒神。每岁四月八日，集僧众听戒于此坛。又有毗卢千佛阁，阁两层，登阁望浑水，水势浩浩，极目无际，盖是时正值河水泛滥，漂没田庐也。阁前有古松，以卧龙松为最奇，根可合抱，横卧侧出石栏外，其枝盘曲如龙。又有所谓活动松者，相传动其一枝，则全树皆动，清乾隆帝题诗刻石其旁，惜此松已毁于火，不得见。阁之东，又有白松九干，互相纠结，势如游龙。故潭柘以泉名，戒坛乃以松名。是日宿于寺，寺僧招待殷勤，供具极丰。

明晨六时，盥洗朝餐毕，寺僧导观各处。余等复登山，历览岩壑之胜，闻寺后有太古、观音、化阳、庞涓、孙膑五洞，以归时局促，未及往。九时半，骑驴赴长辛店。午后一时，乘京汉铁路车返京。此次同游者，钟师、袁公外，尚有胡绥之、伍仲文、严练如、汤爱理、汪波止诸君。

泰山纪游

　　泰山在山东泰安县北五里，古称东岳。昔之往返京、津、江、淮间者，遵陆行，道必过此。然交通不便，耗时费日，故游者鲜至。今自津浦铁道通后，由浦口至泰安，快车一日可至，由天津至泰安，则一夕可至，便利甚矣。余以民国二年五月，因事自京返沪，复自沪返京。泰山之游，梦想者多年，而乘火车过鲁境，遥瞻岱宗，岩岩在上，可望不可即，则游兴益勃勃。庄君百俞，游山之旧侣也，因邀与偕往，君欣然就道。以五月三日之夜半抵泰安，雇人力车赴济泰旅馆。夜色苍茫，四境寂然，明星将落，残月如钩，只车声轧轧，与犬吠相应和。行二三里，抵馆门，而天已破晓矣。和衣假寐，六时即起。旅馆为雇兜子二乘，每乘钱二千文，二人分乘之登山。自山麓迤逦而行，至岱宗坊，是为登岱之始，地势渐高。行四里，经一天门，为入盘道之始。其北有一石坊，曰孔子登临处。又北有悬崖，丹书于壁，曰红门。红门之北为万仙楼，中祀王母，配以列仙。又有斗母宫，即古之龙泉观，以龙泉水得名。再上为经石峪，其地广平可数亩，上刻八分书金刚经，字大如斗。再上至山半回马岭，盖言至此马不能登也。石磴盘曲，依峭壁凿成，由高俯视，心惴惴焉。與夫缓步蛇行，两峰之间，有涧水下流，声潺潺然。古柏夹道，盘纡如虬龙。再上至二天门，地忽平坦，约三里，行者快之，故名快活三。又北为御帐坪，始复陡峭，磴道益险，行益艰，坪畔石罅，有瀑喷出，为涧水之源，镌四大字，曰"江河元脉"。前有石梁，屈曲数折，绕以朱栏，奇险之中，忽遘是胜地。乃在栏畔，坐观久之方去。再上见五大夫松，为秦始皇避雨处。今松仅馀其三，后人所植，非古时物也。于是从小天门而上，两山壁立，中惟一径可通，即所谓十八盘者。石级鳞次，峭削处，两旁以铁缉挽之。攀登之人，后者见前者之踵，前者见后者之顶，踵顶相属如蚁附墙，莫不懔然震恐，與夫亦一步一喘。从此仰视南天门，如穴中窥天。及盘尽，抵南天门，则又豁然开旷。俯视下方，茫茫大地，渺无际涯，浩乎若凌虚而登仙也！徂徕如蒜，黄河如带。行人如豆，殆极宇宙之大观矣！于是停舆，购鸡卵挂面，以当午餐。餐毕复升绝顶，曰太平顶。庙祀玉皇，故俗称玉皇顶，为泰山极高处。有数巨石，矗起土中，是为岳巅。有登封台，为古帝王封禅处，秦皇帝碑在焉，世但称曰无字碑。碧霞宫在玉皇顶下，金碧辉煌，颇壮丽。宫之东为东岳庙，庙后有唐玄宗记泰山铭，世谓之摩崖碑，高数十丈，为玄宗御制八分书，字迹劲秀无比。登顶，东望日观峰，令人开拓胸襟，俯视一切。本拟在山顶度宿，待平明观日出；以行期迫促，未能久留。乃于午后一时，乘舆下山。舆夫行走极迅，不如登山时之艰难。出南天门，下十八盘，乘势直趋，绝不少留。偶一注视，如身在百尺云梯，凌空下落，令人目眩，不敢复瞬，顷刻间已至御帐坪矣。泰山自麓至顶四十馀里，石磴六七百馀级。舆夫登山，行四小时方至顶，下山则仅二小时耳。是时正值香市，男妇老幼登山进香者不绝。一路所至，皆为乞丐，构茅屋，以乱石为墙，沿路索钱。庙中道士，以竹杖击地，催香客投钱，怪状百出。余等来此，舆夫亦以为香客，时时絮语，谓来此必买纸锭进香，可获福佑，笑而却之。下山后，游岱庙。泰山有上中下三庙，今中庙惟存遗址，上庙亦隘陋，惟此下庙，乃巍然宏大。庙之四周有城，崇墉高楼，俱称杰构。中为配天门，进为仁安门。有老树交荫，枝干结盘，夹于两阶者，即汉柏也。有露台，台上有巨石耸立，曰扶桑，有古柏北向曰孤忠。东西两廊壁间，绘岳神出巡状，毫发生动，极鬼斧神工之妙。又进为峻极殿，祀泰山之神，历朝秩祀，皆在于是，宋元以后，典礼允盛。后为寝宫，祀东岳夫人。庙之东西，殿宇尚多，不及遍览。日已西匿，乃乘兜子而归。闻泰山之胜，在后石坞、黄华洞。昔人谓游泰山，不游黄华，不如不游。余以急于返京，故行期至促，登山以一日毕事。微特不能至后石坞，并亦未能一观日出也。然则此游实聊胜于无耳。山灵有知，当为后日之约云。

是时余尚未得测高器，未能测泰山高度。二十二年夏，张君伯岸登泰山，嘱伊测之，其报告如下：

　　　玉皇顶　　一千四百二十公尺。

　　　南天门　　一千三百公尺。

　　　开山口　　一千公尺。

　　　五大夫松　八百六十公尺。

　　　中天门　　七百公尺。

　　　柏桐　　　五百公尺。

曲阜纪游

余以民国二年五月与庄君百俞同游泰岱，自津浦铁道北上，必经曲阜，乃谒孔庙、孔林。顾曲阜车站，离城十八里，地极荒凉，左右无一人家。火车必以深夜经此，不能入城宿，客至殊不便。余等得友人之助，介绍于站长高君润增，始得借一席地以宿焉。闻津浦铁道方兴工时，本拟近城筑站。而衍圣公不许，必使距离孔林绝远方可，故今站筑于此。天明，雇骡车，与百俞共乘之。所经之地，悉为荒凉。泗水横于前，岸沿皆黄沙，水亦黄色，深可没腰，渡无舟楫，男子骞裳徒涉，女子则坐于岸边，出钱数枚，有人背负之而过。余等则坐车中，车夫驱骡涉水以济。古人所云："深则厉，浅则揭。"又子产以乘舆济人者，至此乃仿佛遇之。历两小时，进曲阜县北门，谒孔庙。有人引导，持钥启各殿宇，大成殿九楹，中供孔子像，与外间流传者不同。像前陈设者，有俎三，祭时置牛羊豕者。俎之前设五尊，曰太尊、牺尊、醴尊、象尊、山尊。孔子之两旁，为四配及十二子。大成殿后为寝殿，设至圣夫人亓官氏神位。最后为圣迹殿，石刻孔子事迹百二十幅。大成殿西为金丝堂，杂陈古乐器数十。其后为启圣王殿，设叔梁纥像，后为启圣王寝殿，设启圣夫人颜徵在神位。大成殿东为诗礼堂，堂后有孔宅故井。旁为鲁恭王坏宅处，有残壁屹峙，题曰鲁壁。后为崇圣殿，祀孔子五世之祖。崇圣殿外有唐槐宋柏。然观其树，不似数百年前物。大成殿前有杏坛，坛前有二杏，亦后人所植者。其旁又有孔子手植桧，根巨干小，色黑如铁，盖历经枯菀而然。奎文阁在大成殿之前，凡楼三层，高过于大成殿，旧为庋藏阁书之地，今书已无矣。衍圣公府在庙之东偏，孔子之车服礼器，皆藏府中。余等以时促未及往。出孔庙，至市楼午膳毕，乃往谒颜子庙，略览即出。乘车出北门，谒孔林。孔林离城约二三里，背泗面洙，门外为洙水桥。自此绕以墙垣，周围约四十馀里。林门前有大石坊，上镌"万古长春"四字。左右守林人聚族而居，皆孔姓也。入林门，甬道甚长，两旁古柏夹之。柏树之干，盘曲如虬龙。进神门为享殿五间。循殿侧，历楷亭、驻驿亭，而至林前。有碑曰"大成至圣文宣王墓"。墓前立石为祠坛，厚三尺，方如之。旁有子贡庐墓处。墓之南有子贡手植楷树，已毁于火，其旁即楷亭也。林内外古树森森，无虑数千万株，大率桧柏为多，相传孔氏弟子，各以其故乡之树木，移植孔林，故种类至夥，多不能辨其名云。

居庸关纪游

居庸关在顺天府昌平县西北三十馀里，亦谓之军都关，为太行八陉之一，自古备边之阨塞也。关城凡三重：曰下关、中关、上关。崇墉峻壁，两山对峙，一径中通，才可容轨。关门南北相距四十里，南曰南口城，北曰北口城。城在八达岭，形势之雄，诚所谓一夫当道，万夫莫御者。京张铁路通后，自京至南口，不及二时即至，铁道自关城之左，洞山而过，俯视关城，如在谷底。昔之所谓绝险者，今日则已成为遗迹矣！余于民国二年五月，偕钟师宪鬯往游焉。

是日晨十时，出西直门乘十一时零二分京张汽车，过清河、沙河二镇，十二时二十七分，即抵南口。下车，寓井儿饭店，店系西式，每日房饭银五元，二人共一室九元。午膳毕，各雇兜子，每乘五元，舁夫四名，往游天寿山。明自成祖以十三陵，皆在此山，而长陵工程为最大，即成祖之陵寝也。行一时半，至陵前大石坊，高六七丈，为长陵之正门。下舆步行，进大宫门，再进为大碑楼，楼后有狮、貘、虎、骆驼、象、麒麟、马，各二对，一跪一立，均用白石琢成，镌刻甚精。后为翁仲，武四人，文六人，皆剑甲袍笏，相对而立。再进为大淹门，自大石坊至此，行十馀里，始抵陵前。门者启锁，导余等入，自大门至正殿，中为甬道，两旁松柏等树，参天接荫。殿凡九楹，宏敞伟大。阶石悉镂龙文，殿柱皆楠木，四五人方可围抱之。殿后即长陵，享台矗立，墓道分左右，历级上升。余等从此绕登台顶明楼，中竖丰碑，曰"成祖文皇帝之陵"，高十数丈，字大径尺。长陵倚天寿山之主峰，四山环抱，中为极大平原，气象万千。较钟山太祖之陵，殆远过之！东为景德诸陵，西为献定诸陵；皆背倚层峦，环列如朝拱，惜时已晏，不能往游，天复降雨，急乘兜子而回。四望山巅，黑云如墨，雨势骤疾，山兜两侧无障蔽，衣服尽湿，兼以大风，寒澈肌骨，行至半路，雨止。抵客店，已六时半矣。

翌日，拟度居庸关，往游八达岭。晨二时，命舆夫驾兜子先往青龙桥车站。余等于五时二十分，乘南口货车启行。京张铁路，每晨于是时有货车开赴康庄，并不载客。余等每人出小洋三角借乘之。自南口至青龙桥，一路皆高山峻岭，上耸云霄，生居南方者，未见此宏壮山景，胸襟为之开豁。其峰峦攒簇复叠，或尖、或圆、或峭直，随处不同。万里长城，依山脊建筑，每隔三四十丈，则有一望楼，完好如新。铁道随山峡弯转，右傍绝壁，左临深涧，或凿石架轨，如行栈道；或洞穿山腹，如入地隧。车行轨上，地势渐高，据车守云："每三丈约高一尺。仰上峻阪，故行甚迟。"铁轨依山斜上，先折向东北，至青龙桥，再折向西北，如人字形。火车自南口开行，车头系于列车之尾，倒推而上，将及青龙桥，方折而改向，则车头在前，列车在后，而直趋西北，以逾八达岭矣。南口以上，凡过山洞三：一为居庸关山洞，深约三四里；一为五桂头山洞，约半里；一为石佛寺山洞，约里馀。闻山洞共有四，余等仅经其三，其未经者，即八达岭山洞是也。此为本国人自建铁路之最有名者。观其地势之险，施工之巧，宜乎为中外人所称道不置矣。七时二十分，抵青龙桥。舆夫驾兜子在彼候已久，遂乘之。至八达岭之麓，余与钟师舍舆，循长城拾级而上，过望楼五，始登其巅。山风极大，步履颇艰，群岭环抱，虽至岭巅，亦不能远眺一切。岭上有北口城，倾颓过半。时已八时，舆夫促余等归，遂自巅下，乘兜子行，十时至居庸上关，雄踞两山之间，城楼四层，城之中有云台，以巨石筑成，相传为元代所建。其式如巴黎之凯旋门，内外均刻佛像。台内嵌石刻，为汉、蒙、藏、回、女真五种文字，古雅可爱，以时促不及细阅。居庸关有官署，有捐局，市街亦颇热闹。十时半，自上关启行。北方之山，多无水泉，惟八达岭青龙桥以下，至居庸关，涧水自北南流，汇而为溪，潺潺之声，不绝于耳，所谓弹琴峡者即此。十二时，乘汽车回京，至西直门，不过一时三十分也。

普陀纪游

　　民国三年夏，南中苦热，立秋后犹未稍减。余久欲作普陀之游，适袁君观澜，自京归，观澜喜山水，为游山旧侣，因告之曰："盍作普游？"观澜欣然。后告庄君百俞，百俞亦乐从。吕君天洲，善摄影术，百俞邀之，携摄影器以往。四人于阳历八月八日午后三时，同上招商局之江天轮。五时开行，出吴淞口，海风吹来，炎暑顿消，令人意爽！舟循大戢山而南，行于内海，波中浪静。四人晚膳毕，倚舷远眺，杂谈间作，十时后就寝。船票分二次购买。申至甬，官舱人各一元；甬至普，海程较沪至甬为近，而反人各二元。盖江天船，每岁惟阴历六月观音诞辰，逢星期六，直开普陀四次，余则不往，仅至甬而止，故昂其值以取利也。

　　九日晴。上午四时一刻，入浙之甬江口，过镇海。五时，抵宁波。停一时许，卸去货物，复开行。循舟山列岛东南行。两旁岛屿，星罗棋布，海道窄狭处，仅如内河耳。十一时半，抵普陀。各寺多遣有接客者在船。余等择定长生庵，唤接客者至，以行李畀之。舟泊港内，离岸约里许，以划船登岸，人各予以小洋一枚，遂乘兜子，自南道头入山，皆琢石甃成孔道。既阔，且平，所谓妙庄严路也。道旁多古木，交叉垂荫，翠嶂摩空，碧浪拍岸，风景殊胜！行五六里，至长生庵。普陀分前后两山，是庵适处其间。余等稍憩，即在寺午膳。寺僧接待颇殷，素肴亦适口。午后二时半，徒步出游，至法雨禅寺。普陀前后二山，各有大丛林一。前山名普济，后山即法雨，皆清初奉敕修建者。寺在锦屏山下。山峦环若列屏，有青玉涧，自山绕流寺前，迴环若带，碧石精莹，掩映清流，水石相触处，声淙淙然！普陀溪流稀少，此殆为冠矣！寺内规模宏大，有天王九龙大雄诸殿，后有藏经阁，旁有精寮，游客亦可栖止。殿中有玉观世音一尊，高五尺馀，妙相庄严，令人起敬！四时，往游海滨之千步沙。沙在东海滨，自儿宝至飞沙吞口，约长五里许。循山行，为玉堂街。沿海行，即千步沙。普陀四周皆海港，为海浪挟沙所积，日久成滩，所在皆是，而以千步沙为最长。玉堂街高于千步沙十数丈，而旧时纯为积沙，今已生草木，成为陆地。沧桑之变，于兹可见一斑。千步沙之胜在观潮。潮拍岸时，来如飞瀑，止如曳练，时时不息。遇大风则震撼激荡，惊心动魄，诡异不可名状，实山中之伟观！西人来游者，多在此为海水浴。余等并坐岩石，静听潮声，至夕阳西下，缓步归庵。七时晚膳毕。洗浴更衣，九时后就寝。夜半枕畔，闻海潮拍岸声，寺僧起而诵经声，潮音梵呗，相间并作，明月一轮，光照床前，此时令人万念俱寂！

十日晴。余等预计尽一日之长，遍游前后诸山。晨七时起身，八时四人均乘兜子出游。自法雨寺之西，向北行，迤逦登白华顶，磴道整齐，愈上愈陡。道旁绾以铁栏，行至半途，见数巨石矗立。下两石如攲，上一石高耸云表，峻险怪特，危而不堕。上题曰"云扶石"，下题曰"海天佛国"。再上磴道益峻。自山麓至此，行五里馀，历石磴七百馀级，方达白华顶，亦名佛顶山，普陀之最高处也。顶有灯塔，俗呼为天灯。由顶俯视普陀，全岛在目。东南望朱家尖落伽山，如扁舟浮于海上。西南望莲花洋如带，小岛历落，散布其中。白华顶后，尚有一峰。其高亚于白华，俗并称为佛顶，慧济禅林在焉。下山，赴梵音洞，循锦屏山麓行，越飞沙呑。呑形如岭，纯为流沙，履之没踝。自东至西，亘三里，阔百馀丈。相传昔为浅海，后飞沙日积，渐成丘阜，高处至三五丈。因风崇卑，其形无定，寸草不生，亦奇观也。自佛顶行十二三里，方至梵音洞。洞在普陀极东尽处，为峭壁裂罅所成。高三四十丈，两崖如门，洞然深广。海潮冲入，澎湃作声，故名。午后一时，回长生庵，午餐。二时半，复乘兜子赴前山普济禅寺。寺在灵鹫峰下，其规模宏大，一如法雨。殿中供玉观世音，亦与法雨同。寺前有莲花池，广十馀亩，东西各有桥，筑土成堤，分池为三。东西两池，俱盛产莲花，今则池水淤浅，蘋藻丛生，时正夏秋之交，已仅有残荷数茎矣。寺僧每岁放鱼鳖其中，故亦名放生池。寺左有香街，长里许，普陀市肆，惟此而已。全山悉为僧人，此外佣工及市商，其数甚少。商于是者，亦例不许携眷属。其任防御者有僧团，设局于普济寺。教育则有僧教育会之化雨小学校。殆所谓僧自治者耶。复循寺而西，历磐陀、梅岑诸峰。约三里馀，至灵石庵。庵内有磐陀石，石纵横可十馀丈，如鲸鱼之首。其下另有一石，周广百丈，高身锐顶，磐陀托焉，旁空中倚，而不欹侧，其上平坦，可容百人。梯而登，可以望海，庵之所以名也。自庵而西，不及半里，有二龟听法石，一蹲伏于石顶，一缘石匍匐而上，昂首延颈，筋脉尽露，形状酷肖。再下为观音洞。洞殊小，外砌以墙，中供观音。至此已为普陀极西尽处矣。四时后，折而东行，过白华岭。约十馀里，至紫竹林。山中之石，剖视之，俱白质黑章，旧志谓作花竹草木状。今谛观之，实为海藻遗迹。盖是岛旧为海底，故海藻没于其中而成化石也。而是地紫竹为最多，故名。其下有潮音洞，亦为山石裂罅所成。从崖至洞脚，高二三十丈，洞门有二，奔涛冲入，嚖宏作大声，飞沫溅十馀丈，与梵音洞南北相对，均为普陀胜处。然梵音峭而深，由上俯窥，不见其底，惟闻潮声。潮音则洞前岩石齿齿，可登而观潮。一隐一显，为状各殊。六时后，日已西沉，遂各乘兜子而还。是日遍历前后诸山，然于前山诸胜，未能畅游也。兜子一乘，用舆夫二名，价有定例，游前山诸胜，给小洋六角，游后山亦然。若只游山中一处，及码头上下，则给三角。余等一日游前后山，故给以十二角，外酌给以酒资。兜子钱均寺僧代付，临行时并算，酒资则游客自理之。

十一日晴。是日预备回沪，顾海船在午后四时方开，遂决以上午补游前山。晨七时，四人各乘兜子出，改道由灵鹫峰后行，路皆小径，树林夹之。过高冈，可以左右望海。约二三里，至梅岑峰，上有梅福庵，下有梅福丹井。相传汉梅福隐修于此。今观其井，仅道旁一石穴耳。复折而东，欲观不二石。志书所载两石相去丈许，形状宛似，故名不二。今则为圆通庵僧人筑为墙基，只露"不二石"三大字于外。"裁圆方竹杖，漆煞断纹琴"，其圆通僧人之谓矣！下山，至西天法界，俗呼为西天门。两石对峙，上有巨石覆之，中豁如门，西石尤耸峭，题曰"振衣濯足"。复下至磐陀庵，内有甘露池，为半圆形。水波澄碧，游鱼可数。复往观普济寺南太子塔。塔为元代诸王为孚中禅师所建。高九丈六尺，用太湖美石琢成。凡五层，各层四面，俱镌佛像，今上层已圮矣。折回香街，购土物数事，复乘兜子至僧教育分会。内设化雨学校，专教七岁至十六岁之寺僧。时方暑假，无可参观。遂至儿宝岭，观仙人井。井为泉水涌成，前邻大海，上覆石窟。窟内寒气侵人，取井水尝之，味甚清冽。朝山者多以瓶贮归，以为大悲法水，可疗痼疾云。复至朝阳洞，洞在儿宝岭尽处。面临东海，观日出者多登焉。十二时，回长生庵。午膳毕，整备行装。四人共住三日，付寺僧房饭资共十六元，赏仆人四元。一时半，乘兜子出山，为时尚早，途遇风景佳处，则止而游览。是行共得摄影三十馀片。至无量庵前，道旁古木森列，后有山景，四人乃于此合摄一影，名曰"普陀游侣"。过白华山，有巨石高三丈馀，兀立山麓上，镌"白华山"三大字，字直径可丈许。山前有森林，东望南天门石矶入海处，景状佳绝。三时，抵码头，至慈云庵稍憩。四时三刻，以划子渡登定海轮船。舱位颇宽敞，自普至甬，每人船费小洋十角，饭资另给。五时开行，六时至舟山之沈家门镇，停轮过夜。余与观澜、天洲登岸游览。街市极短，陈列者多鱼虾海物，腥臭不可闻。产盐极富，色白价廉，每斤三文耳。回船晚膳，九时就寝。

十二日晴。晨五时半开行，七时，至舟山停。停一时许，复开行，八时三刻，抵镇海之穿山。略停片刻，九时十分开行。十时三刻，入甬江口。自口外望招宝、金鸡二山，屹立如门，炮台数十座，罗列其间，形势雄壮。前日入口在夜半，未及览也。十一时，至镇海。停二十分开行，十二时二十分，到宁波。雇夫搬行李至江天轮船。每挑一角，择定官舱两间。安置毕，遂登岸。饭于江滨之颐福园。饭毕，进城一游。三时半回船，四时开行。晚膳后，八时即睡。

十三日晴。晨三时进吴淞口，抵码头，天尚未明，余等在船盥洗毕，四时，登岸抵家，甫昧爽也。

南岳衡山纪游

衡山之大，周围八百馀里。自昔相传有七十二峰，实则连峰攒列，各自为高，其数奚啻七十二。体势闳大，跨越长沙、湘潭、湘乡、衡山、衡阳五县境，视他山之仅一二峰独尊，众峰皆小者，迥乎不同，宜乎其称岳也。岳之首曰回雁峰，其足岳麓。余于民国四年六月，偕袁君观澜，旅行鄂、湘，乃往游焉。溯湘江而上，先游岳麓，次登衡山，终至回雁。自麓及首，足迹皆至，南岳之游，于是乎备矣。

余等以六月六日，至长沙。九日之晨，往游岳麓。出小西门，渡河二道，乘兜子入山。先至高等师范学校，参观半日。午后三时，乃登山。自麓至顶，不过五里。由山之东，迤逦而上，路径曲折，大雨之后，涧水潺潺，声如瀑布，山鸟时鸣，与之相和答。秧针簇水，高及尺馀，而老树森林，掩蔽路径，益觉幽深！三里，至万寿寺。寺旁有白鹤泉，水甚清冽。再上，得印心石。其左，湖南反正时被戕之陈副都督墓在焉。山之半，有云麓宫，对江辟望湘亭。在彼小憩，有老道士出茗点款客。遥望湘江，眼界豁然，中有牛头、水陆二沙洲，隔江为二，即入山时所渡之二河也。既出，行五里，及山巅，有岣嵝碑。岣嵝本赝物，是即明嘉靖间长沙守摩崖勒于此者，年久风霜剥蚀，字迹模糊，不能辨矣。再西至云麓峰，为最高处。东望长沙城，屋宇栉比，江畔山峦重叠，皆在足底。西望诸峰绵亘，亦皆奔赴岳下，山泉崩泻，下潴为溪，或圆或方，与秧田相间。自山之西而下，道路皆砾石，比登山时难行。乃舍兜子而步，约六里馀，至濚湾寺，已及山麓矣。仍渡河而归，夕阳尚在山也。

六月十四日，离长沙。午后三时半，抵湘潭。十六日，至衡山，宿于李氏家庙。

十八日晨，往游南岳。乘兜子出望岳门，遥见连峰插天，烟云杳冥，若隐若现。十一时，过一亭，前有"引人入胜"四字。复经九龙泉、师古市，自此地势渐高，两旁皆山，径路纡回曲折，或高或下，竹树夹道，涧声不绝。连峰之巅，虽畅晴犹出云，油然溕然，若烟若雾，变换不可名状。行三十里，达岳庙，宏阔壮丽，较泰山之岱庙，规模虽不及，而整饬则过之。庙之大门内，为棂星门，旁有东便、西便二门，门内为戏楼。左为钟亭，右为鼓亭。再进为正南门，重楼二层。左右有东川、西川二门，更进为嘉应门，门内有御书亭。后为正殿，最后为寝宫。余等憩于庙旁之三元宫。

有道人出而款客，舍余等于客室，甚清洁。以时尚早，乃再雇兜子，往游水帘洞。自岳庙之东北行，山中道途平坦，四围皆大山，而中多平原，平畴绿野，弥望皆是，秧田依山高低，利用山泉，高田之水，泻入低田，不必用龙骨车，而水利丰足。山民比寻常农夫，用力乃省十倍矣。行八里，闻壑声如雷，盖即水帘洞之瀑布，崩流于乱石间而作声也。未几，遥见两崖之间，如絮如雪而喷射者，即水帘洞也。其水实为瀑布，源出于紫盖峰，自上倒泻，至此适当两崖之坳，坳处有仰穴，水经此激射而上出，复奔放而下，喷珠抛玉，轻明若帘，故名。下临大壑，故声闻数里。其旁有石壁，石色黝黑如铁，镜削如斧劈，若与水帘争奇者。洞在山之高处，路险滑不易登。稍平处砌石为级，陡削处则凿岩石为级，舍兜子步行而上，至近洞口，坐巨石恣观之。薄暮乃下，复乘兜子归。

十九日之晨，乃为祝融之游。八时乘兜子由庙后北行。过遥参亭而上，行二里，经驾鹤、青岑二峰。二峰间有潭水下泻，名络丝潭。潭源自芙蓉、香炉诸峰，自高而下，虽不若水帘之陡，而其声之洪大过之。五里，过玉板桥，至报信岭。自此而上，壑声愈大，如万马奔腾。望见彩霞、朱明诸峰，峰峰攒簇，其端出云，云气升腾，忽而掩峰之半截，仅露其尖；忽而掩蔽峰顶，惟见翠黛，东鳞西爪，殆似碎裂之锦，悬薄空中，转瞬又失其原状。十里，至半云庵，自此而上，路愈陡峻，层累复折，愈转愈高。十五里，至半山亭憩焉。俯视湘江，其狭如带，风帆如叶，隐隐可辨。再上为紫竹林，山中丛竹，自成群落，夹道而生，十数里不绝，故名。再上益峻，舆夫一步一喘，行二里，至邺侯书堂，为唐李泌读书处。又二里，至铁佛庵。时已过午，在此出干糇当午餐。再上为丹霞寺，俗名五岳殿。遥望南天门，尚在云端。再上为湘南寺，其下有文殊洞，洞中有巨石，前塑文殊像。洞之内左，水声淙然，其上又有大慈普观洞。自此至南天门，山腹多巨石突出，如象、如马、如狮、如龟。至南天门，而祝融峰之面，始突现眼前。东望芙蓉、紫盖诸峰，西望烟霞、天柱诸峰，对于祝融，如环拱辐辏。俯视下方诸山，在平地时亦甚高峻者，至此乃如丘如垤，累累然若千百之荒冢也。既逾南天门，折而下，复仰而上，始克登祝融峰。经狮子岩，有巨石耸立，酷似狮形，岩前镌四字，曰"天然大师"。下为洞穴，穴旁有泉，曰"古狮子泉"。自狮子岩分两道：左往高台寺，右往上封寺。余等乃至上封寺，寺东有观日台，从小径步行往登之，崎岖陡绝，努力攀跻始至焉。上有六角石塔，前为方石台，中竖一碑，题曰"观日出处"。再上，至祝融峰顶，是为岳巅。盖自岳庙自此，已行三十里矣。岳巅风雨不时，有一石屋，俗名圣帝庙，为游人避风雨之所。有横匾一，曰"五龙拱极"，盖指天柱至雷祖五山脉，皆若归向祝融也。屋之南巨石矗立，上建一碑，曰"同源碑"，字迹飞舞，日暮不能尽读，大概取三教同源之意。此行携有测高器，至岳巅测之，高一千零五十米，约合营造尺三千一百五十尺。较湖南省刻会典馆舆图所载，祝融鸟道高三百四十四丈五尺者，所差只五尺耳。祝融峰空气高寒，是日午，华氏表八十六度。晚八时，骤降下十度，夜半三时，为七十二度。是晚宿上封寺，狂风震撼屋宇，兼有骤雨。御棉衣裤，始不觉冷。南岳寺庙，岳庙之三元宫，较为洁净，馀皆湫隘黑暗，供客仅有粗粝之食。上封寺虽在极高之处，然因雨降不时，墙壁阶柱，皆湿润如沐。据寺僧云：一岁之中，晚间能望见明月，不过数次云。

二十日，六时启行。在上封寺时，仍阴云四合，俯视山半，则已晴霁。恒言南岳有三天：自山麓至玉板桥为一天，自玉板桥至半山亭为一天，自半山亭至岳巅为一天，往往晴其下，雨其上，或晴其上，雨其下，洵不诬也。八时三刻，回至岳庙，具餐毕。十一时，复乘兜子为方广之游。出岳庙而西，过中镇桥，桥跨白龙潭上。再经玉清宫，过止观桥。桥后为安上峰，上有舜庙，下有舜溪，相传舜南巡时驻此。昨日所游者，为岳之正干，诸峰多雄伟峻极，烟云变幻。今所经者，乃其西南支干，类皆嵯峨耸秀，峰巅亦无烟云，与昨见者，乃别为一面目也。桥之前对月形山，山之左后有塔，只馀五级，盖其上已圮也。五里，过黑神坳，有市集，名黑神市。复逾一涧，乱流而渡，涧宽数丈，两岸危崖，纡折十馀里。问土人皆不知其名，志称黄沙、黑沙、白沙三潭，从莲花峰下发源，潆洄下注者，盖即指此。过此西折，即为方广道。道在两峰之间，小而窄，崎岖难行，与涧水相并，或行其左，或绕其右，涧水为乱石所阻，轰声大作，愈上愈激。涧底纯为大石，有纵横十数丈者，或重叠如阶级，或横卧如牛背，水过其上，泐成鳞裂，可知此涧本山根石骨，年久为水所剥蚀者也。至福昌寺前，见潭水上源，自高下泻，为数节之瀑布，飞流喷沫，如百丈白练，折为几叠，悬于山间。方广道中，极为幽邃，逾岭十数，山径逼仄，高低不平，或凿石为级，或填乱石，与土路相间，往往傍山崖而行，下临绝涧，群峦四匝，数十里无人烟。路愈转愈深，境愈幽绝，盖未至方广，令人已应接不暇矣。渡分水坳，涧水分向东西流，其向西流者名石涧，是坳之脊，测其高为八百零十矹，约合营造尺二千四百三十尺，亦甚高峻，惟在南岳，乃不见其高耳。自坳而下，为石涧发源处。涧水狭而深，丛树翳之，殆不可测。抵方广寺，已暮霭苍然。自岳庙至此，约行六十里矣。昨日所经之路，阔而有石级，惟须仰上而行。今日所经之路，较为低平，然狭小而多无阶级，其艰一也。寺居莲花峰之中心，八峰环之，如莲瓣然。旁有二贤祠，祀朱晦庵、张南轩二先生。相传晦庵、南轩游岳，自山背上，首至方广，故祀之于此。方广在岳西北，地最幽深，游人到者甚少。寺在昔日甚有名，僧徒最众，今则仅屋三楹，僧一人而已。余等至石涧潭寺度宿。潭前道路欹仄，又有大森林蔽之。循石磴而上，仰首不见天日。涧水流于罅中，不见水面，惟闻轰声，境之奇，尤胜于方广矣！寺屋黑暗污秽，供食尤粗粝，以风景之佳，亦遂忘之。

二十一日，晨九时，自石涧潭寺启行，午后三时，回三元宫。午膳毕，四时，乘兜子回衡山县，仍宿李氏家庙。

二十二日，晨离衡山，赴衡阳。午后，四时半，至焉，留数日将行。乃于二十五日之晨，游回雁峰。出城不及里馀，即至峰下。上有雁峰寺，峰不高，登其顶，数百步耳。旧传雁至此即回，或曰峰形如雁回旋，故名，要皆不足为据。独是南岳绵亘盘纡，如此广大，而独取衡阳城南一小山，称之为首，余颇疑焉！山之脉自首至足，究相联与否，余既未获遍历诸岩谷，亦末由证明之。第就古人所云，则余之此游，乃首尾毕具，较诸仅登祝峰者，差足自豪也！

雁荡纪游

　　雁荡属括苍山脉。有南雁、北雁、中雁，而以北雁为胜。游人所至者，概皆北雁也。蒋君叔南（希召）家近雁山，以山景摄影数十纸，示张君菊生（元济）且指示游程。张君乃有雁游之约，余欣然从之。而傅君沅叔（增湘）、白君栗斋（廷夔）自天津来。乃于民国五年十月十六日自沪赴海门。午后至南市大达码头登蕃盛轮船。傅、白二君，已先登舟。四时启碇，九时即睡，夜间稍有风浪。

　　十七日晴。晨五时起，卧榻太低，不能直坐，遂至甲板，在日光中行深呼吸。是时舟行群岛之间，风景佳绝。八时三刻，到定海。偕三君登岸游览。约行里馀，为半路亭。又里馀，入城。市廛颇繁盛，咸鱼肆最多，腥不可闻！十时回船，十一时十分开行。午后六时，到石浦。石浦在象山之麓，海岸陡峻，居民依山建屋，均在峭壁之下。时已晚，船停亦不久，未克登岸。六时三刻开行。稍有风浪，夜深尤甚。十二时后，抵海门。在船度宿。

十八日阴，有微雨。晨起后，八时登岸，往统捐局访蒋君季哲（冶），系叔南君之介弟。张君早与有约，故知余等来，已预为指定海门旅馆。在局稍坐，即回船取行李，至海门旅馆休息。地临海岸，房屋系新建，甚为轩爽。海门原为镇，而有城。城外甚繁华，街道用石版筑成，宽平而洁，店肆整齐，建筑参用洋式。海门旅馆，与一品香番菜馆毗连。十二时，蒋君招饮于此。午后，在馆休息。晚七时，共登小船，船长约三丈馀，阔只六七尺，上支竹箬为篷，舱中只容二人，可坐不可立。共雇三船，蒋君一船，有兵士二名，以为防护。傅、白二君共一船，余与张君共一船。纵铺二被褥，二人直卧，尚觉逼仄，仆人已无下榻地，在船首坐以待旦。竹篷两端，洞然无障蔽，不能御风，俨如露宿，而空气大佳。余等志在雁山，故觉别有风味，不知其苦也。船行小河中，至狭窄处，与来舟相摩而过，恒至冲撞。是夜卧未宁。

十九日晴。晨六时，到大溪镇。自海门至大溪，为八十里。镇属温岭县境。憩于蒋君之友张君德甫家。为具晨餐，招待周至。七时三刻，乘肩舆启行。途中四山环绕，到处竹林茂密，绿树成荫，间以红叶，晨鸟出林，鸣声不绝。八时半，度隘门岭。路旁闻涧水声，潺潺悦耳。乃下舆步行。峰峦重叠中，往往有谷。居民皆种稻田，自成村落，诚世外桃源也！是日，山民均往大溪赶集，络绎于道，所携皆竹木、柴炭、竹笆、箕帚之属。亦有肩铁块者，盖山中产铁也。九时三刻，度寨岭。岭下有亭，名靠天茶亭。寨岭亦名靠天岭也。亭为己酉年公立，有碑以记之。中叙集款置田设亭以济行人事。寨岭属大荆镇，为乐清县辖境。自大溪至大荆，约三十里。到大荆而雁山在望矣。余等休息于蒋君家中。午膳毕，往宅后小山略览。山名印山，以形似名。山下有小湖，山顶为财神庙，设私立女学校。其后尚有公立两等小学校，未及往。午后一时，赴雁山。未及二里，抵石门潭，称为雁山门户，即雁荡之东外谷。两峡高耸，潭水自峡流出，水为深蓝色。自石门潭折而西，渡潭水下流之浅滩，五里，抵老僧岩，亦名石佛峰。峰下有石佛，为蒋君叔南集款所建者。岩西对面山麓，有石佛寺。老僧岩之状，酷似头陀，披袈裟，拱手兀立，远望尤逼真。过老僧岩畔，有小童岩，似小童立于老僧之后者。行五里，至石梁洞。洞前有石梁，自下拔起。如老树横空，上端与洞石接。由梁侧隙中拾级而上，仰视梁与洞之间，隔离数丈，可通天光，故洞内甚光明。两旁清泉下滴，汇而为池。洞下有石梁寺故址。今蒋君叔南于此新建一楼，尚未落成。自石梁行二里馀，陟谢公岭，岭顶有落屐亭。东外谷至岭为止，岭北即为东内谷。自岭而下，两旁大石如城，东为小幞头岩，西为大幞头岩。岩下有初月洞，以形似名。又名响板洞。中有人家，筑板屋以居，养猪与鸡，至为嘈杂。岩前有张显闲题"敦本兴让"四字。两岩中间隔一溪，名鸣玉溪。溪东有果盒岩，溪西有船岩。果盒桥跨溪上。果盒岩北有含珠、超云等峰。鸣玉溪之上流，有照胆潭。潭水深蓝色，潭上有风洞，洞东有灵芝峰，形如芝草，独秀空中，状至奇绝。首戴一树，俨如枝柄。渡桥而西，有高峰如合掌，即灵峰也。下有灵峰寺，前为双笋峰。两石矗立如笋，故名。灵峰之左，有伏虎洞，今名北斗洞。道人春阳，就洞中新构四层楼，余等即在此宿焉。洞高而开豁，面南背北，夜间不甚寒。洞内左侧，泉水下滴，汇为深潭。夜静闻水滴声，断续而下，凄清幽远，令人神静！夜半，明月半规，自洞口射入，直照床前，因披衣出外，傅君沅叔，亦悄然起，谓余曰："游山须游名山，正如观大家之画，其中峰峦洞瀑，无一不备。若寻常之山，只一丘一壑耳！"又曰："凡遇好景，切勿当面错过。"至哉斯言！二人凭栏静观，流连久之。

二十日晴。晨出山门，在日光中踞石久坐，八时后，游灵峰洞。是为灵峰正面，两峰插天，下离上合，故亦名合掌峰。下为洞，即灵峰洞，又名罗汉洞，今称观音洞，自下拾级而升，计三百七十七级。洞顶有泉，滴沥而下，前为珠帘水，后为一缕泉。殿之右侧，泉为最大，鉴方池盛之，曰洗心泉。其旁石上题壁甚多。洞中依山筑屋，层累而上，其前为一线天，日光自此入。雁山之洞，以此为最高广。开山者，为宋人刘允升，在崇宁五年，今塑像其中。九时，由灵峰右转，至南碧霄洞。有居士金君玉峰，修道其中。洞外树木颇茂。对面为北碧霄洞，有屋数楹，已无人居。北碧霄洞纯为峭壁，而峭壁之上，复有壁焉。其五石骈列者，名五老峰。又有三石，名三贤峰。出南碧霄洞，仍循灵峰而回，探灵峰寺旧址。寺后有石镌"雁荡"两大字，径可丈馀。循鸣玉溪而上，观灵芝峰之碧霄峰，高耸云表。自其后侧观之，则又如巨兽蹲伏。十二时，回至北斗洞午餐。午后一时，拟同赴灵岩。由灵峰西南行，余与傅、蒋二君，逾鸣玉溪，往探风洞，履乱石而过。石高低光滑，无可着足，手足兼用，始至洞口。而时在秋暮，风不甚大，遂返。由灵峰西南行，过朝阳洞，及大夫岩。望睡猴峰，似猿猴睡卧状。至吉星桥，见老猴披衣峰，则已抵净名寺。寺后倚伏牛峰，久已颓废，现改为农林公司。出寺西行，为铁城嶂。高逾百丈，长数里，石色黝黑。对面为游龙嶂，人行其中，如深山穷谷，气象阴森，毛骨为悚。循嶂脚西行，乱草没足，得半月洞。立洞口望游龙嶂，天光正如一线。再循嶂脚行，路益险，草益深，乃得水帘洞。洞颇深广，泉水喷下如骤雨。再从谷深入，尚有维摩洞、摩霄峰等胜。未及往。折回原路，过净名寺，向灵岩行。里馀，见峭壁之顶有二石，名二仙谈诗。其东相对一石，为听诗叟。过响岩，两岩如门，石窍中空，舁夫以石击之，应声而响，故名。过此山益幽秀，已入灵岩道矣。道颇纡曲，疑若无路，一折便入胜境，再折而天柱峰在望，三折而入灵岩寺矣。灵峰与灵岩，为雁荡最著名者。灵峰奇峭，而石多土少。灵岩幽秀雄奇，峭壁四合。南向则有大平原，背负屏霞嶂，高数百丈，阔称之，左为大小展旗峰，右为天柱峰。天柱后为双鸾、玉女、卷图等峰。前为老僧拜石岩。展旗峰侧，为观音岩。诸峰形状之奇，叹为观止。以时已暮，未及细览。是夜，即宿于此。灵岩寺僧昔将寺产变卖，今归蒋君兄弟所有，营建新屋，并在四山植森林，余等所宿者，即此宅也。

二十一日阴雨。此日本拟往大龙湫，因雨而止。遂遍览灵岩诸胜。八时后，出寺绕屏霞嶂右侧而上，有石横于路隅，上镌"天开图画"四大字，旁署"龙渠"二小字，年月无可考。一路细观天柱诸峰，天柱雄直挺拔。后为双鸾峰，其一峰顶上有古松，特立云表，不知其年月，人迹罕至，可谓独全其生者！卷图峰形圆而耸，亚于双鸾，如图画一卷。独秀峰下削上圆，高与卷图相等。其前一小峰，下丰上锐，宛如羊毫笔尖，故名卓笔峰。余等历百馀级，曲折而至龙鼻洞。洞表亦如灵峰。二峰拔起，至顶而合，合处石罅，有青石蜿蜒嵌于其间，屈曲向上，宛如龙尾。头则自洞顶垂下，有鼻有爪，故以为名。昔时尚有石乳，自龙鼻下滴，今鼻为土人所毁，仅馀一爪，乃不复见矣。洞之前为一线天，洞内有观泉亭。石上题壁，以此处为最多。下龙鼻洞，复循独秀峰而西，穷小龙湫之胜。雨后路滑不可行，践卧龙溪乱石而过。高高下下，约二千步，方至湫下。湫之上为峭壁，高数百丈，三面环曲，湫从峭壁飞下，喷沫沾人衣襟，如微雨。乃坐石上久观之。壁罅处处有小树，忽见一小鸟，长不过寸馀，头腹白色，背尾黑色，飞止树间，为龙湫点缀，亦奇观也。十时，由寺左侧登大展旂峰间之天窗洞。路极陡峻，巨石梗前，遇无级处，不可着足。余等踵趾相接，尽力攀登而上。至洞顶为一圆孔，有石横于前，凭石俯窥之，洞然空明，深而且广。尚有二孔，与此孔如犄角对立，故洞中甚光明。舆人携爆仗，燃而投其中，声如大炮，震动山谷。午后，诸人随意休息。余散步至寺前，择一大石踞坐其上，静对天柱久之，翛然意远，不知身居尘世也！

二十二日阴。晨八时，同往游大龙湫。出寺，经七塔桥西行。抵灵岩村。北有紫微嶂。嶂右一洞，名鸟洞。洞外为小剪刀峰。又西为板嶂岩。过列仙嶂，有峰耸起，名玉霄峰，亦曰观音岩。其下为莲台嶂。嶂西有峰五，骈立如指，名五指峰。至是，度马鞍岭，路颇峻，然有级可登。岭脊纯石无土，其形狭长，两端翘起而中凹，酷似马鞍，故名。是为东西谷分界处。渡大锦溪，即大龙湫之下流。泉流石上，其声渐大。一路经石城嶂、千佛岩等处，突见一峰，远望之，两端分开如剪，名大剪刀峰。绕出其后望之，又如张帆，故又名一帆峰。自峰后折而北行，即得大龙湫矣。自灵岩至此，十五里。大龙湫瀑布，自连云嶂直下，飘洒如雾，嶂壁两面环抱，开豁宏阔，与小龙湫之幽深，面目各异。壁底之石，窊进为一大穴。瀑布下注成溪，即大锦溪也。因绕湫后。逼近壁下，向外观之，则所谓湫者，四面悬空，夭矫如龙，飞舞不定，势急若暴雨，喷沫之细，则又如雾。溪边亦见一小鸟，与昨在小龙湫所见者同，时飞时止，浴于湫下，盖水鸟也。是时，日光适从云中射出，瀑布折光，现各种色彩，闪烁耀目。溪旁有观不足亭遗址。余等流连至半时之久，尚不忍去，诚哉其观不足也！十时后，折回。循原路南行，过连云嶂之左，嶂间有二大孔，名阎王鼻。十一时，抵能仁寺。寺已荒废。其前为戴辰峰，南有火焰峰。自寺出，度行春桥。至溪边，可观对面之燕尾泉。天久不雨，泉水不大，燕尾之形，不甚分明。泉下注为霞映潭，潭水深蓝色。寺右有嘉福院故址，有大镬尚存，口径约丈馀，高称之。为宋嘉祐七年刘仁晟施财所铸之浴镬也。余等裹粮在能仁寺饭罢，仍回灵岩。余此来锐意欲探雁湖，同游中傅君沅叔能健步，相约同往。而傅君适患感冒，不克如约。余又未便违众意，一人独往。今游踪所至，仅及西内谷，尚未逾芙蓉岭，入西外谷。昔徐霞客善游，亦第二次至雁荡，方克探雁湖。岂名山胜景，固未许一度览尽乎！回寺，尚止午后二时半，游兴未尽，因独自一人，携向导，登寺后之屏霞嶂。路之陡绝难行，与昨登天窗洞相似，而曲折高峻复过之。未及登三之一，而对面大展旂峰壁间之天窗洞，洞后两大孔，昨从内观而不知其所在者，今则已现眼前。特其下丛树深密，无径右升耳！仰上攀登，道益险，往往巨石梗路。凿石约略成级，行者仅可用半足，亦有竟无级，几于匍匐方能上者。行三里，方达屏霞之顶。俯视天柱峰，则仅如园庭中石笋，罗列足底。而今日道中所见之板嶂、观音等岩，高耸云表者，亦近若咫尺，可以拱揖矣。嶂顶有觉性庵。自庵绕嶂再西，抵莲花洞。洞亦敞豁。其石纹有如莲花形者，故以为名。有带发修行之陈道友等五六人居其中。此洞在雁山不足为奇特。惟其在极高处，能俯视诸山，为可贵耳！嶂东为金乌、玉兔峰。嶂西数里，为小龙湫上源之温泉。以时晏不能往，遂下。过仙度桥，依原路回寺。同游白君善书画，此行遇胜处，均有题壁，白君手笔也。大抵雁山之胜，一在洞，一在嶂，一在湫。他山之洞，高大者绝鲜，且恒黑暗，而雁山之洞，皆高大而光明，移其一于他山，已足称胜！

而雁山则多至四十馀，此一奇也。吾人知嶂字之意义，谓山峰之如屏障者。然屡游名山，初未目睹，而雁山则到处遇之，绝壁连衡十数里，顶上削平，其石色或赭黑相间，远望俨若画屏，此二奇也。山中瀑布，恒在山顶纡曲而下，泐石成涧，而雁山之大小龙湫，则自嶂顶溢出，悬空直下，而绝壁之石，一无泐痕，此三奇也。人有恒言："江南九郡，雁荡为最。"非虚语矣！

二十三日雨。晨七时，傅君邀余再观小龙湫，雨后之瀑，比前日为大。回寺，乘肩舆冒雨行，循原路至大荆镇。膳于蒋君家中。膳毕，即行。至大溪，为午后三时，遂分乘三舟，一路风景之佳，俨如山阴道上，前此在晚间，未之见也。七时后，至泽国镇。登岸在饭馆晚餐。八时复开，宿舟中。

二十四日晴。午后雷雨，黎明抵海门，仍息于海门旅馆。十时，修容洗澡。午后，乘小轮赴台州，作天台之游，别详于余之《天台山纪游》。

天台山纪游

民国五年十月，余与傅沅叔、白栗斋、张菊生三君，既游雁荡毕，返海门，乃复为天台之游。于二十四日午后四时乘升昌轮船赴临海。舟由椒江上行，中途遇雷雨。八时到临海。临海旧为台州府首县，然无旅馆。在海门时，先电告华品社书铺，托为预备住处。至则社员朱君联成，已在埠招呼。余等乘肩舆至石林道院住宿。社主人陈君友衡，亦来招待，甚为殷勤。道院在城中八仙岩上，故亦曰八仙宫。

二十五日晴。晨起，赴院后山上，游览一周，可以遍观全城，颇为畅快。殿后石笋林立，所谓石林也。早膳后，偕同伴出外散步，至华品社，与鸿雪馆照相主人，约定至天台山摄影。午后，回八仙宫。陈君友衡，送盛馔至，余等辞勿获，乃受之。午后三时，偕陈君参观第六中学校，及县立高等小学校。四时后，回院休息，预备明日就长途。

二十六日阴。晨六时，乘舆启行，出临海县西门。七时，度茶员岭。一路连山不断，松柏参天，修竹茂密，到处成林。百年古樟，枝柯盘曲，幢幢如伞盖。乌桕之叶，经霜变色，浓者如胭脂，鲜者如血，淡者或赭或黄，果实垂垂，壳脱种露，色白如脂。有此点缀，诚天然图画矣。八时，过八叠岭。岭有数脊，低而复高者，共有八处，故名。十时后，度植茂岭，复逾小石岭。岭下有新建铁桥，长约十馀丈，名中渡桥，盖在大溪之中段也。十二时，度百步岭，上有紫阳道院，岭下有极大松林，长及里馀。一时后，至杜潭，复逾滩岭，过石塘桥。桥跨始丰溪之上，以石为之，长十馀丈。二时半，度横山岭。此行度岭甚多，而以小石、横山为最高。过岭后，见路旁又有大松林夹立，风过时声如波涛。自此以至天台，大松林已数见不鲜，即此可见天台之气象不凡！四时，度大溪桥。桥支木为之，约长三十丈，阔仅五六尺，跨大溪之上，在天台县南门外。四时一刻，进天台县南门，出北门。五时半，抵天台山之国清寺。寺为隋时智者大师所创，清雍正时敕建，在天台山南麓。后有五峰环抱之。寺前有古塔，高九级，为隋时所建。乃在此度宿。方丈名松隐，出门未归，知客名怀莲，出为招待。复遇华顶寺净土庵宗镜和尚于此，约明日同游。

二十七日阴雨，未能登山。晨九时，出寺门游览。有桥跨双涧上，名双涧桥，今呼为丰干桥。度桥左行，至塔前。坐听溪水，乱流石间，声汩汩然。旋返寺。因多日未能息心静坐，此刻得间，乃闭户入坐。坐久颇觉周身愉快。午后，宗镜和尚，导观寺内一周，并翻阅前人天台山游记，晚九时即安卧。

二十八日，阴雨稍止。晨九时，往游赤城山。由国清寺出，渡双涧西行。雨后山容如沐，红叶尤鲜，正似美人新妆。高山之顶，处处出云，油然瀚然。一路土石皆赤色。五里，抵赤城，远望之山石骈列如屏，赭黑色相间，层迭而上，故名。山下有栖霞洞，今称紫云洞。余等攀跻至巅，得玉京洞，洞旁有金钱池。绝顶有塔七级，梁岳阳王妃所建。十一时后，回国清寺午膳。膳毕，赴高明寺。由国清寺右，绕五峰东麓行。逾金地岭。岭绝高，两旁皆高峰，路边为深涧。前望峰头，若出云表。然愈上，则地势愈高，复有高峰，突现眼前，而前峰已在足底矣。既登岭脊，地甚平旷，已垦之田，随处皆是。顺道至塔头，入直觉寺。内有智者大师肉身宝塔。从岭下，至高明寺，已四时半矣。自国清至此，十五里。高明寺，后倚狮子峰，前临幽溪。寺旁有圆通洞，洞口对狮子峰。峰下大石突兀，上镌有"佛"字，径可二丈馀，为石梁比丘兴慈所书。其上有看云石。晚宿寺中，宗镜和尚今日同游，且将导游各处。

二十九日，先晴后雨。晨六时起，再往游圆通洞看云石。寺僧定融，出示智者大师紫金钵、龙衣并贝叶经，皆古物也。九时，出高明寺，仍折回真觉寺，逾银地岭。十时半，过祖师亭。天台气象雄阔，高山之谷，到处有平原。田土肥沃，农民垦殖其间，自成村落。以余足迹所及，除衡山七十二峰外，他山殆未可比拟。

然衡山之田皆瘠，则又逊天台一等也。是时四山云合，人行云雾中，对面几不相见。空气高寒，似仲冬景象，而道旁尚见杜鹃开花。十二时，至龙王堂，银地岭至此为止。以上则华顶道矣。二时，过寒风阙。两山脊至此忽然中断。架桥以过，两旁无山遮蔽，故无风之日，亦有大风。若大风起，则人不能立足。乡民之经此者，遇风恒折回。二时半，至华顶山下之善兴寺，云气益浓，雨随之降，不能出门。而寒气彻骨，余等或御棉衣，或御皮裘，围炉取暖。自高明至华顶三十里。善兴住持名华最，重兴此寺。现正大兴土木，颇有新气象云。

三十日阴雨。云雾不开，不能出游。上午，宗镜和尚导往华顶山岭。看左右各处茅蓬，类皆退居僧人，自构茅蓬，在内掩关习静。道行高僧，不轻见人云。午后，往拜经台，是为智者大师拜经处。上有茅庵，为天台山最高处。庵旁石碑，镌"天台第一峰"五字。自拜经台下，顺道至李太白书堂，为唐李太白读书处，今仅一茅庵而已。归时，云雾稍开，望见山下，已有日光，而峰顶仍云气弥漫，随风飘荡，上暗下明，颇呈奇观。四时回寺。傅、白二君，先赴方广。余与菊公，仍宿寺中，待明日行。入夜，大雨竟夕不止。

三十一日阴雨。拟待雨稍霁，即赴方广。至午后仍不止，乃冒雨而行。三时，抵上方广寺。闻傅、白二君言，石梁之胜，为天台冠。乃于四时，偕菊公等冒雨往游。至中方广，而石梁瀑布在前矣。瀑布自上方广来，分为二支。自石罅冲激而下，至石梁下而合为一。雷轰电掣，势极雄大。石梁长约丈，两端削下，而中央隆起，其狭处仅四五寸。正值降雨，路滑不能着足。下视瀑布，一落千丈，更令人胆慄！宗镜和尚，习惯已久，先度梁而过，以手招我，欲携以俱行。余好奇心陡起，乃谢之，独自侧足度梁而前，颇觉履险如夷。梁之对面，无去路，惟一铜庵，有五百罗汉像，亦用铜铸。龛下镌"明朝天启年间，太监徐贵、五台山沙门如璧募造"云云。谛观毕，仍偕宗镜自石梁折回，余人不能从也。复自石梁畔，攀登大石，觅小径，至下方广前小桥上，从石梁后面观之，瀑势益大。自梁迅疾直下，长可数十丈，声闻数里。更从桥下，履高下乱石，逼近观之，瀑势砰訇，飞沫溅人，奔流从足底而过，余于是叹观止矣！自登华顶，连日阴雨，人居雾中，举目无所见，令人郁郁。今得石梁之瀑，胸襟为之开豁，虽雨仍不止，登陟过久，袜履尽湿，而意犹未餍也。自石梁折回，时已薄暮，山气昏黑，乃回上方广宿焉。自华顶至方广，十五里。凡游天台，如遇阴晦之日，慎勿先登华顶，宜先宿方广。方广风景佳，可以数日盘旋，俟晴霁上华顶，至便也。方广寺住持名松真。

十一月一日，雨少霁。晨八时，余等重游石梁，在瀑布旁合摄一影，又各分摄一影。余欲坐石梁摄影，同游者皆尼之，菊生阻之尤力。余徇良友之规，始已。既而三公先行，余独留指挥摄影师，迨摄石梁全景时，乃踞石梁之脊，将我相纳入风景之内，心乃大快。惟人小如豆耳！盖心神若能静定，外界固不足以乱之。余但觉濠梁之乐，危险二字，胸中固遍寻不得也。昔徐霞客度石梁时，尚觉毛骨俱悚，余差足自豪矣！十一时后，由方广度大岭峤。道中小瀑布甚多，若在他山，均足称胜。余见岭旁有一三折瀑，其下流亦长十馀丈，雁荡之小龙湫，不足比也。而在天台，则为石梁之瀑布所掩，人莫能举其名。余因名之曰三折瀑。一时，至万年寺。三公先至，待我久矣。寺前有古桧树八株，大可五六围，高逾百丈。到寺，寺僧善惠，招待至殷，余等略坐即行。二时，度观音岭。自岭顶俯视诸山，千峰攒簇，云开处日光射之，重踏如波浪。复度罗汉岭，过地藏寺。寺后倚危崖，前有大森林环抱之。三时，度藤公岭。岭道盘旋曲折，势极陡峻。至泗洲堂，已入新昌县界。清凉寺在岭后谷中，面对高山。左右古柏苍松，均百年前物，而竹林茂密，长及数里。四时，度冷水岭。土石悉带赤色，两旁皆田塍。过观音庙，及福寿庵，皆已荒废。四时半，至横板桥。居民数百家，有市集，颇热闹。五时，抵太平庵。住持僧名自游，出为招待。自方广至此六十里。庵前遍植修竹，小径幽深，别是一清凉世界！时则暮色苍茫，晚霞映山，为殷红色。栖鸟归林，喧鸣不已。余等在此度宿，天台之游，至是告毕。大抵天台之宏大，实可称岳。或峰，或瀑，或森林，若移其一在他山，即可得名。而天台到处皆是，虽有而不名。其名者，乃他山所无也。雁荡之奇，譬则仙境；天台之大，譬则佛国。山中无处非大谷，无处非村落，而风景无处不奇。文字不能形容，图画不能着笔，摄影亦只能得其一斑，大矣哉，莫能尚矣！

二日晴。晨六时一刻，由太平庵行，过会墅里岭。三刻，过坑桥，仍为重峦叠岭，岭间瀑布之多，一如昨日。有一大者，长可数十丈，俱无名。七时至斑竹。三十分，过九间郎、燕窝桥。八时，过赤土。土石俱带深赤色，故名。九时半，抵黄婆亭。十时，抵长邱店，过平川桥。三十分，过青林寺。寺虽小，而其旁古木修竹，亦自成林。十一时，到新昌县。进东门，自太平庵至新昌，五十里。一路山岭连绵不断。余等坐山轿时，因欲四面眺览，故将轿篷揭去，两足平垂而坐。新昌人聚而观之，相与大笑。盖本地人皆将轿篷悬垂，而仰卧其中，故以为异也。县城颇小，惟洋货铺较整齐，馀皆类乡镇，欲觅一稍大之饭馆，亦不可得，乃就小面馆午餐。十二时，出西门，过鼓山书院，在鼓山之麓，甚为幽静。三刻，过三溪。一时抵黄泥桥村，入嵊县境。二时半，过阮庙村。相传为刘、阮二仙故里，故立庙祀之。庙中正殿，塑五像，三男二女，中一老者为乡主，其旁为刘晨、阮肇，再旁二女像，即刘、阮所遇之仙女也。三时，抵五里铺，过马衔衕村。三十分，到嵊县。进南门，至东后街醉墨轩，访其主人宋君。宋君并派人导往城隍山鹿山吟社。本拟在此下榻，后闻有船可连夜开行，直达百官，且因傅君有病，遂决计雇船行。向卢顺记船行雇大篷船一艘，随即登船。船横而阔，舱中亦无桌椅，上盖竹篷，头尾直通，不蔽风雨，与海门至大溪所乘者相似。惟大逾数倍，可容五六人，能直立耳。余等往船行时，其掌柜既不招呼，站立门槛，诇诇之声音颜色，令人不堪！菊公软语款求之，方得一船，且有醉墨轩熟人介绍，尚如此，则其平日之慢客可知矣。嵊县产茶、丝，贸易大，故市肆繁盛，远过新昌。六时，船即开行，天忽雨，竟夕不止。

二日雨。晨七时，过蒿坝。八时，抵百官。自嵊县至百官，水程百四十里。泊舟舜江北岸，渡江而南，即曹娥镇也。沪杭甬车站，即在江边，不过数十步。余等将行李安置于车站前，早车已开，晚车为时尚早。遂至街市游览，饭于临江楼。饮馔佳美，价亦低廉。百官镇颇热闹，有大舜庙，面对舜江。甬百铁路，自百官至宁波一百七十里。余等乃乘第二次晚车行。十二时，登车，三时到宁波。宁波车站，办事颇整齐。客到，凭单取行李后，站中有雇定挑夫，均着号衣，只须向行李写票处，说明应送之地点，领取运送票，即可代为运送。到后给费，既速且妥。余等登江天轮船，人至而行李亦至矣。五时半，启碇。在船中洗浴，十时安睡。

四日阴雨。晨六时半到沪，七时回家。

菲律宾回忆

民国六年二月，偕陈筱庄、张绥青、韩诵裳、郭秉文、黄任之，赴日本及菲律宾考察教育。回国后，曾著考察教育团纪实以志之。当时并不注意游览风景，故未写游记。今因《旅行杂志》征文，回忆前尘，片段录之。

是年上海最冷，有时至冰点下十馀度，登船赴菲时，尚着皮衣。船向南行，至第三日，即换夏衣。到菲律宾之马尼拉，有如炎夏，热至九十馀度。初到时，正值菲律宾之赛会。是会每年二月三日起至十日止，全岛仕女，多来赴会。路上行人，无论男女老幼，多着诡异衣服，戴鬼脸，游行街市，手提布包，中红绿纸屑，逢人则取屑撒其面以为戏。不特菲人为然，美国男女亦然。每逢赛会，必选举花皇，所举必未嫁之女子。凡纳资取得会中股东资格者，均有选举权，以各报馆为选举机关。花皇当选之后，必出巡全市。仪从之盛，长及数里，皆含滑稽意味。全市之人，如醉如狂，余亦于是日往观之。先道者为乐队，其次一广车，长而方，装成山海之形，以四马驾之。花皇背山临海，衣红衣，手执一旗，端坐于中，前后立侍女数人，旗上大书太平洋皇后。花皇车后，随以黑衣高跷之两怪人，高可两丈，后随鬼脸者无数，次为马队、军乐队、步队、飞艇及大炮一，皆各校学生所扮演者。后有极高大之摩托车，上坐多人，象征菲律宾将来独立后之总统和内阁。既而一炮车，四周架炮，沿路开放，其声隆隆，而放出之炮弹，则红绿碎纸也。巡行毕后，花皇即至会场，行加冕礼。会场颇广大，为圆形，周围上下，电炬耀目，文木铺地，洁滑有光。中设宝座，高可十数级，花皇莅至，前有侍卫，执戟护从，后有宫女，簇拥而入。升座后，侍者奉冕加其顶。冕缀珠玉，价值巨万。礼毕，观礼者男女自为配合，在座前跳舞。是夕，乔装鬼脸之人愈多，衣服之新巧争奇，宜诡异。有西班牙夫妇二人，男则戴红顶花翎，衣补服，持折扇，女则绣衣霞佩，持圆扇洋洋入场，盖模仿清时我国新郎新妇装束者。闻花皇密派委员数人调查服饰之最奇异者，颁以赏品云。

菲律宾妇女，均服蝉翼之上衣，用亮纱为之，经纬极疏，两袖如展翅，高耸于肩上，裸其胸背及两臂。其下着裙，颜色多尚红、黄、紫，间亦有杂色。赤足拖鞋，腰间以绳悬一纸扇，扇骨软而疏，张扇招风，折后即垂之。男子着短衫裤，亦赤足拖鞋，苟非肤色棕黑，俨然粤人也。

自马尼拉乘汽车，驰八十英里，至东南海角之露斯斑诺斯，其地有著名硫磺温泉，泉旁有旅馆。余不谙英语，处处须翻译，适译者傅君焕光外出，日暮未返，余急于一试温泉，遂独自赴浴室。仆欧来招呼，余以手势作浴状，彼遂导余至一室，有瓷缸，先注温水，令余解衣仰卧其中，久之不至，余颇不耐烦，以为温泉不过如此，且仆欧慢客，试击作声以唤之，亦不至，约二十分方来，则以胰为余周身揩拭毕，令再卧水中，涤尽垢污，然后以冷水巾覆余首，引进温泉室关门而去。斯时满室蒸汽，热极，汗出如沈，余之难耐，又甚于前。欲启门，则门紧闭不得出，欲唤人，则更不得闻。约十分钟，仆欧又来，启门，导余至另一室，室内列藤榻十数，榻上铺线毯，即令余仰望其上，取毯裹余身，仅露头面。余正热不可耐，表示不愿受裹，彼不许，窥其并无恶意，亦听之。然热极，流汗益多，欲起坐，彼又急来按止之。又约二十分钟，始来扶余起，为之遍体拭干。复导余入一室，室内有空心铁柱三，对角直立，每柱自上而下，有三水管，共九管。令余人立三柱中央，开放九水管，向余身交互环攻。其顶复有一管，向下直喷，射出之水，如雨如雾，初尚微温，渐渐而冷。尔时真如醍醐灌顶，冷彻心肝，余几不能自持，摇手止之。彼亦不闻不见，喷射如故。射毕，彼又持水节，再用冷水注射余之周身，乃为拭干，方始浴罢。一浴所费，不过菲币一元，而手续乃如此繁多。余急归旅馆，遇傅君告之，则曰："此著名之温泉浴法，所以疗病也。"余曰："此正余之初试哑旅行。"不觉失笑！

华侨之经商其地者，以闽人为多，粤人次之，闽人尤以漳、泉二地为多。经商者必通西班牙语、英语、土语方可。华侨中闽人遇到粤人，言语不通，即闽之漳人、泉人亦言语不通，必假用西班牙语，或英语。某日余等至马尼拉之南部，遇一老华侨，年七十馀，只能操厦门语，不知国语。郭君秉文，试以英语询之，亦摇手不能答 。适与一西班牙教士，与此华侨稔，乃以英语告郭君，谓彼能西班牙语。郭君以英语告教士，再以西班牙语转译告之，方得彼此交谈，知此人到菲律宾已数十年，尚在隶属西班牙之时代。以同国之人，见面不能晤谈，至于借外国人为之重译，言语不统一之弊，乃至于此！

菲律宾百震亨瀑布纪游

　　菲律宾有著名之瀑布，在百震亨（Pagsanjan），其地距马尼拉九十五英里，有铁道可通。余于民国六年二月，偕考察教育诸君，赴露斯斑诺斯（Los Bunos）参观大学农林科。其地距百震亨，只十五英里。因欲往游，同人中多畏其险，不愿往，独黄君任之毅然决去，傅君焕光，农林科之留学生也，亦愿从，乃克成行。遂宿于露斯斑诺斯。明日黎明，乘汽车遄行，历二小时馀，至焉。百震亨虽一小镇，然街衢平坦，市肆整洁。据黄君任之言，酷似南美洲也。自车站行不到半里，至河畔，雇独木舟，舟土名庞扛（Banes），刳木为之，两端尖，较我国南方之脚划船，尚小一倍，中置两折竹榻，仅可坐客一人。舟子二人，一坐船首，一坐船尾，前后划桨。余等三人，各乘其一。将行时，舟子云：必须先至客店，租赁雨衣帽及鞋，否则中途衣履必尽湿，余等未之深信，漫应之曰，行矣，即湿何妨。遂解维，自百震亨下游，溯莫隔达比（Magdapio）河东南行。少顷，即遇险滩，水涌如沸，舟人入水，推挽其舟而过，浪花溅入，衣为之湿，始信舟子之言非虚也。一滩甫过，第二滩复至，水愈沸，浪愈涌。于是乃解去外衣裤，折置提包中，只馀里衣裤，与波浪肉搏。然一路两峡壁立，愈转愈深，树木倒悬其间，作浓绿色，鸣鸟上下，如迎异客，河水迂回皆碧色，险滩则礁石矗立，小者如拳如斧，大者如牛如象，水激其间，悉化泡沫作白色，令人优美之情，壮美之情，一时交迸，至足乐也。所过险滩凡七，愈上愈险，而景亦益奇。最险之滩，礁石益多而巨，水皆作漩涡。余等则登岸履乱石间，苍苔极滑，几不能举步。迨舟人放空舟渡滩，则悉弃衣履于石畔，再登舟，如是渡七滩后，而第一瀑布突现眼前矣。瀑自峭壁悬空而下，砰轰之声，可闻数里，颇似雁荡之大龙湫，而奇险则过之。观玩即既久，并以手镜摄影，乃促舟子前进，欲穷第二瀑之胜。舟子不许，谓："第二瀑非三月水浅时不能上。"余等再三强之，则云："昔有美国人，因不谙地势，顽强自恃，必欲观第二瀑，逆流而上，人与舟皆碎于漩涡中。"意其以危词恐骇也，则告之曰："余等好奇，非畏死者。"舟子皆曰："君等不畏死，吾侪不能不爱其生命，焉能从。"卒无如何乃返。返时顺流而下，行驶绝迅，过滩不必推挽，趁水势渡乱礁间，若行所无事，而舟之两舷骇浪拍入，则较来时益甚，周身如沐，可谓淋漓尽致！至来时解衣处，取衣而不能着也。险滩既过，放棹中流，傅君与舟子闲谈，则皆毕业于小学者。中有一人于水道地势，皆甚了了。其言颇可听，故记之。其言曰："百震亨河，自北至东南，共长四启罗米突（一米突合营造三尺一寸二五）。自下流沿莫隔达比河，至第一瀑布，必过险滩七。自第一瀑至二瀑，长二启罗米突，又须过险滩四。第一瀑布高百米突，阔五米突。第二瀑高六十米突，阔十米突，是则第一瀑长而狭，第二瀑短而阔也。莫隔达比河狭处十米突，宽处二十米突，深处十五米突，浅处则三米突。三月水小时，方可看第二瀑。今为二月，非其时也。两峡峭壁，高处一百米突，湿季瀑大，干季瀑较小。独木舟每艇二十五菲金至三十五菲金，长六米突，宽不及一米突，只可用六个月，约十二次。因过滩遇礁石摩擦，损坏极易也。百震亨河此类小艇，共十只至二十只。操舟非极有经验者，不能执此业。因浅滩乱石间，多极深之漩涡，偶一倾覆，人与舟俱不能出也。市长规定游人至第一瀑者，每舟菲金三元，至第二瀑者，每舟四元，无零费，可见市政之周密矣。"归时一路为炎日所逼，湿衣亦干，十二时半抵岸，乃重整衣履，至市中旅馆午餐。馆虽小而精洁，菜亦可口，人各菲金一元。是日适为星期，便道往斗鸡场，一览菲人旧俗，其地宽广如大剧场，门外车马填塞，其内临时摊物求售者，鱼肉蔬菜皆备，喧扰如市廛。斗鸡场四周有栅栏，观者环如堵墙，斗鸡者与公证人在栅中。斗时二人各挟一鸡，初各握其鸡之首，使两者逼视，继乃撮其颈毛，令他鸡啄其顶，盖激之使其怒也。

互啄数次，两鸡各大怒，乃纵于场中，各呆立蓄势，突起奋斗，愈斗愈厉，但闻鼓掌声不绝，而胜负分矣。胜负之数，以十元至百元为度云。观毕，乘汽车回马尼拉。傅君至露斯斑诺斯下车，与余等别。余与黄君回马尼拉时，已满市灯火矣。

五台山纪游

纪元七年九月，奉教育部命，视察山西学务，拟乘便礼五台，谒恒岳。京中寺僧，有曾至五台者，问其途径，或曰："五台气候寒冷，惟宜夏日，秋后不宜往。"或曰："秋日则天气晴朗，山中少雨，无大水阻途，可以往。"余以凡事决于一心，全凭实践，人言不足尽信，且时机不可失，乃立意往游。以九月二十一日首途，十月十三日返京。按日记之，以志鸿爪。

九月二十一日晴，晨八时半，乘京汉车赴石家庄。午后四时十七分到。下车，寓祥隆旅馆。稍憩，为时尚早，乃出外散步。石家庄当燕、晋之冲，市街繁盛，百货咸集。市旁有吴禄贞墓，文石为塔，围以铁栏。左为张烈士墓，右为周烈士墓，鼎峙而立，盖即与吴同遇害者。墓后建八角亭，阎百川督军所撰碑文在焉。傍晚回旅馆。

二十二日晴，晨七时，登正太车。凡由京至太原者，可购联票，价较廉。七时五十分开行，遥望太行山脉，蜿蜒不断。八时二十分，过获鹿县，地势渐高，轨道皆凿山石通过，左右盘旋，绕山而转，盖因车仰上行，不能取直线也。山谷居民，悉系土屋，屋顶低平，可以游息，并可曝晒杂粮，累累者皆玉蜀黍也。山中产煤甚富，多设运煤轻便铁道，一机关车，拖煤车十馀辆，自山运出。沿山人民，则多居土穴，层叠而上，望之如蜂窝，不似谷中居民，犹筑土室也。十时，至井陉县。地势愈高，轨道盘折愈甚，故车行忽向南，忽向西，忽向北，有时且向东。险仄处，左凿峭壁，右临滹沱河，恍如栈道。车中有警察来，讯问姓名，及来自何处，向何处去。余与以名刺，一一答之。既而复有宪兵来问，亦索名刺。忆离京时，有友人为余言，阎督之便服侦探及宪兵，密布于正太铁道，故有客人入晋，必先知之，盖不虚也。十时四十分，至娘子关。过此即山西境矣。正太无饭车，乃购鸡卵二枚食之，以当午餐。十二时三十六分至阳泉，二时十分至寿阳县。此处有保晋矿务公司。自石家庄至寿阳，车皆向上行。以升高度计测之，地势已高至八百三十粎，合华度二千四百九十尺。自寿阳以下，地势渐低。四时至榆次县，太行山岭，重叠险峻，多凿隧道，以通铁轨，故路虽短，隧道特多，自获鹿县起至榆次县止，共过隧道十有九。其工程之艰巨，殆不逊于京绥也。四十二分，到太原。进城，借宿于教育厅。厅长虞君和钦，旧友也，与之略谈晋省教育情形。虞君公事忙，虽本日为星期，仍赴督署会议，匆匆数语即出，余遂休息。自二十三日起，在太原视察各校教育，并应洗心社讲演，淹留三天。

二十六日晴。上午，料理行装，拟赴忻县，雇定架窝两乘，其一仆人乘之。另雇骡一匹，负行李。架窝者，用芦席作篷，为圆筒形，旁用二木，前后驾于两骡而行；行于山中，可免颠越之苦，故价较昂，可坐可卧，尚觉安适。十一时，与虞厅长及厅中职员揖别出城，省视学杨君秀轩（培翘）随同视察晋北各县学务。一路皆见黄土，高如壁垒，人民多穴居者。午后六时，至黄土砦。自太原至黄土砦，计程六十里，宿于段永盛客店。店系新开，土墙茅屋，比较清洁。一主一仆，占三间大屋，房钱不过百文。晚餐一白菜，一蛋，一盘捞饼，不过三百八十文，可谓廉矣。晋北民俗俭啬，皆食燕麦，无处得米。余自带大米一袋，令店中煮粥食之，亦觉别有风味。

二十七日晴。晨七时三刻，乘架窝起行。十二时半，过石岭关，入忻县境。关之右皆山，左为黄土壁，凿石通径，崎岖曲折难行。在关城镇天义店小憩，煮粥为午膳。自黄土砦至此，已行五十里。六时到忻县，晤县知事彭君子猷（赞璜），随即进城，舍于劝学所。

二十八日晴。是日在忻县视察各学校，为各校职教员演讲"教育之新趋势及教授训练管理方法"。

二十九日晴。晨八时，坐肩舆出城，与彭知事揖别，乘架窝赴定襄。九时，过傅家庄。此时农人正值秋收，男妇均忙甚，所收者多属稷（高粱）、粟（俗名谷子）、玉蜀黍、燕麦（俗名油麦）。

乡间国民学校，皆放秋假。午后二时半，至定襄县。晤知事钟君琼伯（英），遂进城，借居文庙之农桑分局。自忻县至定襄，计程四十里。

三十日晴。晨六时，别钟知事出城，拟赴五台县。九时半，至神山村。山在县东北十五里，孤峰特起，为群山所遗，故又名遗山。金元好问读书于此，因号遗山。上有神山寺，即元遗山读书处也。其旁有遗山祠。十一时半，过大关。十二时，至陈家堰。定襄境至此止。再前为河边村，入五台县境，涉滹沱河。午后一时，至东冶镇。自定襄至此五十里，有沱阳高等小学校。即往稍休，以携来之米煮饭，佐以鸡蛋，为午餐。三时启行，自此以往，皆为山路。两山之间，凿石通道而过，道阔约丈馀，或高或下，尚不甚崎岖。山顶多戴土，可以耕种，石为赭色或黝色。六时半，至五台县。进城，寓于劝学所。五台县地势，比石家庄平地高出九百粜，合华度二千七百尺。晚间寒冷如初冬，闻五台山中已降雪矣。

十月一日晴。是日在五台县视察各学校，并往川至中学校讲演。在省城所雇架窝，至此为止。另托劝学所代雇架窝二乘，驴一匹，准备赴五台山。

十月二日晴。晨八时，乘架窝出城，劝学员陈君智昂同往。出城渡护城河，十时，过阁道岭，已入台山之界。岭有寨，寨门旁一石碑，镌"五台奇胜"四字。岭去县城十里。五台所雇架窝比阳曲所雇者小，而行较速，价亦较廉。五台以北，地势高寒，仅能于阴历二月种稷、黍、粟、燕麦、玉蜀黍、马铃薯等，仲秋收获后，即不能再种他物。十时半，至南大仙。十一时，过牧获岭，距城二十里。十二时，过龙王堂，再北为狮牙岭。午后二时，过五台寺。在途中阅《山西通志》，及《清凉山志辑略》。三时，至柳院村（俗名留云村），寓于同心店，简陋之极。自五台县至此六十里，村中居民，只十馀家。命仆煮稀饭，煎鸡卵食之，以作晚餐。忻县、定襄一带，食物以高粱为主，兼食燕麦。五台以北，则专食燕麦，佐以马铃薯。其纯朴无欲，犹上古之风也！

十月三日。晨一时，大风雨，四时雨止，五时起身。六时三刻，乘架窝而行，遥望山顶皆积雪。七时放晴，以后时晴时雨，大山中往往如此。山路崎岖，悉为乱石，行走之难，较昨为甚。九时，过清凉石。山路陡绝，行于雪中，树木青绿，上缀白雪，殊为奇观。涧水激流，声若奔雷。至清凉寺稍憩，自柳院村至此三十五里。寺在清凉谷中，魏孝文时所建，中有文殊像，旁有清凉石。石周遭四丈，相传文殊菩萨手托来此。又有千佛塔，明万历三十四年八月十七日铸造。塔以铜为之，有九级，颇精工。寺僧出示文殊金印，印文为"清凉攉授"四字。又一铜印，为"清凉之印"四字。出清凉寺，山益陡，四望皆雪，日光耀之如银海。山中之田，层叠若鱼鳞，大率喇嘛所有，佃户为之耕种。牧畜之牛羊，到处成群。自金阁寺至镇海寺道中，有一山。山顶石纹奇秀，嵌空玲珑，询土人不知其名，或云西峰山。一时五十分，至镇海寺。寺在台山交口西南岭下，树木郁森，深红浓绿，殿宇金碧，辉耀生色。

寺有章嘉活佛塔，清乾隆时所建。出寺后，望显通寺而行，日薄无光，空蒙微雨，大风震撼，冷如仲冬。三时至台怀镇。有市廛民居，警察分所设于此。过杨林街，与台怀镇相仿。曲折以达显通寺，寺东汉时建，在灵鹫峰下，台山最大丛林也。巡官张君友松（树梅）在此招呼，住持寂承和尚，亦出迎接。显通寺高于平地一千五百釈，气压低至六十二籵，气温只华氏表五十度，是时复下大雪，不能出门。晋北各县，自仲秋以后，正干燥无雨之时，而山中气候不同乃如此。寺中以面供晚餐，素菜亦可口。晚九时，明星复满天矣。

十月四日。晨天气畅晴，甚觉爽快。七时起身，佛教会长怡谆老和尚来谈，显通寺退院僧也。谈毕，预备出游，先观本寺铜殿，殿高二丈馀，纯以铜铸成，中供文殊菩萨铜像。五台山为文殊道场，故各寺皆供文殊，四壁亦皆铜佛像。殿内大小四铜塔，大者十三级，小者七级，殿外有五大铜塔，分东西南北中，按合五台。因山中早寒，朝山者不能上台，即礼此五塔，以伸朝台之意。铜殿左右，有藏经殿，内藏明朝藏经。后尚有殿，藏蒙文藏经。铜殿前为无量殿，圆顶无梁，故亦名无梁殿，系汉代旧址，明朝所建，颇似洋式建筑。前有七圆门，额曰"法菩提场"。殿凡三楹，中供无量寿佛，丈六金身。右为文殊菩萨，左为药师佛，皆铜铸。四周有铜制转轮，上镌梵字。礼佛者以手转之，称转法轮。无量殿前为大殿，又前为文殊殿。出显通，至塔院寺。以寺有大宝塔，故名。塔高二十七丈，周二十五丈，其下二层，上层紫铜转轮三百八十一个，下层黄铜转轮六十一个。蒙古人朝山者，在此绕塔礼佛，又有望塔礼拜者。地上置长方木板，长四五尺，拜者以布袋套手，耸身下投，复前两手，俯伏于板，如是起伏，终日不息，此所谓五体投地也。塔后有藏经阁，塔前为大慈延寿宝殿，中供释迦像。十二时，回显通寺午餐。午后一时三刻，至圆照寺。从寺后上菩萨顶，顶在中台东南，即灵鹫峰之别名，为黄教喇嘛所居。台山僧人，分为青衣僧、黄衣僧。青衣即寻常之僧人，黄衣则喇嘛也。大喇嘛札萨克，即居于此。顶上牌坊书"云峰胜境"四字。自下而上，共百零八级。庙门有"敕建真容院"五字，相传唐僧法云，拟塑文殊真容，恳求菩萨现身，忽于云际睹神像，图摹塑成，因名真容院。进为文殊殿，再进为正殿。殿内藏藏文《大藏经》二百十六卷。菩萨顶高于平地一千五百秭，合华度四千五百尺。护理札萨克大喇嘛香楮诺架出见。余问青衣僧念佛，喇嘛亦念佛否？答：否，念唵嘛呢叭弥吽。与谈片刻，即由庙后出。斋房甚多，皆喇嘛所住，共有三百馀人。院后山畔，为喇嘛丛葬之地。用火葬法，占地不过数尺耳。再上为慈福寺，亦喇嘛所居。从菩萨顶下，至罗睺寺，寺宋元祐中所建，亦为黄教喇嘛住持。大殿中供文殊菩萨，两旁为罗汉像。后有西方殿，中置大莲花座，可以旋转，转时花开，即见弥陀佛、观世音、大势至。左转花合，取花开见佛之义。座下四周为莲花池，池内皆海会圣众，恍如西方极乐世界也。出寺，过前清行宫废基。赴青黄六路联合初等小学校。台山除青、黄二僧众外，居民分为六路，凡七百三十馀户。所谓东路、西南路、小南路、大南路、北半路、西半路、采茶路，皆系佃户。台山有市街四：曰台怀，曰杨林，曰营房，曰太平，皆忻县、定襄、五台、繁峙、浑源，各县人在此经商者也。山中天气，阴历五、六二月最佳，七、八月多雨，八、九月已下雪，且多大风，十、十一、十二月，正、二、三、四月，皆大雪期，四月下半，雪方消。下雪时，学生在炕读书，住校不还家，自己带米面，校中厨役为之代煮。午刻，青黄六路联合小学校各代表，请余午餐。山肴野蔌，别有风味（六路代表杨春，青教代表怡谆，黄教代表德木齐）。三时半，登梵仙山。山在中台之东，孤峰特起，居五台中央。自麓至顶，高于北京平地一千五百零十秌，合华度四千五百三十尺。上有灵应寺，观其碑碣，则言文殊率五百仙人，饵菊于此，故名。下山至殊像寺，殿中塑文殊像，高三丈，骑青狮，相传为神工所造，其质系燕麦和面所成，殊为庄严。出寺后，日已西下，遂回显通寺。晚餐后，住持寂承和尚来闲谈，余因问十大寺之名。据云："属于青衣僧者：显通寺、塔院寺、圆照寺、广宗寺、殊像寺、碧山寺、南山寺、凤林寺、金阁寺、灵境寺。而黄教亦有著名十大寺：菩萨顶、台麓寺、罗睺寺、玉花池、寿宁寺、金刚窟、七佛寺、三泉寺、普安寺、镇海寺是也。"

十月五日晴。大风，气温四十六度。晨六时半起，七时后，由住持率领至铜殿礼五塔，并与杨、陈二君，怡谆、寂承二和尚，合摄一影，遂出寺。东行数里，至太平兴国寺。寺内西庑，供杨五郎像，闻即杨五郎之肉身。像旁有五郎所用铁棍，重八十一斤，余两手略能举之。出祠后，至般若寺。寺在东台楼观谷，三面环山，山上奇石突兀，古柏挺秀。正殿左畔岩下，有金刚窟，深不可测。昔佛陀波利入此未出，故堵塞之。另就寺内山洞，筑二层楼，洞门镌金刚窟三字。内藏文殊牙，牙长约八寸，厚三寸，如象牙，其真伪不可辨。又有石镌文殊菩萨手足印。洞内小窟，即金刚窟。窟门阔仅八寸，高三尺，侧身可入。僧人以烛为导，入洞，转折而上，历十三级，有老文殊像，旁有文殊杖。由金刚窟而上，至普乐院。院在两峰之间，前蔽森林，甚觉幽秀。自金刚窟下，至碧山寺。寺已颓废。内藏七级字塔二卷，皆长三丈六尺，阔五尺。一写全部《华严经》，上款署江南姑苏邓尉山圣恩禅寺住持沙门济石，书成《华严经》宝塔一座，奉供五台山碧山禅寺，永远流通者。一写《四大部经》，款署姑苏邓尉山圣恩禅寺住持沙门济石，书成《四大部经》宝塔一座，奉供五台山碧山禅寺，永远流通者。末另署康熙庚午年虞山弟子许德心成和氏敬书，程嵋眉山氏绘像。余令僧人悬于正殿梁上，下垂至地，方得观其全文，字皆细于蝇头，至可宝也。一时，回显通寺午餐。餐毕休息。二时后上大螺顶。顶高于平地一千五百粀，合华度四千五百尺。五台顶五文殊菩萨，皆塑像供于大螺顶中。顶上森林，较他处为密，自下视之，郁郁葱葱，颇堪引人入胜。三时后，往访张警察长，四时回寺。预备明日起程赴浑源，游恒山。晚九时，退院方丈怡谆来谈天，其言有可记者。伊云："本寺僧有三百馀人，为住持者，安处徒众，终日事繁，虽已退院，尚不能不问，致无暇修行，反不若在家居士，心能专一。"余云："出家本为解除烦恼，今若此，非所谓一着袈裟事更多耶？"

十月六日。晨六时半起。八时，寺中方丈备斋送行。九时后，乘架窝赴浑源。阳曲之架窝，大而行迟，不如五台县之小而速。五台县架窝牲口，又不如山中之雄壮而健行，惟架窝则更小，几于不能直坐。出寺，向东北行。十时后，经华严岭。十二时，登红门堰岭，岭势陡绝，盘折而上，人马喘汗不已，十馀步一息。一时后到岭巅。高六百积，合华度一千八百尺，高于平地二千一百尺，气压五十八粉，气温六十八度。前数日因下雪，已无意登台，今日忽天气晴和，且无风，乃从红门堰步行五里，上东台，登绝顶，高二千三百四十积，合华度七千二百尺，气压五十六粉，气温六十六度。有石室三间，中供文殊菩萨像。屋外有残碑倒地，摩挲读之，乃望海寺碑文也，为清帝御制，只有"二十二年八月既望"数字，缺其一角，不知何帝年号？以《清凉山志》证之，殆康熙也。台距显通寺四十里，距北台三十里。石室中仅一僧人居之，名曰方道，现往那罗延洞打七。有馀杭兴隆寺朝山僧名宝华者，为之代理。宝华和尚为行脚僧，偕一升诚和尚，朝四大名山，已到过普陀、九华，今来五台，自言明年当赴峨眉。三时后，从东台而下。寺僧所谓积雪数尺，人不能行者，亦过甚之词。今观台上之雪，不过二三寸，且大半融解，以今日之天气，即上北台、中台，亦何妨。可知凡事必须实践，仅听人言，不尽足凭。惟狂风时起，则确也。自台下红门堰，仍乘架窝行。

下堰即入繁峙县境，台山尽于此矣。红门堰上岭已极艰险，不料下岭更难，乱石当道，势复陡绝，马足屡为之蹶。险峻处，真是羊肠小径，旁临深涧，余向者在架窝中，能浏览书籍，今则颠越特甚，头目眩晕，只可偃卧，一字不能寓目矣。六时半，抵狮子坪。自台山至此四十里，村在四山之中，冷僻无客店，借住于一农家。室中尘埃堆积，扑人眼鼻。向取饮水，水混浊，杂泥沙。北道行旅之不堪，今始觉之。姑且入室，稍息劳顿。命仆煮粥蒸馒头，开罐头食物，以为晚餐。此次陆行，恒早晨进食一次，直至晚间再食，乃为常事。气温已低至五十度，自此以下，归入《北岳恒山纪游》。

北岳恒山纪游

恒山在山西浑源县城南二十里。僻在塞外，游者甚少，然苍秀独绝，宜其称岳也。自昔由五台山赴恒山者，惟徐霞客曾行之。然徐则经北台直下，余则取道东台之红门堰，路之难行则相等。舆夫亦多不识途径，沿路探访，始得前进。若自北京乘京绥铁路至大同，再换架窝往浑源，仅三日程耳。路亦平坦，固不必经此险阻也。因按日纪之。

十月七日晴。晨七时起身，八时乘架窝行，路之倾欹，与昨日同。迤逦出山，地势渐低，气候亦渐温。行于两峡之间，山容极可爱，或峻峭如削，或层叠如画。峡中鸣泉，汇成溪涧，皆向北流。又行二十馀里，出峡，路渐平坦，在架窝中阅前人恒山游记。自此以往，多循滹沱河以行，河身宽阔处，或数十丈，或百馀丈，河底皆乱石细沙，此时水小，阔处数丈，狭处数尺或仅尺馀，而流极迅急。架窝乱流而渡，或行河中，上下陂陀，无虑数十次，有高低至丈馀者。五时，至朱家坊，居民二十馀家，村有龙王庙，正演剧酬神。盖滹沱河滨居民，因河患故，多祀龙王也。借寓村副贾珍贵家中。自狮子坪至此七十里。骡夫贪近走小路，终日奔驰，无打尖处，此处村庄，亦无客店，幸民家可借住，住处较昨晚略洁净。其卧室连灶带炕，以便生火后，制食取暖，一当两用，至房间之烟煤熏灼，则不顾也。此处地势，已降至千二百六十粎，气压六十四粉，气温六十三度，不如台山之冷如冬令矣。停息后，命仆煮粥蒸鸡卵为晚餐。

　　十月八日晴。晨四时起身。朱家坊距浑源九十里，今日拟赶程前进，故起大早。六时上道，行于滹沱河中，路更比昨日难行。遇大石塞道，不能前，则斜上山坡，行于河岸以避之；岸势陡绝，人须下舆，方可攀援而过。骡夫均不识路，惟知走此小路，可近七十里耳。八时后，始出险，行于平路。十一时后，度黑石岭，石多黝黑色，故以为名。岭不高，自麓至巅，二百二十粎，气压六十粉，高于平地一千八百二十粎，较红门堰为低。惟路皆乱石填塞，大者如牛如象，倾欹险仄，较红门堰为尤甚耳。过岭则浑源境矣。下岭后，复行于龙盆峪涧谷中，两面皆山，乱石阻路，其艰困与早晨无异。数十里地，仅偶见小村落，骡夫口渴，无所得水，则掬涧泉饮之。然山势奇秀，怪石突兀，层叠千重，屡遇绝壁当前，疑无去路，循溪转折，则又开一境。峰峦攒簇，青杉红叶，点缀如画。涧声轰轰如雷，奇峰联属，或大石嶙峋如攫人，或嵌空多隙如蜂窝，愈转愈深，应接不暇。台山无此奇秀，盖已有恒岳意味。架窝即十分颠顿，亦几忘之矣。四时后，抵大瓷窑，则恒山俨然在望。问诸土人，去浑源不过十八里，遂不打尖。令骡夫稍休，即赶程前行。六时半，到浑源。自朱家坊至此九十里，自五台山至县二百里。进城借寓于劝学所。晚间有大风雨。浑源地势，比五台为低。高于平地九百二十粆，气压六十粉，气温六十度。余见街上多列肆售西瓜者，因询问劝学所长韩君相五（上卿）。则云："此间习俗，八月十五日，家家买西瓜藏之。至十月初一，出瓜人人剖食之，以为可免疾病，至犯热病者，亦食之。瓜可藏至明年正月。谚云：雁门关外野人家，朝穿皮裘午穿纱。更有一件稀奇事，九十月间吃西瓜（或云：抱着火炉吃西瓜）。"可见风俗之一斑。此处天气，起风则冷，有云则雨。四五月骤冷，亦能使田禾冻死。秋冬天冷时，亦能忽然骤暖。如余初至之日极和暖，隔夕则骤冷如严冬。谚语首二句，盖实事也。

十月九日阴雨。晨七时起。八时，县知事郭君吉人（守谦）来，言县中近发生时疫，传染者极多，故学校皆放假。余于今晨九时，偕劝学所长韩君，县视学原君映淇（竹林），往县立中学校、县立模范小学校、第一国民学校、县立浑源女学校参观，十二时后回。午后稍休。三时，至教育会为各校职教员演讲"编制教授管理训练之新方法"。晚郭知事招饮于本署。

十月十日晴。晨五时起，预备登恒山，天气甚冷，室内气温只四十度。七时乘肩舆出城，郭知事命厨役携食物以从。劝学所长韩君，视学原君，亦偕往。未数里，即见群山绵亘，顶有积雪，日光映之。山间溪水下流，路旁悉是涧泉，與夫履水而过。八时半，过悬空寺，寺依绝壁建筑，层楼曲折，悬于半空，故名。中间为纯阳宫，供吕纯阳像。又上层有宫殿，依石洞而成，供西王母、李老君等像，亦有弥勒佛殿，似取仙佛同归之义。此处为入恒山之门，距恒山尚有十里。南行不及半里，为恒山门。有牌坊，上额书"屏藩燕晋"四字。进为三座门，额书"北岳恒山"四字。门内左侧为三元宫。入门登山，山路宽平，山半有平原，居民数十家，自成村落。山之西南有柴木岭，岭巅积雪甚厚。山半以上，路渐硗确难行。五里，虎风口，有亭。亭后壁下有石碑，大书"介石"二字，右旁署"大明弘治乙卯岁四月吉旦立"，左署"奉直大夫知州事会稽董锡书"。十一时，至岳庙，前为牌楼，其额前面书"永奠冀方"四字，后面书"北岳恒山"四字。进为过殿，殿后左旁为十王殿，再进为更衣殿。殿后左旁为潜龙二泉，一苦一甘，构亭覆之，苦者已湮没。再上，山路陡绝，與马不能行。进岳庙朝殿，门前竖额为"崇灵"二字。登殿有百零三石级，殿前书"南天门"三字；殿额曰"贞元之殿"。两旁东为青龙殿，西为白虎殿。出殿西绕而上，有御碑亭。亭为八角形，有四门，门名：北岳、朔方、钟灵、毓秀，亭中有清康熙帝御笔书"化垂悠久"四字。西为玉皇阁，阁两层，中供玉皇像。阁之西，一殿在洞下，中供福、禄、寿三星，两旁为群仙之像。洞门石上镌"会仙府"三字。亭阁均在峭壁之下。壁上摩崖大字极多。一时，在岳庙午膳。厨役带来馒头及面，佐以菜羹五事，如此游山，太快乐矣。余前在五台时，初至雨雪，后即晴和。此次到浑源第一夕第二日皆阴雨，适为视察学校之日，预定今日登山，则天气温和无风，一如在五台无异，岂山灵之厚我耶！午后一时半，由庙后登山顶，路益陡绝，无阶级，乱石阻途，尽力攀跻而上，半小时，到顶。俯视群山，皆在足底。山之阴为浑源城，如画地一小圈耳。山麓至顶，高七百三十粎，高于平地一千七百二十粎，合华度五千一百六十尺，气压六十粉。自顶下，仍回岳庙。稍憩即下山，东望白虎山峰，峰下有二洞，一大一小，上镌"白云灵穴"四字。四时半，下山，则已日薄西山，光射岩岫，作殷红色。山半居民，皆以土为屋，高仅四五尺，檐可碍眉，屋顶炊烟，袅袅上升，而大风忽起，如虎吼龙吟，与来时风日晴和迥异，一若送客还家，不许久留者。时天已昏黑，路即是水，水即是路，颇不便于行。乃下舆跨马，涉水而过，正拟向人家借灯，而县署中已张灯来迎矣。

十月十一日。晨八时与郭知事合摄一影。九时一刻乘架窝起行，出北门，前赴大同。道途平坦，大车亦可行，天气晴和如昨。午后一时半，过松树湾，度一土岭，岭不高，路亦宽平，自麓至顶，仅二百二十粎，高于平地三百二十粎。自浑源至此四十里。过岭后，路即难行，入山谷中，道皆为水，其地名瓮城峪，至此已入大同县界。瓮城口有客店，甚宽敞，舆人欲止，余以为时早不许，则云过此无店，余不以为意，促令速行。四时，渡桑干河，河面阔及里馀，然大半见底，惟中流迅急。河畔另有引路之人，衣半臂衣，赤其下体，领余所乘架窝，由水浅处而过。既抵岸，索铜子数枚，以为酬报。然中流虽迅疾，当此秋冬水小，亦仅及马腹耳。五时，至利仁皂村，借寓于龙王宫。内有初等小学校，仅一讲堂，现放秋假。晤学董辛廷举、辛渭二人，与之语，则云村中有居民二百馀家，小学校有学生二十七人，系民国元年开办，常年经费九十吊，请一教师，冬天有学生四十馀人，教员李国栋，师范养成所毕业者。余问此村村长为何人？答：辛渭为村长，廷举为村副。问：村长副办何种公事？答：为村民讲人民须知，及办六政。问：每月讲几次？答：三四次。问听者多否？答：多。问：六政中发辫已不见，缠足若何？答：已不缠。问：种树几何？答：二三百株。问：水利如何？答：此间有桑干河、御河，水利本足。此时绕而观者，村童十馀人，余问有学生在内否？答：有。余遂指一人，令其归家，取教科书来，则共和国文第三册也，指一课令讲解，尚无误。

十月十二日晴。晨六时动身，自此以北，行于广大之平原，弥望数十里，塞北风景，于此可见。十一时，渡御河。河之阔，与桑干相同，而流不迅疾，深处亦只尺馀。距大同尚有三四里。十二时，抵大同，寓城外东华客店。大同地势略低，高于平地九百二十释。午后，借乘浑源警察之马，入城观省立第三中学及第三师范，并往晤县知事冯君鼎丞（延铸）。五时半，回寓休息。

十月十三日晴。晨五时起，冯知事及劝学所长胡宪虞（希濬）、商业学校校长刘郁亭（富文）、第三中学校校长苑君竹邻（友梅）来送行。六时半，至京绥车站，四十八分，开行。八时十三分，抵阳高，九时至天镇。由此以往，地势略低。十时二十二分，柴沟堡，十一时二十一分，张家口。地势低至七百二十一釈，气压六十九粉。十二时十一分，宣化府，十二时五十三分，下花园，一时十九分，新保安，二时十四分，康庄。在山西境内，无论乡僻，不见拖辫者。一入直隶界，则辫子垂垂，触于目矣。从康庄以往，地势复渐高，两边山上，见长城蜿蜒。三时后，过八达岭山洞，洞长四五里，昔予游南口，仅至青龙桥，未经此洞也。三时十三分，至青龙桥，车乃逆行而下，盖避八达岭之高峻也。三时二十七分，经第二洞，洞较短，不过里馀。二十九分，第三洞，更短。不及半里，车下行，地势益低。三时五十二分，过第四洞，洞长约里馀，自此渐及平地。四时十二分，至南口，则仅高于平地一百九十釈。自沙河以下，则平地矣。五时三十九分，至西直门，乘人力车回家。

妙峰山纪游

京师之西有西山，自昔称为胜地。其距城近者名八大处，一日可以往返，故游者多集焉。实则八大处者，入山至浅，不足以概西山之胜，自此西南行，则有戒坛、潭柘，泉石之奇，远非八大处可及！而往返须二日程，游者略少矣，然不若妙峰之奇也！妙峰在京师西北，其前为旸台山，春日桃杏开时，则数十里以内，弥望皆桃林杏林。海棠开时，则遍山皆海棠。玫瑰开时，则遍山皆玫瑰。花香闻数十里！秋日则遍山皆红叶。其胜景如此，然往返三日程，则游者益少。余于民国八年四月六日，清明节，以植树之便，偕徐君森玉等十馀人往游焉，正杏花盛开时也。是日，出西直门，乘人力车行十五里，至海甸，八里至青龙桥，折至德家花园，稍憩，既而随部中同人，赴薛家山行种树礼毕，骑驴度红山口，十二里至黑龙潭。潭在画眉山，有龙神庙。水自山来，至庙后潴而为潭，周以石栏，直径可三丈，其水清冽，余等在此，取水瀹茗，以涤烦襟。又行八里，至温泉，有浴室二，其中凿石为方池，引泉注之，可以入浴。泉之温度，较低于汤山。温泉周围之土壤，皆出白碱，远望如铺雪。又四里，至秀峰寺。寺在旸台山麓，距京师六十馀里。明太监高让与沙门智深所创建也。石壁巉岩，环拥于后，左右双涧，绕流于前，境甚幽寂！徐君森玉偕其友合赁此寺为别墅，余即舍于此。徐君命庖人治膳享客。膳毕，出寺西南行，赴大觉寺。自青龙桥至秀峰，一路柳绿杏红，樱花怒放，至此则杏林尤密，烂漫数十里，山上山下，皆锦绣也。行三里，至大觉寺。寺为辽时所建，原名清水院，明宣德时，易今名。山半有泉，下注如垂绅，至寺后潴而为潭，以石栏之，清可见底，清水院之所以名也。潭前有塔，高三丈馀，以铁为顶，址为八角形。清世宗以僧性音，参学有得，命住持大觉寺，及圆寂后，命其徒建塔于此，殆即此塔也。塔右有领要亭，左有旸台山清水院《藏经记》碑文，为辽咸雍四年僧志延所撰，久已没于荆榛，徐君出资，雇工复立之。余等在此坐石听泉，流连不忍去。寺中又有玉兰两株，高可四五丈，干硕花大。殿前有龙爪槐，屈曲旁生，皆不多见之物也。天晚，出寺，由原路回秀峰。

七日晨五时即起，八时乘山舆登旸台山，四里，至金仙寺，殿宇甚新，有精室数楹，客至可宿。殿前大银杏二株，丛干挺立，高十馀丈。寺外有泉水，声淙淙，有粤人设金山汽水总公司于此，利用此以为水源。寺之前后，亦多杏林，然尚含苞未放，高下相差四里，气候已不同矣。又行八里，至玉仙台爪打石，有茶棚。夏历四月初一日，庙会时，赴妙峰进香者，在此饮茶休息。爪打石，乃俗名，不知何所取义也！又八里，至庙儿洼，是为暘台山顶。以高度计测之，得九百九十籴。加以京师海拔，平均三十七个半籴，约合营造尺三千尺以上。虽然，洼左尚有山巅，是日狂风吹人欲倒，未能上。合山巅及京师海拔计之，此山之高，当可三千尺矣。洼后皆玫瑰花田，此时尚未开，居民有此田者，每岁获利甚丰云。自庙儿洼下山八里，至渐沟。自此上升妙峰山。二里为松岭，到处古松成林，殊形诡状，皆高数十丈，几百年前物也。八里，至妙峰山顶，高与暘台山相若。有灵感宫，供天仙圣母碧霞元君。其下有法雨寺，内供观世音菩萨。西有东岳庙。此峰特然秀出，石纹奇丽，登顶远眺，层峦重叠，皆在足底。晴朗日，居庸关、八达岭之远，亦可寓目，西山之胜，于此乃见之矣。自妙峰再西二十馀里，更有西大梁滴水岩之胜。若宿于妙峰，则可往返，而同游者多欲回宿秀峰，余只得从众，留俟异日再游。灵感宫道人出黍粥麦饼享客。食毕稍憩，即由原路下山，至大云寺。寺亦辽时所建。寺旁有山洞，洞前有短瀑。坐瀑前石上，听松声水声，翛然意远。自寺下山，至朝阳院，院后有塔，高二十馀丈，为明万历年建。殿前凿石作圆寿字形，引泉注之，以为流觞曲水。又有古松一株，夭矫侧出如龙，奇异可爱。出寺回秀峰，夕阳尚在山也。

八日晨五时起，七时骑驴赴大工。山路高下不平，颇艰于行。

八里过大觉寺塔院，又八里至大工。大工者，本玄同寺遗址，明阉刘璟在此营生圹，大兴工程，未毕而败，故土人称为大工。今有塔，高七级，下层镌"玄同宝塔"四字，上署"大明崇祯某岁春月穀旦"，下署"司礼掌篆古苏复初道人高时明题"，盖即刘璟之墓也。其前隧道，深及数里。此地杏林，较他处尤密，观杏林者必至此。自大工回，经小工，其地亦有七级宝塔，苍松如盖，两旁挺立，疏落有致。又经大觉寺后沟，有两山南北对峙，怪石突兀，作黝黑色，俗名为北龙脉及南龙脉。因忆清水院之胜，乃复至大觉寺。依树听泉，且合摄一影，以为纪念。下午，回秀峰。饭罢休息。二时半，偕徐君等乘山舆赴三家店。路过浑河，河底皆沙，河之西岸，则绿树成林，数十里不绝。行三十里，至三家店。其地市街繁盛，居民富饶。七时登汽车，八时至西直门。与徐君订后游西大梁滴水岩之约，揖别回家。

盘山纪游

　　盘山在直隶蓟县（旧蓟州）西北二十五里，距京师百八十里。其山峻削，盘而登之，故名盘山。又三国时田畴所盘桓，故名田盘山。民国八年夏五月，友人陈君绳武（绍祖）约同往游，并邀胡君文澜（景伊）、冯稷家（农）稷雨（涛）昆季偕行。将行之前，适天雨。余以游山宜约定即行，若因他故改期，必至中辍，陈君亦毅然决行，虽风雨不更。而预定行期，为十日之晨。届时天忽放晴，道无飞尘，游兴倍佳。是日晨五时半，皆会于京汉东车站。六时十分，乘京通支路车启行。七时至通县（旧通州）东关下车。凡赴盘山者，不宜在南关宝通寺下车，须至东关，则雇车较便。此次同游诸君，皆能健步，不畏艰险，多不愿乘骡车而喜骑驴。先乘渡船过北运河，即雇驴，驴背仅覆以布袋，无踏蹬，初乘颇不适，稍久亦习之。渡箭秆河，河面约宽十馀丈，以芦秆束泥，填成平堤，阔三四丈，以通行人车马，其下则不通舟楫。土人即呼为芦秆河。二十里，至燕那镇。又二十里，至夏店镇。时十一时三刻也。在此稍息，以干粮作午餐。一时半，过鲍邱河。复行三十里，至三河县。在城外树阴稍憩。因时尚早，复行。逾洵河，二十里，至岭上镇。其岭名段家岭，为三河与蓟县交界处，过此镇则蓟县境矣。凡乘骡车者，恒至三河县度宿。今骑驴，故多行二十里。是夕，宿于永兴店。店房尚清洁，饭菜亦可口。晚十时睡，夜半，驴鸣犬吠，扰人清梦。

十一日晴。晨五时半起身，七时骑驴行。乘骡车必取大道过邦均镇。由岭上镇至邦均二十里，由邦均至盘山四十里。余等骑驴，则可取小径，不绕邦均，直至山麓，可近二十里。十一时到盘山东麓营房村。问诸土人，知已越过天成寺，今若折回，尚须多走十馀里。盖天成寺在山上，驴夫不肯驱驴上山，乃借口不识路径，欲就此中止。余等不许，强之乃行，由山之中口入，经莲花庵。自庵而上，皆系石磴。崎岖难行，舍骑而步，两旁山石奇伟，摩崖甚多。有大石，上镌“入胜”二字，下署仲华书，是为盘山之口，名曰石门，石上镌“石门桥道”四字，此道清光绪己卯年重修。依涧曲折，筑成石道，或东或西，皆架桥通之。桥畔有“鸣驺入谷”四字，乃乾隆御书。再上至天成寺，寺在翠屏峰下，为唐时所建。有古佛舍利塔、飞帛涧、涓涓泉之胜。住持名法波，仅师徒二人。寺中房屋精洁，肴馔亦美。午膳毕，因有半日馀暇，拟在旁近游览。相约出寺东行，隔涧望见滴水濑，在翠屏之东，系短瀑布，现无水，而石壁水纹宛然。行二里，至西甘涧，怪石奇松，形状诡异，多生于石罅，石为裂开，其根蟠屈，下入于地。涧旁有西甘涧庙，已颓废。庙左即涧之上源，小桥跨其上，桥畔有奇松。复东行，攀藤附葛，登南山头。立危石远望，山脉平行，如波浪然。复下东甘涧，涧上有石突出，其端扁圆，如蟒蛇头，名曰蟒石。涧北有北山坡，坡有裂罅如洞，洞内有石门，苔藓斑驳，厥状如云。涧之东山上，有天井石，石长七八丈，底圆面平，上有二洼，恒有积水，溢则下滴，故名。傍晚回天成寺。盘山之甘涧有三，青沟为上甘涧，其下隔一小山，分水为二，东曰东甘涧，西曰西甘涧。其下流盖均入沟河也。是夕，宿天成寺。

十二日阴雨。晨六时起，七时放晴。昨日托寺僧雇兜子，因雨未来，稍待之。先往寺后游览，有殿在翠屏之麓，殿西有舍利宝塔。塔十三级，为定光如来浮屠。明神宗时，有禅师如芳，发愿重兴此塔，刺血写经七载，汇成六部，感动人士，集资重修。甫发一级，有铁塔玉瓶，贮舍利二千馀颗。再发一级，则有石盒，贮诸佛异相。比时观者如堵，放五彩光亘天云。塔惟第一级可登，然无阶级。余与同人，自其后攀而登。有佛盒，门高丈馀，内供定光古佛像。既下，至殿后涓涓泉，泉眼有二，甚深。水青碧色，绕出寺之东，下流入西甘涧。石壁上镌"涓涓泉"三字，下署"丁巳初春汪仁溥题"。由殿右望翠屏西峰，苍松黝石，秀色迎人。舍利塔之西，有善蛇洞。相传即彻公和尚塔门。昔人因其倾圮，欲迁他处，甫发塔，白蛇无数，自内出，遂不敢动云。洞右即为飞帛涧，源自翠屏峰，六七月间，水流下注，状若飞帛，故以为名。盘桓既久，而兜子不至，决计步行登山。遂于十时先进午膳，十一时，各人皆藜杖布鞋，裹干粮，由寺东行，登欢喜岭之十盘道。志称盘山有三盘：晾甲石为下盘，古中盘为中盘，自来峰为上盘。以地势考之，则此十盘道，殆已入中盘界矣。怪石甚多，或如笋列，或如堆垛，所谓中盘以石胜也。行近万松寺，路旁有两石，相并如门，一松生于石罅，不见其根，呼为石门松。五里，至万松寺；寺前有太平禅寺宝塔。寺旁墙上，有"京东第一山"五字，下署"陈国瑞题"。万松寺殆即昔之卫公庵也。自寺西升山顶，有舞剑台。遂往观之，山无阶级，凿石径为磴，狭处仅容半足，势复陡绝，攀援而上，一里馀，至其巅，大石矗立，如象如马，其上平坦，相传为唐李靖学剑处。石顶面上镌大字曰"李靖舞剑台"，旁署"唐李从简曾游"，字径约八寸。从台上望双峰寺，两峰如髻，寺在其下。以测高器测台之高度，得四百四十米突，合营造尺一千二百尺。从台后小径下，路益险，多乱草，滑不受履。侧身斜行下山，过涧，再登一坡，至法藏寺。寺一名茶子庵，明成化年建，今毁。殿左有盘龙松，蟠曲臃肿，其枝四面侧出，志云："盘山古松，此为第一。"寺前有法船石。由寺下，复上坡，望挂月峰而行，道旁有巨石突起，益觉怪伟。八里，至桃源洞；洞深丈馀，不甚高，内供观音大士像。洞顶大石上，一松特立，平如张盖，名平顶松。洞旁有将军石，自洞再上为摩天石。自此登为十八盘，已入上盘界矣。盘尽，大石上有脚印，相传为铁拐李之足迹。此处松林益密，所谓上盘以松胜也。再上为云罩寺，自天成至此十八里。寺在自来峰下，东傍挂月峰，为唐道宗大师建，旧名降龙庵。明万历间敕赐今名。挂月峰乃盘山绝顶，山石赭黄，间以红墙，苔藓亦作殷色，远望若云锦。论全山风景，亦以此为最矣！寺亦荒凉，仅有僧二人，住持名测能。入寺稍憩，从寺后登挂月峰顶。高六百六十粎，加以京师平均出海度，当在营造尺二千尺以上矣。顶有定光佛舍利塔，塔门前镌一对曰："峻极于天，下临无地。"相传除夕有佛灯之异。塔前有弥勒殿，内供弥勒佛像。同游之人，在此合摄一影，以作纪念。冯君稷家善书，在此摩崖题壁。从挂月峰下，复登自来峰。峰一名北台，高于平地一千七百尺。有黄龙祖师庵，即所谓黄龙殿也。殿前松上，悬一钟，口径约四尺，钟钮陷入松皮，可知年代之久。盘山多松，各寺恒就松树为钟虡，既省费，又省地，可谓便利。时已日暮，不能流连，即回云罩寺进面食，匆匆而下。复翻过分水岭，经拙庵和尚墓，盘谷寺废址在其西。下岭，复经东、西甘涧，循昨日原路而回，已八时十分矣。此行绕盘山之北，登挂月峰绝顶，复绕山之东南而回，凡到一处，必探幽陟险，穷人迹之所不至，故往返约行四五十里，可谓畅快矣！晚餐后，明月出，同人复在寺前松石间坐谈，至十时归寝。

　　十三日晴。清晨起，兜子至。八时，乘兜子赴上方寺。出天成寺东行，仍遵昨日之路，登分水岭，至拙庵和尚墓，稍憩。俗呼进士墓，但云有进士在盘谷寺出家，葬于此。因往墓西山谷中，探盘谷寺遗址。其地三面环山，前有一沟，沿沟而下，半里，有巨石横卧，两山夹持之，名清凉石。其石底圆面平，长六七丈，镌"文殊智地"四字，石下即文殊洞也。复自洞折回至废寺，殿基旁忽见一碑，卧榛莽中，额曰"盘山青沟禅院碑记"，朱彝尊篆，宋荦撰文，史夔书。摩挲读之，乃知盘谷寺即青沟禅院，院为拙庵和尚所建。其前之沟，即青沟。所谓上甘涧进士墓，即拙庵和尚墓也。拙庵，名智朴，徐州人，有道力，为曹洞宗，尤工诗，清康熙时来此山。先是，青沟之名，不见记载，为虎豹巢穴。自智朴来结庵，方称胜构。康熙帝有赐智朴诗，一时名流，如王士祯、朱彝尊，皆与往还。朴撰《盘山志》十卷，精核简当，其任校订之责者，即王、朱二公也。寺西有石乳泉。观览毕，复上坡，至拙庵和尚墓，心致敬礼。墓前飨殿已圮，墓石尚完好，为圆柱形，覆以四角方石亭，下为墓门，其前数十步，两旁大石，天然峙立如门，即大、小将军石。墓之西北谷中，可俯视古中盘寺。寺后小山，山中大石棋布，有石三块，叠成如工字形。自此东北上，过南天门，两峰对立，其北正对挂月峰，峰下摩天石，一望了然。从天门口，向南俯视，可见少林寺。过紫盖峰下，峰居山之中央，故一名中台。望见挂月峰之南，有一山头，酷似弥勒佛，头目宛然，俗呼大肚弥勒佛峰。其腹部生一小松，颇似脐眼。从山坡下回望，益觉真切。下坡，山畔有大石，正方形，三面突出，每面镌一字曰"大方广"，方字最大，直径约一丈馀。自大方广石后左转，道旁有喝断石，石裂为两段，俗传为张飞喝断者，乃附会之词。在此望对面峭壁，如斧劈开，名天开门。左壁高处，有大石，四无依傍，仰视欲堕，如悬空中，名悬空石。到此即上方寺矣。天门开为盘山奇险，开处有径，崭绝无阶级，石齿巉巉，仅可容趾。自来只有戚继光、袁宏道，曾引索登之。余等固无此预备，一时兴发，而冯君稷雨，年少锐敏，鼓勇先登，余与稷家继之，手攀乱石，胸贴峭壁，蛇行而上。稷雨偶挫，堕下数尺，攀树获免，遂及半中止。余之头适与稷雨之足相接，稷家又在余下，徐徐转身向前，或立或坐，摄成一影，影中人小，仅及分耳！自天门开下，至上方寺休息，取干粮作午餐。寺为唐道宗大师所建，后有嶕峣峰，削立挺秀。峰后小石，俗名小儿望嶕峣，下有二洞：在上者名滴水洞，在下者名流水洞。出寺下山，倒坐兜子，向东南行，道旁有方石，镌"仙台"二字，旁署"明嘉靖己酉都御史彭泽书"，即仙台石也。一路涧水潺湲不绝，乱石遏之。洞愈低，声愈大。至少林寺，寺在紫盖峰下，旧名法兴寺，元至正时建。寺东有红龙池，为昔时祈雨处。池长方形，在石壁下，右壁镌"红龙池"三隶字，字径尺馀，前有"大定七年八月廿日"八字，下署"带川隶"。左壁镌一飞龙，染红色，尾向上，首向下，若腾跃水面者。进少林寺，寺已颓废，周围风景则甚佳。寺东山上，有多宝佛塔，其西有华严洞。须登山里馀，方得观之，乃大石三块，相架而成。洞门上镌"华严洞"三字。自洞后下山，路之难行亦同。再由曲径北上，转折幽深，泉石树皆胜。有寺在半山，是为古中盘寺，惜亦荒废。前在岭上俯视古中盘，乃其背，今则在其前面也。古中盘之下，少林寺之上，尚有废寺，亦在紫盖峰下，名中盘寺。因其只有破屋数椽，未往。仍回少林寺，稍坐即行。从此而下，泉声益大。山上有石突出，为斜方形，其罅有一椭圆小石，翘起似蛇首，亦名蟒石，与东甘涧之蟒石，一俯一仰，各尽其致。距蟒石不远，又有菱角石，斜方形陡立，酷似菱形，颇可观。过桥为响涧，水与矶石相激，鸣声彻昼夜不绝。石壁上镌"响涧"二字，清同治十一年李江书。盖上方寺左右之山涧，紫盖峰之泉，少林寺旁之红龙池，皆汇流于此，倾泻而下，直至晾甲石出山，所为下盘以泉胜也。晾甲石以下平地，为盘山之东口。惟此石为前清乾隆行宫圈入，觅之不得。乃自宫后破墙内入观之，石在响涧下流，水流石上，石作白色。有三巨石，横亘阻水，水多泐石而过，如小瀑布。其上复有大石兀立，即晾甲石。相传唐太宗东征时，三军晾甲于此。晾甲之东，即名盘泉。沿行宫墙外南行，至宫门。其内构造，与万寿山三海相似。以非天然风景，且为时已晏，故不入。六时后回寺。是夜月色甚明，与冯氏昆季，出寺步月，至石门桥，坐桥栏，静听泉声，仰看松月，诚所谓"明月松间照，清泉石上流"也！

十四晴。晨八时起，准备回京。自天成寺下山，仍骑驴，遵来时原路，向西行。午后一时，至岭上镇。今所乘之驴，性极顽劣，将至镇时，忽向歧路飞奔，控勒不住，驴夫猛力拉回，倔强不应，忽后蹄乱跳，余急抚驴夫之肩跳下，而驴夫先已倒地，余随之跌，适在驴腹之下，驴翻身滚地，将压余身，急从斜刺跳出，仅右颐及肤，擦破少许，幸未受伤，然骑驴之经验，则更进矣。仍至永兴店，午餐后稍休息。同人有劝余改乘骡车者，余笑谢之。三时，易驴再行，五时后至三河县，住城中三元客店。为时尚早，出外散步，城甚小，街市亦萧条。自东门至西门，不过二里馀耳。

十五日晴。晨六时，即骑驴起行。八时半，至夏店镇。市街繁盛，远过于三河县城。此时正在演戏，乡村男女，群集观剧，以大车架芦篷，权作观台。四乡来车，无虑数十辆，车辕骈列如半环，皆对向舞台，后至之车，则不得列入，故皆争先恐后。乡镇风俗，可见一斑！九时复行，午后一时半，至通县。天起大风，泥沙扑面。去时雨，回时风，雨师洒道，风伯则扬尘矣。时火车尚未至，在待车室候之，四时登车，五时十分开行，六时至正阳门，与同游诸公揖别回家。

大房山纪游

大房山在京兆房山县西二十五里，相近有小房山，故称大房以别之，其山绵亘数十里，随地立名，最著者曰上方山、石经山。今之游人，亦恒至此二处。余既与冯大稷家（农）、冯三稷雨（涛）游盘山毕，因有再游房山之约。乃于民国八年五月三十一日，约会在正阳门京汉车站。是晨七时，车开行，八时五十分，抵良乡县之琉璃河。下车，逾轨而北，有天泰客栈。在此雇驴，各乘驴向西北行，过㹁牛河，至琉璃镇；镇尚繁盛。再西北过李庄，至柬营，休息，时十时半也。复行，过小磁窝，至天开山，路即不平，皆系乱石，盖凿山石所成者。群山环抱，曲折幽深，居民屋上结茅，以石片作瓦，石块筑墙。行三十里，至孤山口，是为上方入口处。再行十馀里，经下中院、上中院，而至接待庵，已午后二时矣。上方山之丛林，名兜率寺，环寺有七十二庵，僧众均属一家。此接待庵在山下，专为招待游客者，与方丈止蓬、知客宝珠谈，据云："各庵苦行僧人，每年皆向兜率寺领口粮，一人铜子二十吊，米一石二斗，现在口粮不敷，故供养之僧，仅有三十馀人。"在此午餐毕，四时，从庵后升兜率寺。两壁峭削，中通一径，石磴狭而曲折，看似无路，一转又是一境。过天王洞，登筏汉岭。岭不高而陡绝，俗讹为发汗岭，言至此者必发汗云。自岭而下，再登山，得一平台，名欢喜台。登岭甚艰，至此平处，可以休息，因生欢喜，故以名台。台之四周，奇峰环之。自台而上，则为云梯，就石凿磴，约二百级，两旁铁绠长及百尺，四大曲，四小曲，依山盘旋而上，高入云天，云梯庵在焉。当天雨时，庵下为雨，庵上为云，甚为可观。行五里，至兜率寺门。门前有桥，名款龙桥，有亭，名所见亭。康熙丙辰仲春建，下署"智眼募造"。其上有瓣香庵，西有延寿庵，东有药师殿，皆七十二庵之一也。自瓣香庵而上，过塔院庵，再上有红桥庵。庵面临东涧，流水有声，以桥通之，桥为红栏，故曰红桥，惜无人住。五里，至兜率寺，寺在锦绣峰下，居上方之中央。知客宝林，出而招待，住于殿旁东院中。山名上方，以其高也。寺名兜率，取上方六欲天第四天宫之名也。各庵皆在兜率门内，错落于悬崖间，环拱此寺。出寺一览，可以了了。宝林和尚曾在红螺山讲经，通《楞严》、《法华》，与之谈，颇能贯串。晚八时，进小米粥，九时后睡。

六月一日阴。晨五时后起，拟赴云水洞。七时出寺，同游者皆竹杖布鞋。向西而行，经文殊殿，度听梵桥。桥跨西沟之上，此山有东西二沟：在东者为东沟，西者为西沟，至兜率寺门前款龙桥，始合流，过地藏殿。山石层叠峭上，突兀怪伟，莫可名状。其罅多生柏树，石磴高下不平，而柏树则夹道成行，且玩且走，不觉其艰。在兜率寺望摘星坨，高耸天半，至此则巍然在望，如平地特起者，盖已抵坨之后面矣。坨之东，有一岩独立于群山中央，四无所倚，大石垛叠，根窄顶阔，黝黑奇秀，名天柱岩。坨之南有三峰连接，若向坨拱揖者。自此再上，石层壁立，益觉怪异。上坡下坡，忽高忽低。八里至摘星坨，其下有弥勒庵。庵后可上坨，坨之形下削上陡。斩绝不易登，疑无路可通，问寺中引路者，亦有难色。余与冯氏昆仲，鼓勇先登，过朝阳洞，至一陡壁下，仰望坨顶，尚在半空，始知此陡壁，乃小摘星坨也。因诘问引路者，则云摘星坨，虽有路可上，然须折回，尤艰于行。余等问曰："汝能行否？"答："能。"则云："汝既能，余等何独不能。"乃令之前行，未及半，石壁悬绝，乃舍杖，徒手攀树，以胸贴壁，效猿猱之升。路旁遍生荆棘，两手被刺流血，亦不之顾。升陡壁十馀尺，乃得石级。未几，又遇陡壁。如是四五次，方得至绝顶。顶有摘星庵，庵东南向，已仅剩废基。以高度计测顶之高度，得五百五十釈，加以京师平均海拔三十七个半釈，不过合营造尺一千七百六十馀尺。惟其险阻，故登者绝少。此即上方山最高处矣。从顶回望房山外之天开山，周围环绕如宫墙，仅有孤山一口，正如大门，房山包含于中。正如重闱绣闼，自天开山外望之，不可得见，此其所以名房欤！自坨下坡后，复上坡，再上再下，无虑十数次，方至云水洞。洞口有大悲庵，其左右有云水峰。余等在庵稍休，取干粮作午餐。洞中黑暗，各人皆持电石灯，又令庵人持炬引路。十一时半，进洞游览，洞门高可丈馀，洞壁皆石钟乳，右壁就石镌西方接引佛。至此再入，即漆黑无光。昔人有就洞之曲折，分为十三洞者。今之庵人，则恒分为九洞。余细察洞中，扼束形势，当以自如和尚《上方山志》所分四进而适当。洞中景物约有百馀，皆石钟乳结成，所定物名，皆一一逼肖。今就其最奇者述之。由第一进入，路渐窄，仅容一人，初尚低头可过，后渐屈身，最后则匍匐蛇行，肘膝着地，肩背摩石，数十武，忽由卑而高，旷然如大厦，内有卧虎山、马蜂窝、云彩山、半悬山之胜。以炬烛之，皆洁白之石，质如冰雪。卧虎则一一蹲伏壁间，酷似真虎。马蜂窝则如蜂窝之攒簇。云彩山则白云朵朵，涌现空中。半悬山则大石矗立，一半凌空，有孔上通，燃爆竹置其中，可发大声，名曰通天池；一半上与洞石接，名曰上天梯。第二进尤窄，名为油篓门，亦须蛇行而入，然较第一进为短。其中奇异景物则最多，曰长眉祖师，独立岩畔，修眉下垂。曰狮子望莲，山石片片，如莲花瓣，对面一狮，仰首望之。曰钟鼓楼，巍然高耸，石多中空，左右叩之，或钟声，或鼓声，或磬声，木鱼声，声声逼真。曰云锣，叩之则铿铿然。曰石筝，则石乳削长，垂下数尺，密若栉齿，拨之则铮铮然。曰白龙潭，则深不可测。曰仙人桥，则略彴难行。曰观音说法台，则崇台层起，菩萨高坐其上，仰瞻不见其顶。对面即南海落伽山也。曰玲珑塔，大可数围，层层而上，其半折断倒地者，则塔倒三节，及塔倒二节也。曰象驼宝瓶，则石象背负一瓶，虽人工雕刻，亦不过是。曰净水瓶，则石壁中嵌一瓶，似类人工所为，以手扪之，乃天然石乳也。此外芍药山，则满山朵朵芍药，葡萄山则满山颗颗葡萄，灵芝山则满山灵芝，牡丹花山则满山牡丹，以及石心、石肝、石肺、石肠、帽盒山、米山、盐山，随举一名，无不皆肖。第三进为一窦，口窄如井，深丈馀，仅容一人。后人足蹑前人之背，如履扶梯，俯伏而下，及半，则翻身向前，足方履地，故名鹞子翻身。既进复极空阔，见一大山，层峦重叠，名千层万层山。白石圆绽如棉花者，名棉花山。石纹丝丝如面者，名白面山。更有佛拳头、牛心、牛肺、石蘑菇等名。至此则水气蒸腾，滴沥而下，衣服泾润，石滑不受履矣。四进为南天门，石壁下离上合而尖，门旁有一石，长二尺馀，酷似耳，名有耳无象。须弥山绵亘甚长。将军柱、通天柱，特然而起。石猴山，则大小猴儿若跳跃。金鱼山则数百尾金鱼若游泳。更有石龟、石瓜、酱山、姜山等，到此处处水滴如雨。直穷洞底，则为十八罗汉，圆石矗立，如罗汉形，修短欹正，状貌各异。其上有石幡、石幢、宝盖，从顶悬垂，庄严似道场。余等三人，立于罗汉之间，用电光照相，摄一影。洞底尚有门，水滴益密，其下亦多水，自来好奇者，至此恒不能入。庵人云："即勉强再进数里，亦无奇景可观。"乃自此而返。此洞之深，约三四里；所经之路，则六七里。在洞中虽仅三小时，然已若长夜漫漫，昏黑不晓者。将出洞时，偶见射入天光，晃耀眼目，几不能开眼。惊喜之情，恍如隔世！洞内气候阴森，至洞外则大热，同游者皆衣服泥污，手足涂炭。余预着外衣一件，出洞脱之，俨若开矿工人，工毕而易衣也。仍在大悲庵饮水休息。三时后，由原路迤逦而回。至兜率寺，为时尚早，乃不入。再由寺南行，约五里，至华严洞。洞虽不大，然亦石钟乳所成。内有莲池、鹦鹉、含利等形，一一酷肖。若移至他山，则必著名，今为云水洞所掩矣。僧人就洞口建楼，名华严楼。住持一山，颇能阅经典。与之略谈，即回寺，已六时矣。复浏览本寺一周，至殿后最高处大钟楼，登眺久之，回院休息，洗浴更衣。

　　六月二日。晨五时起，六时后出寺。先向西行，至毗卢庵，在毗卢顶下。庵西有大松，高数十丈。房山柏多松少，偶见一株，异常可爱。过听梵桥，西北上坡，至普陀崖下观音殿。殿前有小桥，亦横跨西沟之上。桥左亦有二大松，此皆昨日路过，未及细览者也。自此下坡，复回兜率寺。由寺东侧门出，沿东沟行，隔沟望见观音洞，洞深六七丈，内有天然观音石像，在象王峰阴岩石之下。自此登山，两旁山石，巉岩层叠，作黝黄色。绿树茂密，旭日照之，如一线天。未几，至胜泉庵，庵已颓废。其后倚千仞陡壁，翠柏生其罅，盖即峭壁峰也。又至一斗泉，泉旁有庵，亦已废。此泉在象王峰腰，其上多大石钟乳，乳端滴水，汇成一穴，以杖度之，约深四五尺。相传昔有毒龙，盘踞此山，东汉时华严慧晟禅师驱龙开山，龙去时，竭山泉以行，华严祖师以锡杖掷之，令留水，仅得一笠，泻而成泉，故名。自象王峰西下，路极险仄，乱石塞途，荆棘刺肤，或细草帖地，滑跶不能着足。乃攀藤扶葛以行，屡下屡上，至旱龙潭。潭口与底，皆形圆而小，中腹则颇膨大，深十馀丈。潭壁石层作黑色，下有钟乳，底皆为泥，夏日大雨，水虽骤满，顷刻即干，故曰旱龙，相传即毒龙所居也。自潭向西南而下，过普贤殿，殿踞象王峰之鼻。再逾东沟，至红桥庵旁小坐。自此出兜率门下山，山环水曲，古树奇石，各极其妙，一步一回顾，有徘徊不忍去之意！至云梯庵，有峭壁作凹形。夏雨时，款龙桥下之水，自壁倾泻而下，有似龙湫。俗呼为流水湖，意义不合，因名之曰云湫。再下仍回接待庵午餐。餐后休息，三时一刻，乘兜子赴西峪寺。七时后至下庄。见一大溪，遥望石经山，卓立如笔，溪水即自此山流下，到处有泉穴，至下庄而水势极大。两岸白杨，行列整齐，间以杂树。树影溪声，俨若西湖之九溪十八涧，令人心清目爽！北方之山，雄壮少水，此则山明水秀，与他处迥然不同，可谓痛快矣。八时半，至西峪寺。自上方至此，四十馀里。若从间道，逾鸡脚岭，则不过二十五里。惟山路难行，只能步不能舆、骑耳。寺中尚有德国敌侨，收容于此，内务部之保安队，戎装守门，清净之境，变为禁署，殊令山灵减色！九时半，始进晚餐。方丈、知客等，亦全仿官场仪式，迭来拜会，作无益之谈，令人厌倦。十一时，始得安睡。

六月三日晴。晨六时起，七时三刻出寺东行，八时至石经山。山色秀逸，望之如画图。奇石斧削，松生其隙，疏落有致，山巅石屋长廊，山半石亭翼然，大类庭园，比诸上方，又别是一境矣。

昔北齐南岳慧思大师，虑东土藏教毁灭，发愿刻石藏，闷封岩洞中，其徒静琬法师，承师付嘱，始着手刻经。自隋大业迄唐贞观《大涅槃经》始成，历唐至明，代有增修，故名石经山。今亦称小西天。山顶有雷音洞。就洞筑堂，高丈馀，深九步，奥之横亦九步，其外阔十三丈，如箕形，有几案炉瓶之属，皆石为之。三向之壁，皆嵌以石刻佛经，东北壁为全部《法华经》，西壁为杂编，共有百四十八块，故又名石经堂。堂中供奉三宝，四隅有白石柱，柱八角形，各雕佛像，每面两行，每行十六佛，数之得一千零二十四佛，皆为小圆光，而庄严以金碧，故又名千佛洞。堂前石扉八扇，可启闭。外有露台，纵仅八尺，横与堂称，三面为石栏。其下有八角石亭。堂之左有石洞二，右有石洞三，堂下复有洞二，其内皆藏经版，层累相承。洞顶涂石灰，使燥而不湿，洞口以石棍闭之，自棍隙可窥见经版，有完整者，亦有破损者，所刻字迹，多隋、唐体。所刻之经，自隋至金，前后纳于洞中者，凡七百馀石，有石幢记其目甚悉。今洞上下之石棍，似皆略有破损，据闻某国人曾用药炸毁，窃取经版。有保存古物之责者，不可不注意及之！洞北有石池、石井，池广七尺，井深浅不一。此山共有九井十八洞云。自此登云居东峰，有云居上寺废基，其前石塔尚完好。塔方形，以石为之，高九级。塔旁有唐金仙公主碑。自塔登绝顶，有巨石，后广前锐，平出于虚空者数尺，名曝经台。在此以高度计测之，得三百三十粆，加以京师平均海拔，不过一千一百馀尺耳。对面云居南峰，亦有小方塔。盖山有五顶，号五台。金仙公主各筑白石小塔于其上，今存其二也。游毕，下山。山半有半山庵，已圮，仅馀废基。其旁有数块大石，纹横色绀，名张果老骑驴石。山下有东、西峪，就地建东、西云居寺。今东峪寺已废，仅存西峪。至前清时，改称西域云居禅林，即余等驻足处也。十二时，回寺午餐。在本寺略浏览，规模宏大，有殿三所，依山建筑。其西有罗汉塔，东有压经塔，闻石经藏版，半在石洞，半在塔下云。午后二时，往探石经山之水源。出寺东行，过古刹香树庵。二里馀，至水头，即溪水发源处。两岸石罅，皆涌清泉，溪底处处有趵突泉穴，掬而饮之，味甘冽异常。余与冯大恣意弄泉，临流濯足。冯三本学海军，善泅水，乃择水深处，脱衣游泳，如凫如鸥，升沉自在，乐甚！距水头里馀，有水头村庄。居民凿沟通水，引入庭园，取之至便。三时，有雷声，乃回寺，即大雨。洗浴更衣。傍晚，雨止天晴。余等出寺，沿溪散步，绿树阴浓，蝉鸣不绝，水流石上，激越作声，流连不忍去。未几，又有馀雨，急趋回寺。

六月四日晴。晨六时半，整备行李，仍骑驴起程回京，八时至下庄，访拓碑人王大义，购唐碑数纸。即跨驴行，道经顺承郡王墓，进内一览，即出。又过六间房、盐村、北务、韩子河、西董、起新各村镇。至李庄，即与来时赴上方之道合，再前即琉璃河矣。时午后一时也。至车站旁和兴居待车，饮水取干粮作餐。天又起大风，尘沙扑面，与盘山归时无异。三时四十八分，火车开行，六时三十一分到，七时归家。此行得摄影数十纸，云水洞中之电光照相片，尤为自来所未有。将与盘山各片，同付珂罗版。

友人或问余曰:"房山与盘山,二者究孰优?"余答曰:"京东盘山,京西房山,二者派别不同,各极其妙,实无优劣可分也。盘山四无依傍,轩豁呈露;房山联属不断,不入其门,不见上方之奇伟,其不同一也。盘山秀润,其胜在松、石、泉,令人生优美之感;房山雄奇,其胜在屺、在洞,令人起壮美之感。而西峪之溪流,又与盘山之泉,景物各别,其不同二也。"冯大之言曰:"譬之书法,盘山篆书也,结构圆,用笔圆,乃至无处不见其圆;房山魏碑也,结构方,用笔方,乃至无处不见其方。"嗟乎,斯言良得之矣!

滴水岩纪游

西山之滴水岩，称为奇境。今春游妙峰山时，本拟一探其胜，因同游者多不愿而止。适者林君宰平（志均），乘双十节休假，邀余偕游，而陈君字琴（銮）则又同时邀游西峪寺。余以林之约在先，辞陈君。而陈君以滴水岩道险难往，不易得伴侣，西峪寺则随时可去，乃改从余行。陈、林二君又各约其友，于是日之晨，会集北京西直门京门车站。

民国八年十月十日，晴。晨五时起，盥洗毕，六时，赴京门支路车站，陈、林诸君，陆续皆至，七时开车。八时，抵三家店。下车，陈君预于昨日遣人至灵光寺雇兜子，在车站等候。同游者八人，皆未游过滴水岩。余细揣地势，及翻昔人游记，则岩在妙峰山之西南，且低于妙峰，若先往滴水岩，必较妙峰为近。又其地荒凉不便住宿，则宜游毕回宿妙峰。诸君皆韪余议。乃问舆人，则均不识路，中有略知方向者，遂乘舆指西南行，过三家店镇后，镇颇繁盛，居民栉比。至浑河边，对岸望见石景山。河至此分为二，一广一狭，中渚为洲，名小河子村，皆架桥通之。桥桩以巨石卵，填积河底，高出水面五六尺，以藤范之，左右分立河中，每隔丈馀，置两桩，上铺木筏，以便往来，颇为稳固。先度小桥，过小河子村，复度大桥。河面约阔数十丈，水流迅激。登岸前进，道上有石栏，上镌"妙峰山正路"五字。复西，为琉璃茶棚，红墙碧瓦，栋宇焕然，盖新建筑者也。由此以上，径路窄小不平，两旁山石，多见煤层。行于沟中，水深尺馀，舆人择水浅处行，泥泞没踝。约三四里，折而南行，登山，即为大道。惟皆块石填成，略无阶级，约半里，又得土路，宽广而平。忽见两旁峰峦攒簇，中通一径，石纹秀美，引人瞻瞩，讯诸土人，山名灰山，地名灰窑，盖因产石灰得名。然以如此山而被此称，可谓山之不幸也。折而西北，傍浑河岸行，至龙泉坞。乘小舟渡河，为陈家庄，庄中居民百馀家。过庄北行，为西北涧茶棚，由此登仰山岭，俗呼十八盘。盘顶名孟常岭，有灵聚寺。以测高器测之，约一百四十三秌，加以京师平均海拔三十七秌半，合营造尺约五百二十尺。自顶而下，名下八盘。再西行，山多峭壁，名曰阴山。石层横叠而中空，有泉自隙流出，盘旋激石出声。吾友冯君稷家（农）曾游此，题"圣水"二字于壁。西北循山麓夹壁中行，有村临谷口，名曰桃源。树木苍郁，秋色迎人，居户数十，老幼怡然，洵不愧为世外仙境。村前孤峰耸立，其半有山洞八，为昔人避兵处，今则多巨蛇穴其中，秋收后出觅食，并不害人。土人以为神云。自三家店至桃源，为妙峰山进香之南路。妙峰山之碧霞元君庙，香火极盛。夏历四月庙会，京南京北之人皆云集。登山有四路，除南路外，自沙河来者为老北路，自庙儿洼来者为中北路，自萝白地来者，则中路也。至此日已晌午，乃各取干粮作餐。餐毕北行，得一涧，阔寻丈，水声潺潺，溅石而过。涧边多飞鸟，色灰青带白，尾长尺馀，美丽可爱，或云名山喜鹊。逾涧，至南中村，入樱桃沟，斯为向滴水岩之蹊径矣。沟分南北，无水，底皆乱石。循其南行，又分西北，循其西行，地势较高，两面皆峭壁，只有一口可入，不能舆、骑，即黄牛冈口也。余等皆攀援徒步而上，十馀里无人烟。愈升愈陡，愈转愈深，如行狭巷中，而山峰之秀美，则百出其奇，或连翻四五峰，皆若披锦，或怪石迎面突起，如斧削成，或圆而高耸，或卓立如笔，令人应接不暇！转十八叠，冈尽崖见，则滴水岩也。遥望万绿丛中，红墙黄瓦，殿阁悬空，则岩下梅花山天泉寺也。喜极而奔，历石级数十，至寺，已午后二时半矣。计三家店至此，约四十馀里。寺在岩之下，梅花山之顶。背崖而建，有殿三楹，中供达摩祖师，右为观音，左为地藏。东西皆有旧屋两间，与殿毗连，无僧人，有马姓姊弟二人，在此看守，云为妙峰山所管辖。《图书集成·山川典》以滴水岩归入房山范围，属房山县。以今考之，其山之形状，确类上方，而其境界，明明隶属于大宛也。殿东有方亭，悬一钟，依亭栏，可以远望。万山层叠，斯岩隐其中，非好奇者莫能至，又何怪舆人之皆不识途耶！余等在亭，饮水稍憩，即至殿后，观滴水岩，为千仞绝壁，环东、西、北三面，如张两腋，其顶前出如履额，其下为洞，深广约三四丈。洞上石层有罅隙，水渗石面，滴沥而下，如檐漏然，以巨石缸盛之，溢则自山涧下流，夏时水大，上千百滴，则下有千百声，冬时严寒，上滴不已，下滴则成冰柱，至为奇观。洞内新建一殿，中供四十八臂观音像。殿旁石壁，题咏甚多，吾友冯君亦题诗数首于此。殿东尚有小洞，深广不及丈馀，亦有水下滴，以较滴水岩，具体而微矣。在此以测高器测之，得四百九十三粆，加以京师平均海拔三十七个半粆，约合营造尺一千六百尺。然此乃梅花山顶之高，非滴水岩之高。因岩为悬崖，不可升也。观毕，由原路下，至寺东锤古洞，燃炬以入，深广可数十丈，洞壁皆石钟乳，或似莲花，或似象鼻。有一石床，面坳而长，据云每年有龙见其上。床后有垂石，水自上滴如雨，其下有潭，深不可测，龙所蛰也。洞中复有洗眼池，一大一小，水甚清冽。循洞左壁而出，三时半，离寺，赴妙峰山。由山脊折而东北行，半里许，两山之间，得一涧，阔处及丈，水自高泻下，声闻数里。循涧曲折上行，有岭当前。舍涧登岭，路窄而迂，然风景绝胜，既上复下坡，既下复上坡，始至妙峰山之西寺。过寺，亦见一小涧，水激石面，如短瀑布，遥望妙峰，松柏成林，浓绿如滴，枫叶未霜，色皆金黄，而乌桕则已红如噀血，偶有数株，点缀其间，山上山下，数十里若披锦也。转东湾至灵官殿，已达山麓。由殿东拾级而登，至灵感宫，已六时馀。天色甫昏黑，仆夫先运行李至此，整备晚膳，稍休即进食。

食毕，散步廊下，则见新月一轮，现于庙儿洼顶，其大如盆，颜色深红，下半没于云雾中，少焉上升，则天青月朗，万山皆明，同人徘徊玩赏，虽冷不忍入室也。九时后睡，夜半既醒，独披衣出外玩月半小时。一岁之中，此景何可多得也！

十一日，阴。晨五时起，八时拟赴西大梁。西大梁者，即妙峰西面之高峰，并无寺庙，惟形势雄壮，兼可远眺十三陵，故有名。今因天阴云雾，不能望远，遂不往。即下山，遵今春来游之原路，过涧沟，翻旸台山顶，至庙儿洼。稍憩，俯视四山云合，蒸腾上升，凝为细雨。自洼下，行于云雾中，至金仙寺，已十二时矣。寺为明成化前所建，清道光时重修。殿之西，有精室十馀楹，庭中杂植花木，颜色之美，胜于城市所见者。时天大雨，即拟留宿于此。午餐毕，冒雨出游近旁寺观，先至福顺寺，亦名响塘庙，在消灾山之麓。进门有戏台，台前有池，如偃月形，又进为前殿，祀关帝，正殿祀观音，后殿祀吕祖，最后则为菜圃，种菜数畦。其右有瓜棚，瓜壶大如瓮，累累下垂。仰视消灾山，树木深蔚，自顶及麓，愈低愈密。圃之后有方池，上架以桥，后有龙王庙。池中金鱼数百，投以馒头碎块，以木榜击之，则全池之鱼，毕集争食。今寺系咸丰九年，五太监因致礼妙峰山，羡此处山水之胜，因建伽蓝，为暇日休沐，及年老退隐之所。今寺主任君朗山，亦清室寺人。年已七十，声若洪钟，善谈论。余等在此稍坐，即别出，往游大觉寺。旸台山麓寺观，惟大觉为佛家丛林。馀如金仙寺、福顺寺、普照寺、朝阳院，皆清代太监所造，故所祀之神，释道杂糅，并祀昭烈、关帝，尽取结义兄弟之意。太监无子嗣，老年退隐，情味自然近于僧侣耳！二时，至大觉寺，略览一周而出。往寺后观老龙脉，雨甚，遄返。经普照寺。爱其风景，乃冒雨入览。寺在大觉之北，相距不及半里，明永乐时创造，今亦太监家庙。寺周以短墙，墙外树荫茂密，进门有桥有池，正殿祀药师琉璃光王佛。殿右为住宅，左为客厅，皆陈设精洁。厅北有花园，培植名卉，园之西北，凭山麓建一土台，有马尾松一株，古干虬枝，扶疏四出，如张巨盖，周围以木架之，涂以丹，碧叶红栏，辉映生色。其下可容数十人，因设石几石凳，夏日于此乘凉至佳。地势既高，东、西、南三面，皆豁然无障蔽，晴明之日，则十三陵及汤山，一望可了然也。游毕出寺，雨益甚。回金仙寺，已五时半矣。是日虽御雨衣，犹湿透襟袖，可谓淋漓尽致，饥寒交迫，晚餐较平时为甘。半夜起大风，屋瓦皆震。

十二日，晴。晨七时起。金仙寺之东山角上，建一方亭，可以望远，因往一览，则十三陵隐隐可辨。寺中住持觉祥，曾捐通县淑贞女子国民学校经费三千元，教育部给予二等金色奖章，僧人有此，亦难能可贵者也。九时，往观金山汽水公司工厂，现已停止，略观滤水、装水、装气、压气、装瓶各机而出。复西北行数十武，至朝阳院。院后山麓有平台，稍坐远眺。昜台山各寺，皆北对天寿山，故多筑台，以便远眺。此院创于明季，重兴于前清，亦太监家庙也。十时，跨驴往七爷坟。七爷坟者，清德宗生父醇亲王奕譞之陵寝也。以其行七，故俗以七爷呼之。坟地为金代香水院遗址，章宗所建八院之一，后改法云寺。至清德宗时，始改为醇亲王陵寝，距金仙寺约十馀里。陵前有守卫营房，寝门高丈馀，丹雘甚新，前有碑亭，后有流泉，分两支，绕陵而出，松柏成林，兼植槐榆，坐树荫下，俯听流泉，极幽静之趣。寝旁有大银杏树，可五六围，俗称帝王树者，清孝景皇后命人锯为数段，倒卧于地，意使王气不复萌蘗，此树何不幸生帝王家耶！十一时，赴北安河村，在此休息。余与林君等，取道海淀归，陈君等则取道三家店，乘火车，各自分别而行。二时十分，至温泉，泉在石窝村，入内啜茗，略坐即行，三时三刻，至黑龙潭，入内流连稍久。自黑龙潭行，多系山路，经过山口三，其最后者，即红山口，新筑平路，可通汽车。山口右壁，有人以白垩画两马，相对而立，远望之，酷似真马。五时，至颐和园宫门。六时半，至海淀。乘人力车回西直门，分别归家，已八时矣。夫滴水岩在西山，可称奇特，然僻在万山中，游踪稀少。今之游者，恒取道妙峰山，虽须翻岭，而道较易行，故妙峰山之舆夫，皆习知滴水岩也。然宜预宿妙峰，以破晓往，日晡归，必多一日淹留。而阴山、桃源、南中、黄牛冈，一路山水风景，亦莫得领略矣。故好奇者，必从三家店或门头沟往，则滴水岩之妙处，可一览无馀，自门头沟往者，当北经大、小将军峡，而逾十八盘。此吾友冯君所由之路。至十八盘，则与三家店前往之路合矣。余并详记之，后之游者，可以自择焉。

莫干山纪游

莫干山，在浙江省武康县西北二十七里。旧传吴王铸剑之地，因以为名。曩者西教士以避暑会名义，租赁此山，辟道路，筑别墅，不及数年，遂称避暑胜地，与江西之牯牛岭，直隶（河北）之北戴河并称。其山既为西人所经营，一切规制，俨同租界。山半有莫干山旅馆，其主人为德产。欧战起后，英、美人相率不赁居此馆，遂致亏折。杭沪甬路局乘此机会，收回主权，以三万金购此旅馆并其周围空地，计共八十馀亩，出售车船联票，于民国九年五月开办，旅客称便。余适于是时赴浙，重游西湖，遂便道往游此山。于五月十七日乘沪杭甬支路汽车，自城站至拱宸桥下车，乘公司所备汽油船。午后二时开行，未久，天忽大雨。有人言不能登山，须在三桥埠借宿。余以未携被褥，决计冒雨而行。船经德清县界，复入武康县境。一路山清水秀，风景至佳。六时半，抵避暑湾，雨已止，而天色昏暗，急乘肩舆而行。至三桥埠，略购饼饵，以防中途饥饿。经杨梅岭、瓜桥、新凉湖，天已无光，黑云如墨。复经张家桥、两河头、庾村，即登山。舆夫仅携一灯，光可及丈，路陡而滑。旁有大涧，水声震耳。余游山次数虽多，然黑夜一人登临，此为第一次。上黄泥岭，路更陡。过岭为牌楼，为炮台山，有巡防营及警察驻扎于此。最陡处名百步，过此即达莫干山旅馆。馆筑于山半胜处，高一千三百英尺，为德国人巴君所设。今既售于铁路公司，公司中派周君伯英（济时）驻山办事。余到馆已九时半，而进门即见房榻铺设完备，盖三桥埠公司，已有电话通知也。盥洗毕，略进晚餐。周君来谈天，至十一时方去。十二时睡。山中高寒，改御棉衣。夜间万籁无声，寂静之极。久处尘劳，此境何可多得，睡眠亦异常宁贴。

五月十八日晴。七时起，八时乘舆游山。出旅馆西行，经阴山冈，商务印书馆陈列所在焉。现尚锁闭，须在西人避暑时，方有人来经营也。山中气候既较寒，花开亦迟，杜鹃珠藤，尚多茂盛。度中王山冈，高一千八百英尺。再上至莫干山顶，高二千五百英尺。登顶眺望，四面万山攒簇，而莫干高踞中央。山中竹树丛密处，多为西人建筑别墅，本国人亦间有之。自山之北而下，经塔山。岩石矗立，有突出道旁，形若三角者，名虾蟆石。顶有长方巨石，面平若台，西人之避暑者，多携饮食至此，席地而食。莫干全山多土，惟此处有岩石，颇可观！自塔山后向东而行，为芦花塘。四山环抱，茂林修竹中，间以松杉，虽名为塘，实系山窝。

山中泉水，到处皆清。而此处水质，含矿更多。据云：每担比较他泉，重十馀斤。西人用铁管，自石罅导之下流，以瓶装置，贩运于苏、沪，可得高价。再南，过金家岭。竹林更茂，长及数十里。再南至天池山，山顶有池，故名。下有兴化寺，建于宋末元初。莫干全山，只此一寺。寺基荒寂，只一僧，名得一，年六十有九，出家已五十年。精神甚健，与之谈，宗说融通，滔滔不绝，不图于此乃遇斯僧，方外未尝无人也！出寺，循天池山之麓，折向北行，复登金家岭。两峡之间，涧水之声，雷轰电劈，因穿峡中小径，寻声探之，见涧水洌石成坑，自高而下，有三四处，坑下成为瀑布，曲折十数丈，溅石飞沫如雪，是名剑水坑。因坐石上且观且坑，久而方去。今日所见之景，论山当以芦花塘为佳，论水当以剑水坑为奇矣。为时只午后二时半，欲往碧湖，已不及往返。观西人所建游泳池毕，遂归旅馆休息。本定明日下山，因兹山幽静可喜，决计多留一日。与周君闲谈，并偕观旅馆周围风景，为状至乐。晚八时后洗浴，十时睡。

　　五月十九日晴。八时出游，仍由旅馆西北行。经阴山冈、金家山、塔山，自塔山度莫干岭，岭高一千七百英尺。遍岭皆丛竹，修干挺立，蔽日招风，行于其中，翠色撩人，十数里不绝。复经杨河村，居民数十家，引山水灌田，不劳人力戽水。十时半，至碧湖。名虽为湖，实系溪涧。涧水自两山间下泻，遇石之平面，则回漩为溪，遇陡窄处则成短瀑。溪之左右有居民数十家，名碧湖村。皆利用山水，以碓舂米。欲穷湖之上源，乃登山。见一小山坳，丛树乱石，掩蔽无路，但闻水声甚大，村人云龙头在焉。折枝拨草，寻得小径，径曲处，即岩石之角，阔不及尺，下临深渊，石锐而滑，逼仄不能着足。攀藤屈体行里馀，忽见短瀑，倾泻两石壁间，汇成深潭。潭为长形，自石壁俯窥，可数十丈，水尽碧色，此碧湖之所以名。土人名潭为龙头，名此山为龙头地，地高一千英尺，尚未至山巅也。余坐石壁上饱观之。良久。仍遵原路回旅馆，已午后一时半矣。进午餐后休息，预备明晨下山，晚十时睡。

五月二十日阴。晨五时起，六时动身下山，行至庚村，遇大雨。八时半，至三桥埠之避暑湾。九时，乘汽油船开行，雨下不止。午后一时到拱宸桥，换乘火车。二时一刻到城站，三时三十分开行，天渐晴霁。六时五十分到上海。大抵莫干山之胜，在泉与竹。竹既遍山皆是，泉亦到处可汲。西医用科学方法分析之，定为饮料之佳品。其质清洁，不须过滤，即可吸饮。此山历史，除吴王铸剑故事外，绝鲜古迹可考。我国人向不注意，一经西人开辟，遂成胜地。噫，国中荒弃之山林，我不自营，人必代我营之，奚独兹山也哉！

光福游记

民国十一年冬，赴苏州视察学校。晤老友金君松岑，乃有光福之游。十月四日之晨，同赴西门，登雇定之利泽小轮到木渎，访袁君幼辛（培基）。在木渎绕行一周。袁君先得松岑信，已雇小舟，预备同游。乃系舟轮后而行。并携行厨，在舟中共餐。肴馔精美，中有松蕈，尤新鲜可口！日午，傍岸。同游于羡园。园中布置，曲折幽胜。登楼凭眺，灵岩山全景在目。惜已失修，渐近荒废耳！再返舟，开行，抵善人桥。水大，桥洞小，轮船不得过。余等乃自小舟过轮船，俾得加增重量，吃水较深，乃安然过去。午后二时，抵光福镇。舍舟登陆，寓寻梅旅社。光福乡董李玉卿、申子佩、第一国民学校校长邵立斋，皆来招待。因为时尚早，乃由邵君导游。出社，向西北行数十武，至光福寺。寺在光福山，为梁代所建。后有舍利塔，故亦名塔山。宋时获铜观音像，供奉寺中，亦名铜观音寺。寺后有送子洞，据山之高处，登之，可以望东、西淹。出寺，再向西北行里许，至三官堂。堂北有水阁三间，面临西淹，极湖山之胜。所谓淹，乃太湖之水，汇流山间，淹没而成者也。东、西二淹一水可通，中惟隔以石梁耳。堂后复有一亭，登之，更豁然开朗。西淹全部，宛在栏下。淹之三面皆山。其南则邓尉、西碛、铜井诸山，绵延不断，直至太湖口而止。既而光福寺僧，携二手卷来，展玩移时，遂至淹西小筑啜茗。凭栏观淹，仿佛西湖，流连久之而出。折向东南行里许，至湖上读书处。冯桂芬所建。今设第一国民学校于此。自校之后门出，沿西淹行，过石梁，登虎山。山不甚高，顶有平原，上有东岳庙，已荒废。自顶远望，左为东淹，右为西淹，群山环之，风景之美，不可名状！东淹面积，略与西淹等。不过农家筑围成田，致水道日狭，不及西淹之广矣。是时夕阳西下，晚霞映入淹中，上下皆红，荡漾如濯锦，令人低徊不忍去云。

五日，阴雨，不克畅游。拟至山中著名处，作半日之盘桓。遂于晨八时，乘肩舆西行，邵君立斋为向导。约三里，至柏因社，亦名司徒庙。庙中有古柏四株。曰清、奇、古、怪，形各不同，势复蟠屈，故得此名。所谓怪者，乃经雷火，劈一株为二，倒地复能生根长茂，斯真不愧为怪矣！观毕，出庙。折回原路。再南行，约九里，至元墓山。相传晋青州刺史郁泰玄葬此，故名。今犹存墓碑，筑亭障之。此山面对太湖，登顶一望，洞庭诸山，若隐若现，沉浸于洪波。山上有圣恩寺，规模甚大，为此间丛林之冠！住持中恕出迎。并言今年时节和暖，牡丹、桃花，非时齐开。以净瓶插牡丹、桃花各一枝，供客。并导游各处。寺后有真假山，在郁墓之侧。此山多土，惟此处奇石突出，嵌空玲珑，故呼为真假山。自山而下，复入寺。登还玄阁。俯视太湖，在几席之间。惜烟雨迷离，不能了了！寺中藏有周邾公铿鼎，为珍贵之古物。中恕出示之，古色斑斓。钟带间有三十六孔，其雕刻为籀文。又有巨轴三，皆长二丈馀。一为旃檀佛像，一为西方极乐世界图，一为《华严经》塔。写全部《华严经》，字迹细若蝇头，为虞山弟子许德心敬写，河南程眉绘像。余等在寺午餐。餐毕，再出寺西行。路小而窄，且雨不止，舆人缓缓而前。约五里，抵石楼，有古刹。其前修竹成林。临湖有万峰台遗址。登台可望七十二峰，惜亦迷茫不可辨！惟冲漫之峰，距离至近，如在足底耳。午后三时，仍乘舆回。路经香雪海，为早春梅花最盛处。今则深秋，无可观者，故未停。邓尉除香雪海尚多梅树外，他处已砍伐无馀，改种桑树。询之土人，则云："种梅利薄，不如种桑利厚。"然桑树到处枝枒，山容则因之丑陋矣！三时回旅社，即乘小轮返苏州。

（二十四年八月补写）

117

云台山纪游

云台，古名郁州山，又名苍梧，在今江苏灌云县。其山本在海中，周三百馀里，清康熙四十年后，海涨沙淤，渐成平陆。余于民国十二年五月，赴江北巡视淮海教育，至灌云，便道入云台山，在山中七日，遍历南、北二云台，并渡海至西连岛。同游者郏勋伯（鼎元）、杨静山（友熙）、钱竹樵（正居）、赵重方（镇）四君。入山前，得吴君铁秋（绍矩）所著《苍梧片影》,述山中景物颇详；遂携之箧中，晨夕披阅，不啻南针也。

五月十六日。晨八时,动身赴云台山。由板浦至东磊有二路：若经中正集，可省六七里，惟荒僻无风景；若由中正集过太平埝至南城，路虽稍远，然所过各村，风景颇佳。余决取道于此。九时半，行十八里，至南城，原名凤凰城，南城乃俗名也。城周十三里，皆砌以石，为宋元徽中所建以御金者。进城后，至开明

118

小学校少憩，城内有凤凰山，东西二峰相对，如凤展翼，故名。十时半，出北门。折而东北行，经诸吾、水流、关中（俗名关里）、凌州、山东各村。至午后二时半，始抵东磊。东磊即石礌山，俗名磊里。自南城至此，计三十馀里。登山，道路崎岖不可行，乃舍舆步行而上，历二三里，至延福观。观在两峰之坳，为明代中官所建，后倚围屏山，山石黝黑，骈列如屏，实即东磊之前面，故亦称南磊。殿侧有玉兰仙馆，面对围屏山，其前有玉兰树一株，高可七八丈。殿后为斗姥阁，高踞山半，阁旁亦有玉兰树，高亦六七丈。登阁极目千里，可以望海。东磊全山，上上下下，皆植樱桃，杂以他树，时正结实，到处垂垂，如缀珊瑚，随手摘食之，色香味之佳，远胜市品。余等仕观中休息，炊饭果腹。全四时乃出寻三磊石及龙潭之胜。由观前南下，折而东北行约三里，见巨石嶙峋，错倚道侧，中有大石高耸，上阔下削，四无依傍，石纹裂开，如三块叠起，即三磊石也。又前行乱石间，步履益难，景物益胜。遥闻瀑布吼声，渐见流泉，下注成溪，汩汩石隙间，知为龙潭也。欲穷其源，乃踏石乱流，渡过溪水，循流而上，则见飞瀑挂于石间，下潴为潭，潭水碧色，深不可测。余与赵君重方，攀登巨石之上，坐观移时，留连不忍去。乃更欲上穷其源，绕道至瀑后，则见东磊之水，汇流而下，至山麓，泐石成平面，水流其上，溢而成瀑也。日色已暮，乃循故道而归。顺道访东灌赣垦牧公司经理江君少权（开国），略谈而别。回观，晚餐毕，十时睡。

十七日。晨五时起，登斗姥阁观日出。惜有雾气，又为一山所蔽，候至半时，始见一点深红，现于山顶，不久一个金轮，完全露出，逼而视之，并不眩目。观毕，回来盥洗，进餐以备远行。九时，自延福观南下，折而东北行。一路水田苍茫，新秧簇水，为时早于江南。道经小岛、大岛之旁，即金蝉大小二岛，昔在海中，今则毗连平地。十时，过诸蔴村。村正对大岛，居民数十家。自村折向西北行，十时半，至石虎。其地有巨石，形如伏虎，张口怒目，为状酷肖，昔在万金湖畔，湖之北为北云台，南为南云台，今湖淤为田，则南北云台，当以石虎分界矣。复向北行，十二时，度黄泥岭。岭不甚高，而路颇逼仄。过岭，沿半边河西行，度江舣（此间名桥为舣，乃俗名也）。复折而东行，再折而北，度留云岭，已午后一时矣。留云旧名虎口岭，为入宿城要道。陶文毅公，改今名，其顶有陶公所书留云岭碑。岭虽较高于黄泥，然路则平坦易行。二时至法起寺。寺在宿城山中，建自汉时，四面层峦环抱，风物幽胜，为淮海丛林之著名者。自延福观至此，三十馀里。住持振亚，原为军官，出家十馀年，颇有任侠气。出素蔬享客，极可口。寺中房屋精洁，且有浴池，余乃沐浴更衣。五时后，振亚导余出游。遥望宿城山侧，有卧牛岭，其顶戴石，形似牛眠。步行至寺东里许，得龙湫，溪水澄清，游鱼聚泳。岩石上镌"放生池"三字，湫畔有龙王行宫。复由寺后，沿山麓西行。过狮子岩，岩顶有巨石如蹲狮。其西有金刚岩，巨石陡立，宛若金刚。再西行，至塔院，有松蟠屈如张盖，大小塔分列，为寺中历代祖师藏形之所。时日已暮，遂寻别路而归。晚餐毕，至十一时而睡。

五月十八日。晨八时出游。由寺东行，又北度红毛顶而下。复上，登宿城后山，至悟正庵。振亚和尚已由间道先至，踞石待我。庵所占地势至佳，惜殿宇荒废，仅存颓垣。庵前有大银杏二株，巨石磊磊，错峙其下。两旁丛竹茂密，迥非尘境。据《云台山志》，庵有茶树，风味不减武彝小品，名云雾茶，岁仅得一二斤。余偶遗忘，未及一观此树，殊可惋惜。在此稍坐，乃偕赵君重方登山顶，一路岩石怪特，不可名状，松林夹道，绵亘数里。至其巅，则东南两面，皆可望海，浩淼无际。隔海望西连岛，已在目前。风帆点点，往来海上，皆岛中居民捕鱼船也。海滨盐田，如方罫形，蓄水晒盐，即淮北票盐之所由出。时天有雨，乃下山，沿麓东行四五里，至仙人洞。洞在宿城山脚，巨石矗立，中裂一罅，是为洞口，高不过五尺，阔仅尺馀，俯首侧身，方得入。洞内右方有圆门，突然深黑。钱君竹樵进而探之，约行丈馀，复得一圆门。因未携灯火，未能穷其究竟。《志》称洞广约八九十尺，足容三四十人云。时雨益甚，衣履尽湿，乃急回寺。午餐后，各人检点行李。三时，起行，拟赴墟沟，仍度留云岭，沿山麓西行，数里再折而东。天复雨，與夫冒雨遄行，至六时，抵墟沟城。墟沟为南固山之大涧，因以名城。今已圮，俗呼此为北城，凤凰城为南城，明代守要地也。自法起寺至此，约十五里。王君慕陈（同甫）遣人迎接，因住于王君家。主人好客，招待周至，为备晚餐，海物杂陈，别有风味。宾主剧谈，有倾盖如故之乐。十时后睡，枕旁闻夜雨之声，淅沥不已。

五月十九日，阴雨已止。晨九时，出外访友。十时稍放晴。王君慕陈等，导游北固山，出门，向西北行，约二里，抵北固山之胡沟。山亦名舍利，南北二面皆临海，岩石苍翠，松树成林，叶皆浓绿，风物大似青岛，惟人工欠缺耳。在胡沟之尖石岩下，与同游诸君，共摄一影。复北行，至海头湾，登废炮台，极目东海，水与天接，怒潮激海旁砾石，澎湃作声。对面望鹰游山，迷茫烟雾间，与宿城山相对，中宽十馀里，为鹰游门。海船避风，必由此门入。鸽岛浮海面，如一卷石。渔船数十，排列海滨，真天然一幅图画也。十二时，乘舆回王宅。午后三时，出门向东行十馀里，至孙家山。山在海滨，元时孝子孙通居此，故名。山之东，树林秀郁，西面则怪石突兀，钓鱼台在危岩之下，相传汉萧望之常钓于此，台下石壁数仞，有隋王谟、宋赵东、金宋蟠、明郭铉题名，勒于其上，惜此时正晚潮盛涨没壁，不能从下探视耳，五时半，回。适赵君重方向陇海铁路测勘处，借得汽油船，遂以六时乘之渡海。七时，至鹰游山之庙前湾。天已昏黑，复有雨，携灯登岸。测勘处林理凡（建伦）、邵海秋（振洋）、王翰时（声灏）三君来迎，导至镇海寺殿侧测勘处下榻。三君招待极周，情意可感，夜雨益盛，卧后枕旁闻海潮声及雨声交作，殊爽人意。

五月二十日。七时起，出游庙前湾。镇海寺在两峰之间，正对此湾，林壑幽美。昔为大丛林，今则仅存一殿，馀地均为测勘处改建洋式房屋，令人不胜今昔之感。由庙前湾迤逦行，至西连岛下。遥望极西有石嘴，伸出海面，如龟伸首，是为龟山。九时，回。偕林君理凡往访陇海铁路机械师罗纳法，谢其慨假汽油船之惠。谈片时，辞出，即偕同人乘船渡海回墟沟，十一时，登岸，至王宅。午后二时，别王君慕陈而行，道经农商部渔业技术传习所，入内参观。复过板浦盐场，停舆观之，其场就海滨筑成盐圩，纵横作方罫形，引海水灌入，由头道二道以至九道，次第套晒成盐。日将落时，用竹帚扫而堆积之，覆以芦席，累累如丘阜，名曰小廪。此所谓淮北票盐，掬而视之，色白粒大，佳品也。五时经汉东海孝妇祠，殿宇三楹，中供塑像，殿后有孝妇墓。孝妇窦氏，事姑孝，以冤被杀，史称东海亢旱三年，冤雪乃雨者也。六时，抵新县村，借宿灌云县立第三高等小学校。为时尚早，乃往观乌龙潭，自校出，行约三四里，至焉。潭在前顶山后，涧水汇流至此，为短瀑，下洼成潭，阔约三丈，水深青色。坐石观之，历久方去。舆人导至村落间，向村人购食树上之樱桃，且摘且食，饱啖而归。至校，已暮色苍茫矣。晚餐后，十时睡。

五月二十一日。晨七时，与三高职教员学生，合摄一影，并对学生致训词。八时起身，出校向西行。八时半，过桃花涧。折而北行，历小村而至大村，憩于地藏庵。僧人以葛粉进，略啜之。即赴海清寺，约行五里，至焉。寺已荒废，其左有塔，凡九级，尚完好。由此南行，约四里，至狮子岩，岩为大村东南巨峰，岩下有泉名曰濯缨，由山崖喷薄悬空下注，名喷水崖。此时水小，未得见喷下之状。明刺史王同题"飞泉"二大字于石壁。岩下巨石，有唐崔逸郁林观东岩壁纪摩崖，为八分书，字径三寸，完好如新。祖无择三言诗刻，在东岩壁纪对面石上，则为篆书，字径八寸，亦完好。又有宋石延年诗刻，在祖无择刻石之右，则大半剥蚀，不可卒读。郁林观建自隋开皇时，今则仅存茅屋数椽而已。余等在绿树荫下，坐憩颇久。十二时，由此北行，再折而东，度飞仙桥，即为登前顶之初步。行数里，至第一天门。自此登竹节岭，磴道纡回盘旋而上，名十八盘。中途有一阙门，额镌"云台西圃"四字。过此，则仰见南天门。引路老农谓，"由北面斜径上三元宫，较由南天门可近里许"，遂遵此径仰登，路颇陡削。而两松，载于志乘。清光绪二十六年正月，宝应人进香至此，爇香插入树穴，致兆焚如，此数千年古物，遂尔云亡，徒令人生凭吊之感，惜哉。十时，度龙松岭，再上，过会仙桥，即至望海楼遗址。楼在青峰顶高处，登之可以望日出，陶文毅公改为海曙楼。想见昔日之盛，今日一片平坡，瓦砾无存矣。青峰顶以高度计测之，为七百米突，合华度（营造尺）二千一百尺。余等在此休息。遥望金牛顶，更较高，即鼓勇登之，顶有大石横卧，下有碑碣，镌"钩腰石"三字。登绝顶，望北海中神山，缥渺可见。临洪河为带，直通海口。金牛顶高于青峰顶一百五十尺，为云台山之绝顶。十二时，自顶南下，至玉皇阁，稍憩啜茗。阁在青峰顶上，高于三元宫，昔废，今正兴工重建。自阁而下，历陡级数十，至水帘洞，洞门为三角形，其上石壁如斧劈。洞中左右，为两方池，前有方井，泉水之深，皆不过尺馀，然冬夏不竭，掬而尝之，味颇甘冽。水帘之右有团圆宫，宫内有碑，上镌明神宗颁赐藏经敕文。今藏经已零落

124

不全，有一部分存于法起寺，殊可惜也。十二时，回院，午餐后，稍休。三时，至三元宫库房，观所藏珍物，有御赐金佛三尊，天官、地官、水官及关帝玉带，共四组，古铜掠发一，玉杯、玉环各一，铜爵八。明万历三十一年，颁赐之万佛衣、千佛衣各一，又颁赐瓷钵一、龙凤碗二。三十九年颁赐藏经之墨敕亦在焉。又有清康熙帝所书"遥镇洪流"匾，皆装潢成轴，以木匣盛之，诚可称镇山之宝也。观毕，由宫出，历级南下，至九龙桥。桥在竹节岭下，九涧汇流，故名。其下有九龙庙，其上为接引茶庵，位于岩畔，林木郁森，同人或坐桥栏，或卧石上，久而不去。前顶风景，当以此为最胜。自桥而下，至南天门。登前顶者，由第一天门，经十八盘，仰见一关，耸峙山半，即为南天门。登此一望，众山皆小。余等来时，乃绕道而上，未经此地。门内有关帝庙，入庙啜茗，日色将暮，仍自九龙桥原路而归。晚餐毕，寺僧悟五、德三以宣纸来索余写对联。余向不习书，以无可却，乃信笔乱挥，却还可观。顷刻之间，挥洒数十纸。十二时睡。晚有雨。

五月二十三日。天色放晴，此游在山中八日，往往晚间有雨，日间即晴，日光不烈，道鲜尘埃，此等佳境，亦向来入山所未有也。七时起，准备动身赴东海，又为寺僧写联数副。十一时，启行，遵来时原路下山。午后一时，至大村地藏庵，郏勋伯、钱竹樵、赵重方三君，于此分路回灌云。余与杨君静山，则向东海。至灌云边境，王骕卿知事已派肩舆来接，乃换乘之，入东海之临洪镇，便道观省立第八工场。四时，至新浦。自前顶至此，约三十馀里。

遂往海丰面粉公司，王知事在此相见。公司备午餐，为余洗尘。复参观磨面厂一周，即乘舆行，十二里至东海北门外鸿门，沈氏别庄住宿。赵君理斋、沈君运青，招待殷勤，晚间饷以蜀黍粥，佐以面物蔬菜，极可口，乡间风味，城市人所未尝也。此地有园林，空气甚佳，夜间寂无人声，睡眠极酣。

苏省大江以北，自淮安至清江，皆系大平原而无山，独至苏鲁交界，而云台山特起于海滨，雄壮秀美，兼而有之，允宜为江苏名山之冠。惜地处偏僻，游者鲜至，数千年来，正如高人逸士，隐处海外，遁世而无闻焉。今则陇海铁路终点取道于此，云台之名将大噪于世界，不问可知，山川之显晦，盖亦有其时哉。

日本回忆

　　民六第一次至日本，除考察教育外，绝未游览。至民十五第
二次东行，略有游屑可记。是年春，南京大中小学校职员组织日
本教育参观团，团员男女共二十二人，余与王君伯秋率之而行。
时胡君庶华，亦适解江苏教育厅长职，加入团中。此行经东京、
横滨、大阪、西京、奈良、广岛，渡海至朝鲜、旅顺、大连而归。

　　至东京时，日本人组织之日华学会者，竭力与吾人联络。会
中有日华学校，校中肄业日本学生，注重华语。与上海东亚同文
书院，同一用意。特聘我国之辜鸿铭为教师。辜于辛亥革命时，
主张帝制，为南洋大学学生所驱逐。日本正以中国推翻帝制，恐
受影响，乃遣人聘请辜氏，俾到东瀛，发挥其忠君爱国理论。辜
氏亦以国内不可居，应聘前往，薪水不过每月日币二百元。余等
到后，日华学校校长，乃请参观。谈及中国名士辜鸿铭，在校做

教师，殊有得色。乃往观辜氏之课，至则见辜氏，服天青团花马褂，蓝缎剑袖长袍，拖花白之长辫，右足踏椅上，左足支地，以福建官话，讲"月落乌啼霜满天"一首绝句诗。盖此诗为日人妇孺所得诵者。辜氏逐字范读，日本学生逐字仿读，对于辜氏，亦甚似尊敬者。观毕，余退语校长曰："以辜氏学问，而仅使教华语，未免割鸡用牛刀！就方言论，则华语应以纯粹京音为标准，辜氏之语，却多闽音，又不足当语言教习之人，君等果何取于此？"校长含糊应之。盖彼请辜氏之用意，固在彼不在此也。后数年，辜氏以年老返国，病殁北平。

是时日本樱花盛开，日人之赏樱者，皆率其妻子，以席铺地，坐卧花间，酩酊烂醉，歌舞行乐。闻箱根樱花又盛，乃往游焉。其地有著名之温泉，宿于三河旅馆。馆前四山皆樱花，风景之美丽，笔难尽述。旅馆中引温泉入浴室，余等一日三四浴，极赏花弄泉之趣味。箱根本是火山，尚有未熄之焰，曰小涌谷、大涌谷。山顶有湖，曰芦之湖，余等乘汽车至湖尻间，驾电船渡湖。湖山秀丽，水波碧色，与岸上樱花相掩映。达彼岸后，同人相约步行，度一岭，其下即大涌谷，比小涌谷大可数倍。火焰熊熊，烟雾弥漫，时作吼声，偶一失足，即焦烂而死。故日人呼为大地狱。过谷下山，道路崎岖，极难着足，同行女团员，尤暗暗叫苦。然亦无车可雇，只有前进。至上罗驿，方有电车。团中惟余年五十馀，庶华将近五十，为最长，然皆有孩气。庶华忽谓余，当与君作竞走之戏。即在乱石间，疾驰而前，余亦不示弱，迈步追之，行约二三里，卒为余所及，突过其前。团员咸鼓掌大笑。

西京风景清净幽秀，与东京之繁华不同。其著名者有比叡山、岚山。登比叡者，山下可乘电车，直达其巅，俯视京都，全城在目。远望琵琶湖，湖水绀碧，风景更美。下比叡山后，复乘汽车赴岚山。山峡有小井川，泛舟其间，两岸森林环翠，不见天日。川流激于矶石，聒聒有声。山下有旅馆可宿，有温泉可浴。以羁旅匆匆，偷半日之闲，得游两山。岂徒山水天然之美，抑亦日人对于自然风景，加以人工，故游者得以半日闲，往返百里之遥也。

奈良市只有自动车，及人力车。据云：为保持市景之幽静，故无电车。而全市皆公园化，旅客到此，愉快非常。满街皆驯鹿，见客不走避，仰首亲人。市中有售束刍者，购而与之，辄就手中舔食，日人呼之为神鹿云。

宝华山纪游

宝华山，在句容县北六十里。其山四面环抱形如莲花，故名华山。梁时宝志公栖迹于此，故又名宝华山。越千馀年而有三昧律师，师之弟子见月，宏阐律法，建立戒坛，遂为有名之律宗道场。清圣祖巡幸至此，御书"慧居寺"额，即今宝华山之古刹也。余于民国十五年十一月二十日，来游此山，由下关乘沪宁车至龙潭，先至宝华山下院憩息。遇住持德宽和尚，旧相识也，留余在院午餐，并遣人至寺，以肩舆来接。午后三时一刻，乘肩舆行，计十五里，抵山麓。爱其风景，即舍舆步行上山，日暮至巅。有石额一，颜曰"律宗第一山"。前为莲花域，左为环翠楼。进夹道，沿戒公池而行，池中累石如小岛，上有小树数株。池畔有御碑亭，中竖御碑，清乾隆帝御笔也。既而至慧居寺正门，有"敕建慧居寺"竖额。德宽及知客师密澄殷勤招待，至客堂休息，啜

130

茗清谈，兼进果饵。晚膳复为设盛馔，饭毕，以月色甚佳，出中庭玩月，虽山中气候寒冷，亦几忘之。戒连和尚，导登藏经楼后之铜殿，自高眺望，久雨之后，月光分外清明，流连不忍返。殿为明万历中慈圣皇太后敕建，高二十丈，纵横各十尺，四壁皆刻画如来诸菩萨及帝释天人相，而供观音大士之像于其中，皆范精铜为之。今殿及像已毁，仅于壁间，存废铜遗迹。重修者，不过仿其原型，而非铜制也。殿之左右，各有无量殿，一名文殊，一名普贤，皆累甓而成，故名。九时后，乃入室安卧。

二十一日。晨八时出游，密澄和尚为导。先登玉佛楼，楼中供坐身玉佛，约高三尺馀，此佛自缅甸国来，缅甸产玉，故雕像颇多。楼前正大兴土木，建筑讲经堂。自此登西北峰，一路茶花满山。其高大者为野茶，不能作饮料，惟子可榨油，供佛前燃灯之用。矮而丛生者，为人工所栽，寺僧每岁采之，焙制茶叶，寺中用以供客者，皆自制之品也。行三里，至拜经台，相传梁武帝会宝志公于此。自台右下至龙池，池有三，皆蓄小龙。至池畔俟之，并不见所谓龙者。密澄呼庵中老僧出，年已八十，携竿持玻璃缸而来。竿头有网，入水漉之，得一尾，长二寸馀，四足五爪，背黑腹丹，腹下有黑点，盖蜥蜴类也。台之东南里馀，有黄花洞。洞深约二丈许，内有小池，自洞底以烛照之，折而右，尚深四五尺，俯身方可入，相传为志公悟道处。盛夏黄花满山，状如金莲，故以为名。黄花洞之下，为清凉洞，洞口小而洞内宽大，高可一丈，深称之。折回拜经台，自原路而下，复逾贵人峰，茶花益盛，峰之南有塔院，为南山中兴第二代见月律师之塔。自塔前下行，路径曲折，丛树荫之，山花修竹，到处迎人。十一时回寺，循游廊而转至戒坛。坛在铜殿之下，为方形，见月律师所创，以石筑成，四周雕刻佛像绝精。午刻，回至客堂进膳，膳罢稍休。后出寺，登东峰，修竹益密，弥望皆是，人行其间，惟觉四围翠绕，清气扑鼻。斯时天渐放晴。俯视华山，如波涛起伏于云雾中，时而一片日光，照耀山巅，景状美丽，俨如图画。三时下山，仍回寺。寺僧以麺进，略食之，即别而出。乘肩舆行。五时，至龙潭车站候车。至六时半，乘沪宁车行。七时一刻，到栖霞车站，乘藤舆赴栖霞寺。斯时明月上升，如一轮明镜，悬于山头，景物幽胜，殆不可言喻。行二里半，至寺。寺僧招待颇殷。晚膳毕，出外散步，即归卧。

二十二日。晨九时，乘肩舆赴甘家巷，观梁碑。别为文以记之。十二时，回寺。在寺左亭中，观唐高宗制明徵君碑。午膳毕，略观千佛岩。因时促，遂赴车站，乘沪宁车回宁。四时，抵下关，乘车回家。

栖霞山纪游

栖霞山本名摄山，在江宁太平门外四十里，以山多药草，可以摄生，故名。又以山形似伞，一名伞山。南齐时明僧绍隐居摄山，舍宅建栖霞寺，后人因以名山。唐高宗御制明徵君碑，碑阴有"栖霞"二大字，可以为记。吾友黄君任之作《栖霞山游记》乃云："南唐隐士曰栖霞，修道于此，故名。"按《江宁府志》五十一卷《人物门》云："王栖霞一名敬真，居茅山修道。唐主加号真素先生。"是南唐隐士栖霞，乃居茅山而非栖霞山。栖霞山之得名，实因明僧绍之建寺始，与南唐之王栖霞无涉。黄君之言，盖未之深考也。余在江宁，先后两游栖霞，今追纪之。

民国十二年十二月二十二日，晨起赴下关，乘八时十分慢车行。经神策门、太平门、尧化门三站，即抵栖霞站下车，时方三刻也。栖霞站离栖霞山二里半，步行半小时至。山有三峰，而中峰独秀，东西二峰拱抱之。寺在中峰之麓，即南齐时明僧绍舍宅所建，至今屡经兴废，非其旧矣。入寺门，有池颇宽广，名石莲池。唐高宗所制明徵君碑，圮卧于地，碑文则完好如新。寺之大殿，只有基址，洪、杨乱后，尚未兴复。至后殿旁屋，小憩啜茗。寺僧出为招待，余嘱令小童引路登山。循寺左西峰而上，有舍利塔，为隋文帝所造，高数丈，有五级，镌琢颇工，塔前有接引佛二尊。其后为千佛岩，随石势高下凿龛，中琢佛像，或一尊，或三尊，或五六尊，或七八尊。大者高丈馀，小者四五尺，雕刻精工，于美术上有殊胜价值。按江总栖霞寺碑：明僧绍之第二子仲璋，为临沂令，于西峰石壁，与度禅师镌造无量寿佛！齐文惠太子及诸王等，皆舍财施于此岩阿，磨琢巨石，隐拟法身，此千佛岩之所由来也。岩之顶有一龛，贮金佛曰飞来佛。又有纱帽峰，块石突起，顶平如纱帽，故以名峰。循西峰之涧而上，度春雨桥，得一泉，名曰白鹿泉。相传昔时天旱，土人逐白鹿至此，得泉，因以为名。再上数十武，石壁间镌"试茶亭白乳泉"六大字。亭则惟馀荒基，泉亦久涸，只留其名。自此而上，至半山，有平坡，昔时驻兵处，尚馀残垒。旁得一池，曰饮马池。望见最高峰之顶，红墙宛然，导者曰：此三茅宫也。鼓勇登之，约六七里，至其巅，则豁然高旷，前视诸山如培塿，后临大江之黄天荡，风帆点点如叶。江之两岸，筑围为田，作方罫形，弥望皆水田也。久居城市中，至此胸襟开拓，尘虑尽涤矣。宫中供三茅真君像，有一老道居之，客来则汲水煮茗！余在此稍憩。十一时，自最高峰而下。有岩石奇峭如截，中通一线，曰天开岩。岩之左有小屋，中贮禹王碑，字皆岣嵝文，乃大禹治水成功，书于南岳衡山者，明代杨时乔重刻于此。复曲折而下，至一平原，导者曰：此清高宗之御花园。然亦无迹可寻，惟见石壁上镌"云片"二大字。对面山石嶙峋，高高下下，有二大石夹立，中通一径，自径斜行而上，得一线天。一线天者，有一大石如圆锥形，中空若鼋，顶通天光，故名。自此而下，将至山麓，有巨石矗立，下临小涧，旁有石桥可通，名桃花涧。过涧数十武，有石层叠立，高低如浪，名叠浪岩。自岩折回，至西峰之麓，有泉名珍珠泉，甚清冽，取之不竭，寺中饮水，悉取于此。十二时，回栖霞寺。登山由寺之左，循西峰而上，归时则由寺之右，循西峰而下。在寺午餐。且向寺僧索《栖霞山志》阅之。午后二时，乘快车回南京。

民国十五年十一月二十一日，自宝华山归，宿于栖霞寺。翌晨，赴甘家巷访梁碑。归后复游千佛岩。寺之景象，与前不同。昔年仅有殿旁小屋数楹，今则殿后藏经楼已成。大雄宝殿，亦正兴工建筑。殿之右有新造碑亭，明徵君碑，已兀立其中。惟千佛岩之石像，寺僧因爱护之故，悉以水门汀涂附之，且以朱施唇，以墨画眼目，致造像原形，完全失去，殊为可惜，甚矣寺僧之无识也。西方三圣殿中，有一石观音头。据寺僧言：此在千佛岩为人窃砍以去者，为日本人某所得，藏于家。曩岁遭大地震，某之左右邻居，悉被毁，惟某之家宅无恙，夜梦石观音显灵云："余乃栖霞寺千佛岩中之大士也。今护持汝家，汝应将余头归原处。"某遂发愿，于某年月日，送还寺中云。

江宁县江乘乡访梁碑记

　　出江宁县尧化门五里，有萧梁墓碑。碑前有巨大石狮，相对蹲坐，而有两翅，称曰飞狮。久欲访之，而忽忽数年，卒未往也。民国十五年十一月二十一日，既游宝华山，乘沪宁车，至栖霞寺宿焉。翌晨，乘肩舆行五里，至江乘乡黄城村东北之甘家巷，则所谓飞狮及梁碑者，赫然峙于道左焉。狮有二，均相离四五丈。其身伟大，高可二丈许。仰首张舌，左右两翅覆身，雕刻为羽形。狮后有二碑兀立，其一碑文多磨灭不可读。碑阴所镌故吏人名，尚有存者。碑前有残毁墓阙。其一碑文全泐，墓阙亦无存。按《南史·梁宗室传》："安成康王萧秀，字彦达，梁太祖第七子，与始兴王同母。薨于竟陵，归丧京师。故吏夏侯亶表请立碑志，诏许之。当世高才游王门者，王僧孺、陆倕、刘孝绰、裴子野各制其文，欲择用之，而咸称实录，遂四碑并建。"今所见之二碑，其文中隐约有"孝绰"数字可辨者，盖即刘孝绰撰文，吴兴贝义渊正书之碑也。其文字全泐者，疑为裴子野所撰。然王、陆等作，金石家亦从未论及，盖剥蚀已久矣（严观《江宁金石记》卷一，王昶《金石萃编》卷二十六）。于是觅乡童为导，前行里许，至黄城村。见田畔有四石狮，各相对蹲坐。有一石狮已裂开，一狮头部已断，殁于田中。后有墓碑，额云"梁故侍中骠骑将军始兴忠武王之碑"。按始兴王名憺，字僧达，梁太祖第十一子也。《金石萃编》云："此碑连额，高一丈四尺五寸，广六尺二寸，三十六行，行八十六字。"今观其文，碑额字迹，完好若新，碑文有三分之一可辨。东海徐勉撰文，吴兴贝义渊所书。碑久圮道旁，故拓绝少。近南京故物保存所，重为竖立，而收买周围之地，将筑亭以护之，方开始工作也。复前行里馀，至华林村，亦见田畔有一石狮蹲坐，其一石狮已全毁，而墓阙独完好。文云"梁故侍中中抚将军开府仪同三司吴平忠侯萧公之神道"。据《萃编》所载："此额横广三尺八寸，高二尺七寸八分，六行，行四字。"今观其文，乃正书反刻者。阙为棱形之石柱，约高丈馀。柱上覆以盘龙石，周围皆镌飞龙，雕镂颇工。神道碑额，即置其上。额上更有棱柱，约高二尺。柱顶有圆石覆之，直径可五尺，四边镌莲花瓣，瓣皆下垂。圆石上蹲一小狮，仰首吐舌，与墓前大狮，形状相同。是盖古时用以标识墓道，故称为神道阙。按吴平忠侯，名景，字子照，梁武帝之从父弟也。盖墓碑久毁，仅存此阙耳。夫梁碑之见于金石记载者，仅此数种，而犹残缺不完。其碑头之下，皆有圆孔，与后世碑制不同。考古代丰碑之作用，本以木为之，树于棺之前后四角，穿孔于其间，施以辘轳，以绳被其上，所以下棺也。后人渐改用石。复追美君父之功德，刻文其上，树之墓前显见之处，则与古制稍异矣。今梁碑有孔，殆犹有古代辘轳引棺之遗意欤！抑金陵为六代皇都，而碑碣之流传者绝鲜。独此残石，犹存留于荒田蔓草间，而供考古家之摩挲凭吊，谓非极可珍异者耶！然则保存之责，殆非异人任矣！

天目山纪游

吾友金君松岑，去年即约游天目。彼此屡以事阻，未果行。民国十七年孟夏，金君以书抵余，曰："盍践旧约？"且自苏至沪面余，订定行期。余欣然诺之。遂约定五月十六日，同趁沪杭车行。

天目有东西二山，东天目属临安县，在县西四十里；西天目属于潜县，在县北四十五里，又名浮玉山。或云："东西两峰，峰顶各有一池，左右相对，故名天目。"或云："水缘山曲折，东西若两目，故名。"或云："梁昭明太子，读书于西天目，参禅于东天目。昭明双目皆瞽，洗于东西泉，目为复明，故庄曰双清，山曰天目。"此则近于附会，盖汉明帝永平时，已有天目之名也。

昔时游天目者，必由杭州之拱宸桥雇船，行四十八里，到馀杭，再由馀杭，乘肩舆，行四十里到临安，在临安度宿。后由临安乘舆，行五十里，方抵西天目。今则馀临汽车已通，自西湖之松木场，乘汽车，经馀杭、临安而达化龙站，行九十馀里，仅二小时半耳。在化龙乘肩舆，行五十里，即抵西天目。故可自杭州一日入山。较之昔日，交通便利多矣。五月十六日晴，午刻赴上海北车站，乘一时三十分沪杭车。金君松岑（天翮），已自苏州乘早车来，晤于车中。与金君同乘来者，复有吴江徐君子为，彼此畅谈甚乐。六时五十五分，车抵杭州之城站。松岑之高足薛君颐平，在站迎接。遂分乘人力车，至湖滨清泰第二旅馆休息。松岑言：金山高君吹万（燮），以明日夜车到杭州，故须在西湖多留一日以待之。

十七日晴。上午偕金、徐二君，驾小艇游孤山，啜茗小坐即回。后相偕步行至白公堤，饭于楼外楼。饭毕，游西泠社及公园。乘汽车至灵隐寺，憩于飞来峰下之壑雷亭。天久未雨，泉水甚小，故有壑无雷。徜徉久之，遂乘人力车回旅馆。薛君来约晚餐，代为规画入山行程，并为雇定汽车一乘。餐毕，偕往湖滨公园散步，遂归。高君吹万已到，于是游侣有四人。

十八日晴。七时半，昨日所雇汽车已驶至，共乘之出发。自松木场向馀杭，过留下站，即入馀杭县境。过青山站，即入临安县境，以九时半抵临安。十时，复自临安行，四十分抵化龙。馀临汽车，至此为终点。自松木场至临安九十馀里，自临安至化龙二十五里，此一段尚系土路，车行颠顿不平。若遇天雨，则汽车恐不能行，只达临安耳。余等在临安站，先以电话托化龙站雇肩舆四乘，故到时舆夫即已齐备。十一时改乘肩舆行，十里，至横塘，即入于潜县境。又十里，至藻溪镇，市廛颇热闹，有旅馆数家。即在浙安旅馆午膳，膳毕，休息。午后二时，乘舆行。登叫口岭至叫口庄，自藻溪至此十里。从此山环水复，渐入佳境。五里，至白滩溪，又五里，至月亮桥。舆夫云：距西天目尚有十里。五时，抵西天目之禅源寺。寺旧为梁昭明太子之双清庄。元代至元年间，高峰大师（原妙）来西天目，于山半之狮子岩，创师子正宗禅寺。其徒断崖（了义）、中峰（明本）相继，宗风极盛。元末毁于兵，明代松隐（德然）禅师重兴之，明末复毁于兵。其故址即今之开山老殿也。清康熙四年，请玉林（通琇）国师，重振高峰法席。乃就山下之双清庄，改建一新，即今之禅源寺也。洪、杨之役，殿堂被毁者十之八九。同治以后，又渐复今日之规模。寺之正东有阳和峰，正西有翠微峰，西北为昭明峰，东南为旭日峰。门前东涧、西涧二水，左右绕流。寺端居四峰之间，环山临水，气象宏阔，乃此山之主寺也。余等入寺稍息，知客师隆安，恳切招呼，啜茗进面点。以时尚早，遂从寺后东侧门出，登山，行二里馀，至太子庵。庵在昭明峰下，以梁昭明太子得名。中有洗眼井，井圆形，在室内。僧人汲水，余等取以洗眼。庵之正屋，有楼五楹，颇清洁。中有额曰"幻隐"，夏日居此避暑颇宜。出庵，下山，复绕寺东出，至雨花亭。亭为方形，建于蟠龙桥上。东西二涧之水，合流其下，夏日大雨时，瀑流甚大。此时仅有活活之小声而已。余等在桥栏小坐，日色既暝，缓步而归。

十九日晴。晨八时，乘肩舆登山。仍由寺后东侧门出，向东北上升。一路大杉巨竹，阴森夹道，涧水潺潺，愈上愈激。寺僧洞巨竹为管，衔接之，通水入寺，以供饮用，诚天然水道也。五里，至半山桥，为东西分道处。东可向东坞坪，西可至狮子口。乃先向西行，有大石如门，当两山之隙，即狮子口也。其下有高峰大师全身塔，塔顶为圆形，名曰重云。左为狮子峰，右为象鼻峰，下为千丈岩，壁立千仞，临于深涧。由此再上，绕而东，路旁有洗钵池。池圆形，甚小，直径不过二尺，在老树根下。相传为高峰大师洗钵处。再上至中峰禅师之法云塔。塔前有大树，可五六抱，为西天目杉树之至大者。土人呼为树王。然其顶已折，故不如他树之高。近根周围之皮，多为人剥取，故筑垣以保护之。法云塔之前，有石塔大小七座，塔下皆为宽大之空洞，覆以石板，有小石门，以铁键启闭。凡寺内比丘圆寂，茶毗后，其骨灰以布包裹，投于洞中。方法至简，一洞可容多人，即僧人之公葬处，故名曰普同塔。复上行，五里，至开山老殿，高峰大师死关所在也。殿凡楼房七楹，中供释迦像。殿之后轩称大树堂。老殿地势，后倚翠屏峰，门前俯视万山，以测高器测之，为一千一百五十米突，合华度约三千四百五十馀尺。余等在此啜茗进点心，欲穷倒挂莲花峰之胜。寺僧云："路极难行。"遂命为导。由殿左侧门出，循小径曲折下坡。径险且窄，旁临深涧，苔藓败叶，堆积盈寸，滑不可履。乱石高高下下，无级可寻。余等攀藤扶葛，次第而下，愈下则愈陡而滑。所谓莲花峰者，乃渐渐呈露。左有凤凰石，如凤翘首展翅，右有二大石，矗立分开，中隔丈馀，下为绝壑，俗称天门，自门中可望见莲花。再绕出天门之后，至崖边倚树望之，方是莲花之正面。大石分裂如五柱，上削下宽，高三四丈，谓为莲花之五瓣，实不甚似。盖俗名混滥也。其石纹层层横断，如老树皮。石隙有杂树挺生。所奇者，此峰隐于绝壁之下，断崖之上，非冒险寻探，殆不得间。西天目之景物，当以此为最矣。观毕复回老殿。余拟步登最高之仙人顶，而同人中能从者少。舆夫又强聒之，谓若登顶，则上下十六里，今日不及回寺。乃已。十二时从老殿侧西北上，至半月池。池为半月形。有小庵。午后一时，自老殿南下，盘道曲折，坐舆中如凌空而降。至半山桥分界处，折而东行。约三里，即东坞坪，有庵，俗称东茅蓬。门前有老杉两株，高可八九丈，玉林通琇国师之塔在焉。塔后倚攒玉峰，竹林茂密，幽深可爱。二时，回禅源寺。进食后与高、徐二君，观寺中之藏经楼、舍利殿、大雄宝殿、罗汉殿。藏经楼有《龙藏》及日本之《弘教藏》，舍利殿藏舍利二颗。因请观之，大如米粒。一玫瑰红透明色，一白色不透明。僧云："观此者各人所见不同。"但余与二君所见则一。观毕，复出寺散步，傍晚方回。

二十日晴。七时，赴东天目。自禅源寺东出，过雨花亭，逾朱屠岭，岭顶有茶庵。下岭，过仙人亭。有一小庙，庙前额曰"天目灵山"，西天目之下院也。八时，至一都村。市街整齐，溪流宽阔，居民多用水碓舂米。复逾板壁岭及六谷岭，岭顶有乐善亭，岭下有等慈禅院，相传为梁武帝遣兵马迎候昭明太子之所。九时，过梅家头，至昭明禅院，即达东天目山麓，昭明寺之下院也。院中有古文选楼，昭明太子在此撰《文选》焉。自禅源寺至此十五里。稍休啜茗。十时，登东天目山。升一岭，或云金沙岭，俗称老虎尾巴。高下盘曲，旋绕而上。数里一亭，曰宝善亭、永敬亭、且止亭。此亭在象鼻峰下，俗呼五里亭。盖昭明禅院至此方五里也。西天目到处老杉巨竹，夹道成阴，虽在正午，行于其间，亦觉凉爽。东天目则不然，道旁无大木，日光直射，毫无荫蔽，故颇觉热。将近昭明寺数里，则松杉茂密，绿竹森森，东崖西崖，两道瀑布，澎湃下流，合而为一。东崖之瀑，较远而小，西崖之瀑，较近而大，高悬十馀丈，有九节，直泻垂虹桥下。桥畔有新建之林海亭，可以观瀑，余等则履乱石，至瀑之正面久坐观之。高君吹万，且就瀑流濯足。东天目以瀑布胜，殆非虚语。过桥，登碎玉坡，其上有观瀑亭，后倚将军峰，居高临下，颇得势。再上，经栖凤亭，及回峰涌翠亭，而抵昭明寺。寺在玉屏峰、环翠峰下，为梁昭明太子修禅处，东天目山之主寺也，规模小于禅源寺。且禅源寺在山麓，昭明寺在山半，地势之宽窄亦不同。大雄宝殿之右为禅堂，左为报本堂。后有千佛阁，中供毗卢遮那佛。三面壁间，皆装小铜佛。自昭明禅院至此为十里。正十一时半也。方丈朗镜，监院妙明，均出而招待。今日香客先余等至者有五十馀人，较佳之房屋，均为所占。余等乃居于殿旁转楼上，略事休息。妙明先导游钟楼，由寺门出，西上数十步即至。楼建于狮子峰顶，为八角形。楼上供文殊、普贤、观音、地藏四大菩萨，楼下悬巨钟，为民国五年所造。每二分钟撞一下，声闻远近。十二时，回寺午膳。膳毕，休息。午后二时，乘舆由寺侧西北行。一路丛竹深密，中无杂树。五里，至分经台，梁昭明太子在此分《金刚经》为三十二分，故名。今仅有茅屋三楹，风景绝佳。台之西数十武，有葛洪炼丹池。池圆形，横约丈馀，直径可丈五尺，旱潦不增不减。分经台高八百四十米突。台后可登绝顶大仙峰，余以昨日未能登仙人顶为遗憾，今日决拟登之。吹万、子为二君，欣然愿从，松岑则在分经台坐候。遂各脱去长衣，鼓勇而登。妙明亦易草履，为先导。山顶无大路，或为大石，陡峻难着足。或为窄径，败叶蔽之，滑乃更甚。偶不经意，即易挫跌。或为水流所经，须履乱石而过。登临之艰，与昨日之倒挂莲花峰相类。而路之长，则自分经台至顶有八里。三时发足，至四时半，始攀升绝顶。顶有大石，矗立如屏。石根有二小池：一曰龙池，一曰凤池，为瀑布发源处。又有垒石十数堆，名仙缘石。有石屋，内供龙王石像，天旱时，至此祈雨。绝顶高一千二百米突，约合华度三千六百馀尺。友人袁君观澜，于民国五年游此，测为三千九百六十尺。盖测高器因温度升降关系，相差数百尺，乃恒有之事。袁测西天目之仙人顶，则为三千九百三十尺：是则东天目乃略高于西天目也。登此四望，众山皆小。凡在平地时，所见为高岭者，至此皆在足底矣。吹万题五古一首，拾败纸，以铅笔书之，嵌入龙王庙之石檐。五时，下山。六时，到分经台。休息片时，即乘舆自台而下。约二里，抵定观台，俗亦名狮子口。折而北，步行至洗眼池。池为方

145

形，纵横约三尺，泉出石窍清而且冽。亦为昭明太子洗眼处。余等坐池边，掬水洗眼。池前新建屋三楹，颜曰洗眼池。时暮色催人，即步行回寺。晚膳后，妙明出册页请各人题诗，金、高、徐三君，各题一首，余题一偈塞责。

二十一日晴。晨七时半，乘肩舆下山，初遵来时原路，至马公亭，分路南行，即老虎尾巴之山阳，昨日经其西，今则经其南，路甚平坦。八时，过紫阳宫及龙泉庵，而至上阳村、下阳村。九时过奴头村（奴与假同，土人读如念）。东天目至奴头十五里。又过荷花塘、潘村，至碧淙。四面皆山，泉流淙淙，绿树阴浓，倒映入泉，故名碧淙。此已上午十时，憩于庆馀堂杂货铺。复自碧淙东北行，逾一岭，岭道高下盘旋颇长，行半小时方尽。舆夫呼为茅陆公岭。按《于潜县志》似应为门岭，于潜与临安交界处也。又逾小岭，至琅山村，再登琅山岭。岭顶有天峰寺，旧屋数间而已。自此岭下，过崇山亭，即为平地。十二时，到化龙汽车站。自东天目至化龙四十里。余等在站旁小店，啜茗进面食。昨日已遣人回杭州雇定汽车，午后一时半，汽车驰至。二时乘之回杭，四时，到清泰第二旅馆。遇邹君树文，来自苏州，亦住于此。余等赴明湖浴室洗澡。六时，饭于三义楼。拟明日游花坞、灵峰及康庄，邹君加入游团。

二十二日晴。晨八时，分乘人力车出发。至古老和山，即秦亭山，下车，略事游览。山顶有衍庆寺，未及登即下。再乘车行，过中和山而至开化凉亭。自亭侧上花坞，丛竹满岭，溪水下泻，境之幽静，与西湖之秀美，别是不同。余于八年前曾到此，恍遇故人。十时半，由坞下，依原路行数里，再由小径曲折南行，经净心亭、观音庵，而至灵峰。灵峰原名小灵山，近人周庆云，斥资修葺，改名灵峰禅院。于殿右建补梅庵，种梅甚多，冬春之间，大好看梅。由庵上山里馀，有来鹤亭，正对湖中孤山。自亭远眺，全湖在目。钱塘江如匹练，横于湖水之上。余等在此流连，皆不忍去。十二时半，方自灵峰而下，绕道至山前，赴灵隐寺午餐。餐毕，在飞来峰下，共摄一影。即乘车赴丁家山，至蕉石鸣琴，登康庄，南海康有为之别墅也。地势颇高，可览全湖，有屋数间，其下草地，利用天然蕉石作山，具有匠心。时天昏黑，隐隐闻雷声，四时，乘车循湖岸归。五时，回旅馆。今日乘人力车，适环湖一周，殆不下五六十里。晚有雨，彻夜方止。

二十三日晴。晨七时，余与金、徐二君，乘人力车赴城站，趁沪杭特别车回。高君留西湖未行。徐君至嘉兴下车。余于十二时到沪。金君换乘沪宁车回苏。

按天目山梁昭明太子之遗迹甚多。《梁书·昭明太子萧统传》仅云："太子性爱山水，于玄圃穿筑，更立亭馆，与朝士名素者游其中。"《南史·萧统传》亦载此说。而传末复有太子为宫监鲍邈之谮于武帝而见疏，未载太子出游事。惟东、西《天目山志》，均载"太子以葬母丁贵嫔被宫监鲍邈之所谮，不能自明，与其臣崔、张二丞，历天下胜地，隐于天目山。取汉及六朝文字选之，为《文选》三十卷，分《金刚经》为三十二节，心血遂枯，双目

147

俱瞖。取石池水洗之，乃复明。不数年，高祖遣人来迎，兵马候于天目之麓，因建寺为等慈院"云云。究不知何所依据，岂正史讳言其事，故不详欤？

游程须知：

一、自馀临长途汽车通后，由杭州赴天目者可一日登山。

二、汽车价目：自松木场至馀杭，约四十馀里，每人大洋七角四分。自馀杭至临安，约五十馀里，每人大洋八角四分。自临安至化龙，约二十五里，每人大洋五角二分。皆分段购票换车。但临安至化龙，目前尚是土路。天雨时，恐不能行，仅至临安而止。

三、到化龙后，可雇肩舆。此处三馀埠轿行，有价目表悬于车站。凡东西天目山往返者，舆夫三名，每名大洋二元九角，只游一山者，每名二元五角，皆以每名计，不论日数，即住山五六日，亦不加价。专送上山，不接回者，则不论名数，每乘大洋三元。租藤轿费，东西天目往返者，每乘一元，专到一山者半元。

四、化龙至东西天目，里数皆为四十里。先至何山，可以随意。自化龙赴西天目者，经过于潜县之横塘、藻溪、叫口庄、白滩溪、月亮桥，而抵西天目之禅源寺。

五、自东天目回化龙者，经马公亭至上阳村、下阳村、祅头村（祅与偃同，土人读如念）、荷花塘、潘村、碧淙，

148

又逾琅山岭，即抵临安县之化龙站。

六、若上午八时自松木场动身，二小时半即抵化龙站，可以至藻溪午餐。

七、西天目之禅源寺，东天目之昭明寺，均有清洁被褥。乘汽车者，行李须简。最好只带一件。

九华山纪游

　　九华山，在安徽青阳县西南四十里，其山脉自黄山分支，由太平、石埭入青阳县境。旧名九子山，唐李白以山有九峰如莲花，改名九华。佛家则以为四大道场之一，即地藏菩萨道场也。民国十七年夏秋之交，沈君醉愚约游黄山，道经青阳，先入九华，因为斯纪。

　　八月十二日，晴。午后，晤周君子美，言招商局联益轮船，舱位已定。晚九时，侄儿君毅以汽车来送余登舟，则邢君复三已先在。既而沈、周二君亦至，彼此聚谈甚欢。

　　十三日，晴。在船中阅《黄山志》。或偕同人至舱外，览江中风景。

　　十四日，晴。上午十时，到南京。袁君观澜趁沪宁火车，在此等候二日，下船相见。斯时搭客拥挤，且有退伍兵五百人，蜂拥而上，秩序大乱，客室亦为占满。袁君幸有余等预留之榻位，可以坐卧。于是同游者共有五人。余在船无事，翻阅《九华纪胜》等书。

十五日，晴。晨六时，抵大通。大通属安徽铜陵县，轮船码头，则在江中和悦洲上，与大通尚隔一江。斯时方君颂三，在埠迎接。此次约游黄山，方君为东道主。君徽之黟县人也。并有方君之戚项君积馀父子二人，协同招呼，甚为可感。乃至中华旅社休息一日。方君则代为雇肩舆，兑现银，预备明日登程。

十六日，阴晴不定。晨起，整理行装，六时，步行至义渡码头，分乘渡船三艘。各人之行李、肩舆，分置于船中。溯大通河而上，未几，过洋湖（俗名铜埠湖），湖颇宽广。舟行凡二十里，九时，抵铜埠，是青阳县境。登岸后，舆夫布置肩舆。其舆以竹榻为之，缚双杠于左右，曲竹篾为顶。幔顶之油布及舆中之垫褥，均须客人自备。内地旅行之累坠，即此可见。十时半，布置完毕，方启行。行未久，遇雨，时雨时止，衣裤多湿。十二时，至县桥。自铜埠至此十里。午后一时，复行。二时半，至青阳县。投宿北门外江南饭店。同人出外，至迎宾楼，进面食。复至城外河畔散步。天又将雨，即归。洗浴更衣。

十七日，阴。七时，乘舆登程，沿青阳城根，向西北行。九时，逾西洪岭，岭低且平，而路颇曲折。斯时天色稍霁，下岭后四山环抱，野鸟乱鸣，间以秋蝉，渐入佳境。十二时，至二圣殿。自青阳县至此，已行三十五里。二圣者，相传为金地藏之二舅，自新罗国寻金地藏至此者也。余等在市店午膳。午后一时，复行。过一宿庵至小桥庵，涧水奔流，冲激石矶，有如轰雷。复过大桥庵，登一天门，路虽陡峻，而阶级整齐。舍舆步行，修竹夹路，间以古柏杂树。二时，甘露寺。寺在桥庵之上，定心石之下。再上为二天门。三时，经龙池及半霄亭。亭在半山，为游人休息之所，故名。再上为小仙桥及大仙桥，桥旁皆临深涧，两崖壁立，一径中通。四时，登三天门。到此则为平原，乃九华山正面，大小寺观，错落其间。并有市集，商店约百馀家。其与普陀不同者，普陀山中，经商之人，不许带眷属，并不许畜鸡豚。九华则否，商人皆带眷属，畜鸡豚，不若普陀之清净矣。山中有丛林四：曰百岁宫、东岩寺、祇园寺、甘露寺。此外皆为房头，而以化城寺为中心，寺之东西，各有六房头，共十二房头。余等经百岁宫、东崖下院、化城寺、宝积庵、佛陀禅院、龙庵禅林，而至永庆庵止宿。永庆庵，东六房之一也。此地高四百二十米突，气温八十八度。庵中住持严德出游，由明性、戒定二僧招待。进面点后，洗浴更衣。卧室昏暗，晚间蚊虫甚多。余等一路辛苦，及早偃卧。

十八日，晴。五时即起，偕醉愚、颂三二公，至化城寺礼佛。寺在化城峰上。其前广平，有放生池，中多大鱼。唐开元末，新罗国王子金乔觉，至九华栖止，苦行十馀年。至德初，诸葛节为之建殿宇，厥后僧徒日众。贞元十一年，趺坐而逝，逝后灵异，与经中所载地藏菩萨瑞相相同，知为地藏菩萨降世。朝廷赐寺额曰化城，遂为地藏菩萨道场，今咸称金地藏云。寺昔兴盛，今则颓废。余等出寺，西行登神光岭，礼金地藏肉身塔。塔在岭麓一小山之巅，其前有石级八十四，峻绝如梯，两旁悬铁绹，扶之而升。塔顶建殿覆之，称肉身宝殿，金碧辉煌，备及壮丽。凡朝九华者，必至此。余等礼毕，绕至殿后，适四山出云，峰峦皆没其中，俨如海浪，日光射之，作白银色，名云铺海，颇为奇观。六时半，回庵，进早膳毕。七时半，换乘山中兜子，拟登天台峰。山中舆夫，例不许外来者侵夺权利。且大通之肩舆，亦太重，故须换山兜也。出庵，向东南行。自九莲禅林后，登回香阁岭，石级宽阔，竹林夹道。至岭巅，以测高器测之，高五百米突。有华严禅院。下岭得平地，名中闵源。由此始登天台峰，其麓有接引庵，过一石桥，有地藏庵。从庵右上，历大慈、普济、净土三庵。再上为华云庵，建筑颇新。对面望见东崖，其高适相等。又上经慧庆庵，至吉祥寺，方及山半，在此啜茗休息。住持了心，善于应客。又上为延寿寺，左有长生洞，前有巨石嶙峋，石下复有洞，水涓涓下流。再上为兴添寺，其旁岩石黝黑，耸削壁立，类皆纵横寻丈，如人工堆叠而成，石纹直裂，间以青松，美丽如画。上至朝阳庵，则石级陡峻，壁上镌"天梯"二大字。自此至顶，愈高，愈陡，皆舍舆步行。历翠云庵，至观音峰，峰下有摩崖四大字，曰"渐入蓬莱"。再上路更陡，地势愈高，四面峰峦愈显露，景物愈奇，令人应接不暇。磴道旁有铁栏，以护行人。未几，得一平台，名古拜经台，相传为地藏拜经处。庵后有大石亭，俗呼大鹏听经石。十时三刻，登顶，有地藏禅林。自永庆庵至此，二十馀里。寺前有额，曰"天台正顶"。

寺右巨石骈立如屏，曰玉屏峰。寺左有摩崖曰"非人间"三大字。余等从渡仙桥下进寺。由左侧而上，过渡仙桥而至捧日亭，亭在玉屏之顶，清乾隆时李太守暲所建，名曰捧日，言其高也，屡经兴废，今正重建。亭与寺以渡仙桥通之，桥亦暲所建，东跨天台冈，西跨玉屏峰，而桥之圆洞，即为寺门，洞上镌"中天世界"四字。自亭而下，至寺之后堂啜茗。余叩寺僧以云峡一线天之胜；则云："须由寺后，再升绝顶，方得见之。"乃令为前导，履巨石之脊而上，略无阶级，数十武即至。见二巨石，直立如门，下宽上窄，自下仰望见天，故称一线天。右石后面，直镌"云峡"二大字。左石前面，横镌"一线天"三字。此为天台之绝顶。天台，九华山之最高峰也，测之：正顶高七百三十米突，绝顶高七百五十米突，约合华度(营造尺)二千三百二十馀尺，气温八十四度。登此眺望，万山皆如拱揖，胸襟为之一扩。峡前正对真武按剑峰（俗名香炉峰），峰麓有龟蛇二石，左右并峙，相距可三百尺，俗名双烛峰。游览移时，已近午刻，遂在寺午餐，餐毕休息。十二时半，下山。舆夫行甚捷，二时即回庵。洗浴更衣。五时，出外散步，至化城寺东太白书堂，屋宇三间，颇颓废，故未进门，仅在桥畔坐听流泉而返。

十九日，晴。晨，七时半，乘兜子出门，拟游东崖，由化城寺向东行，过旃檀林、天池庵，渐升东崖之麓。历法云禅寺、普同塔院而上，石级纡回，较昨日之回香阁岭稍陡。山半有亭，内供地藏。竹林虽不若回香阁岭之密，而大树较多。八时，至东崖顶。自永庆庵至此，不过五里耳。顶高四百五十米突，盖只一千三百九十五尺也。东崖原名东峰，其上有岩，深入如屋，相传金地藏始卓锡于此，明王守仁更名曰东岩。岩前悬崖峻绝，俗呼舍身崖。明正德十四年，守仁再入九华，武宗遣锦衣使侦之，见守仁在此宴坐，故又名宴坐岩，今则通称为东崖。上有东岩禅寺，规模宏壮，惟限于地势，殿宇高耸而窄。大门向北，门左有钟楼，寺后地藏殿已逼近崖边，自远望之，恰如山巅之堡寨，不似伽蓝也。余等在此稍休。九时，即由东崖岭脊赴百岁宫。山路狭小，崎岖不平，松林茂密，岩石怪奇。逾小天柱峰、插霄峰，将至百岁宫前，岭下有一松，翘首振尾，形状飞舞，名凤凰松，可谓酷肖。百岁宫，即护国寺，在摩空岭上。明万历年间，无暇禅师，自五台至此，结茅而居，圆寂时寿百有二岁，故名寺为百岁宫。入寺观览，殿堂精洁，客房甚多，在九华寺观中，当以此为称首。进后轩啜茗，凭窗远眺，则磨盘峰、五老峰、太古岭、凤凰岭，皆历历在目。宫后低原，即下闵源也。十时，由百岁宫后门出，拟探鹰石之胜。下坡时，路皆砂砾，甚难着足。逾一小峰而下，历石磴三百馀级，忽见山峡中，一松一石，咸有云林画意。再行里馀，见道旁有龙虎泉。过此至地藏殿，殿旁有伏虎洞，洞小而不深，不足观。洞后历级而上，有巨石突起，高约二丈，下窄上宽，顶有大石，如盖覆之，自其侧远望，俨若苍鹰翘首，故名鹰石，顶盖宽平，方约三丈许，故又名棋盘石。旁有短梯，可以猱升。引导之僧云："磴畔之栏，及石旁之梯，皆已朽坏。"阻余等勿去，同行者多折回。

余不之信，独行而前，招醉愚、子美二君随后亦至。余在石旁，力撼其梯，梯虽有断痕，而断处扎缚甚固，遂鼓足勇先登。至顶，则石面平滑，仅近梯边，凿三孔，可着半趾，故升梯不难，而登顶则难。余既登，子美继上，余坐石边以手援之，醉愚亦上。略事盘桓，子美先下。而复三、观澜，二君亦至。复三亦如法登顶，观澜则以身体过重，在石下坐待，颂三见险已心怯先归。余与醉愚，一坐一立，复三用快镜为摄一影。余乃再为醉愚、复三摄一影。石畔有一松，顶圆如盖，高出石上。余与醉愚、复三徘徊久之，次第而下。石根镌有"松顶蒲团，云根石室"八字，旁署旧史邓元昭题。回至地藏殿，啜茗。十二时，循原路，经祇园寺而归。午膳毕，略睡。午后三时，同人出门散步，至祇园寺，略观一周。余先归。晚寺僧备筵饯别。余等同游六人，宿永庆庵不过三夕，因明日将出山，今晚付以香资五十元，自觉从丰。谁知寺僧欲望甚大，竟然退还不受，出缘簿强各人写捐，拒之。乃开出细账，总数为一百馀元，即稀饭一餐，亦每人二元，如此高价，闻所未闻。余与观澜游历天下名山多矣，从未遇此贪狠之出家人也，卒加增至七十元，方始了结。

二十日，晴。五时即起，收拾行装。六时出永庆庵。来时从九华北面进山，今因须赴黟县，故从南面出山。步行登神光岭，至地藏塔，再向西南行，至稍平坦处，方乘舆。由净手亭、大岭头、平田冈而至三天门，即普济禅寺。七时，至金刚禅林。其旁山半有转身洞，洞系两石合成，实非洞也。在此望见仙姑尖、金刚尖。金刚尖者，即黄山西脉，自太平、石埭，蜿蜒入青阳南境，特起为九华山者也。又逾分水岭，岭路高下纡回，长约十里。盖岭北之水，入扬子江，岭南之水，入新安江，故有此名欤。九时，自二天门至正大门。十一时，自一天门至古头天门，市集颇热闹。凡名山之进口处，均有天门之称号，惟九华则山北山南，皆有此三天门耳。十二时，南阳湾，在小店煮饭午餐。自九华山至此四十里，所行悉是山路。过此方是平原，然高于海面，尚六百尺也。午后二时，复行，过驾虹桥村、所村、上南堡。四时，至陵阳镇，镇中商店数十家，颇似富饶。在此休息，复行。经曹家湾、沙堤曹。六时，至崇觉寺。在小客店住宿，湫隘异常，勉强安之。南阳湾至此二十五里。今日共行六十五里。九华之游，于焉告毕。以下当入黄山日记。同游诸人中，醉愚善吟，每至一处，辄有诗以纪之，无论古近体，顷刻挥洒而成。观澜素喜矿物岩石之学，手持椎凿处处采集标本，又能摄影。复三亦喜摄影。余则除看山之外，每日作记而已。

黄山纪游

　　余慕黄山久矣，以其地较僻远，非有地主招待，不能游。且往返须经月，年来尘事牵掣，亦无此馀暇，故梦想十年，卒未能实践！民国十七年五月，游天目山归，与石门沈君醉愚，遇于浙之西湖。沈君亦有游黄山之愿，且云："可得黟县方君颂三为东道。"遂订约而别。及八月，沈君有函来，言十二日即成行。同游者有吴兴邢君复三、周君子美，而老友袁君观澜，亦夙以未至黄山为憾，余告之，欣然加入，于是同游者有五人。预拟路线，自上海乘轮船至大通登岸，先游九华山，再至黄山、白岳，溯新安江入桐江，登严子陵钓台，由钱塘江至杭州乘火车回沪。自十二日至二十日之游踪，余既作《九华山纪游》以详之。二十一日起，即入此黄山日记。

　　黄山属南条山脉，自赣、浙间仙霞岭而来，与浙西之天目山同为一脉，崛起皖南，跨歙县、休宁、太平三县境，旧名黟山。至唐天宝年间，敕改为黄山。游黄山之径路，自大通往者，应从黄山之北口入。第一日至青阳县之陵阳镇住宿，计六十里。第二日由陵阳镇至太平县之甘棠镇住宿，亦六十里。第三日即可由甘棠镇进黄山之北海门，而至狮子林住宿，不过四十里。凡三日半可达。余等则因地主方君颂三籍隶黟县，黟县在黄山之南，绕道至黟，多行二百馀里。后之游者，可勿以余等之径路为标准也。

八月二十一日，晴。晨四时半起。五时，乘肩舆从青阳县之崇觉寺动身，五里，至琉璃岭。岭在石埭县西北十五里，为青阳、石埭两县交界处。两山对峙，路从中通，峦翠重叠，林木郁森。下有博古桥，跨于涧上，伫立其间，俨在画图之中。余与醉愚、子美，在此流连久之。如由太平入黄山，须过此桥东行，余等则不过桥，沿涧南行，涧水潺潺，林中群鸟乱鸣，以竹鸡为多。七时一刻至六松居，稍休即行。过大石桥，桥有三洞。八时，过百井家村而至柳家梁，乘渡船过大溪。九时，回驴岭。据《石埭县志》云："相传罗隐乘驴访杜荀鹤，遇于岭上而返，故名。"然今岭下有碑记则云："李太白骑驴访友，不遇而返。"不知何故讹为李白也？岭在石埭县南十里，为徽（歙县）宁（太平）往来孔道。四山环抱，行于其间，有路转峰回之妙。十时，至夏村，有市街，颇齐整。十一时，至乌石陇，市肆更热闹。余等在此午餐。十二时三刻行，一时，过黄沙渡，乘渡船过溪。溪水较上午所渡者更阔。

159

所经山路类皆凿岩石之根，铺石作磴，旁临深涧，俨然栈道。二时抵盛家岭。对面皆山，俗呼开门见山。过凤凰岭而达绥口，行于大森林中。今日气温虽高至九十四度，于亭午过此，亦不觉热。三时，步登鸭脚岭。下岭后，再乘舆行。四时至五里亭，过此即太平县境。五时达桃坑，宿于村店，湫隘污秽，几不能堪！今日自青阳之崇觉寺至此，行六十五里。琉璃岭以上皆山路，渐上渐高，以六松居为最低，仅一百六十米突，桃坑已高至三百三十米突。徽州在万山之中，平原固甚少也。方君颂三不特善招待，且能亲手治膳。余等宿荒村小店，亦颇觉乐矣。

二十二日，晴。晨五时半启行。桃坑有门，额曰"桃源古秀"。今晨所经者，通称十里桃源。两山相对，石磴纡回曲折，涧声喧豗，杂以鸟语，往往前面疑若无路，一转即换一境，真令人有深入桃源之想！七时抵桃岭。顶高三百六十米突，上有腾翠禅林，下岭，过石壁。八时半，岩前司。自此以上，景物与桃源相似。然气象更雄伟。高崖巨壑，瀑流倒泻，声震十数里。九时一刻，过凤凰亭而至慈济庵，俗名观音堂，亦呼九里十三湾，盖因岭路多曲折也。十时，至油竹坑。居民寥寥数家，荒凉特甚。十一时到扁担铺，过此为黟县境。在小店啜粥当午膳。十二时，抵羊栈岭脚。此岭为黟之著名高山，舆人不能抬，皆步行登岭，息于山半之永安亭。一时半，至岭头，有卷洞石门亭，可休息。此处高五百六十米突，若连绝顶计算，当有二千尺。气温八十九度，于此高热度中，又当日午，步登山顶，汗如雨下，惟好景当前，亦忘其艰苦矣。二时三刻，下岭。三时半，至荫暍亭，再经官府街、卢村、叶村，四时，至际村街，街道甚长，商店繁盛。五时，至宏村，住于方君家中。其邻居金君志三，帮同招待，且以其宅，供余等居住。未几，宏村南湖小学校长汪君松涛携其弟省轩，及教员黄君栗庄来访，省轩昔年学习静坐法，愈咯血症，与余神交已久，晤谈甚欢。客去，余整理卧榻，晚洗浴更衣，九时即睡。

二十三日，晴。晨六时起。余等因途中劳倦，故在宏村休息二日。上午，余等往答访汪君昆仲长谈。徽俗勤朴，中人之家，妇女多下田工作，男子出外经商。即富裕者，亦不用仆人。故汪君虽为宏村绅董，然款客时，献茶进点，皆主人躬亲之。昨日方家为客具馔洗衣，操种种劳役者，即方君之夫人及亲戚妇女。此等勤朴之风，非江、浙人所能梦见也。汪君导游其宗祠，建筑宏壮，凡族人遭丧，既葬之后，其祖先木主，咸送祠中，不供于家。故族较大者，每房皆有分祠，于此可见宗法之尊严。复至南湖初级小学参观。即汪君族中公产公款所设立。教员即黄君栗庄。校中用单级组织法。黄君以一人兼各科，颇有精神。且黄君擅长美术，出示所作，书画皆佳。十二时归。午后，休息。五时，金君志三，导余游雷冈。雷冈，宏村之小山也，亦颇幽秀。村中男女，于重九日恒至此登高。六时，归。晚间，月色甚佳。

二十四日，晴。晨六时起，上午休息。十一时，汪君昆仲，招宴于其家，肴馔精洁，主人更十分诚恳。畅谈明日进山各事，松涛担任代雇肩舆，省轩则愿陪同入山。午后二时，别归。四时，同人赴际村街购零物，即回。洗浴毕，九时半，即睡。

二十五日，晴。晨三时起，整理行装，预备进山。五时半，肩舆已齐。六时，动身。由宏村向东北行，过子路村，逾上梓岭而至梓坑。有梓溪小学校，名为学校，实私塾也。复过下梓岭。九时一刻至潘村，至此为休宁县境。十时半，高桥。十一时，登桃树岭。十二时，登双岭顶，在茶棚休息。岭高四百二十米突，两峰相对，如双髻然，故名。至此为歙县。徽州方言，闻之不可解，然黟县人遇休宁人，或休宁人遇黟县人，见面时若各操其方言，亦不能相通。与闽之汀、漳，粤之潮、嘉仿佛。多山之地，语言之歧异如此！一时半达冈村。村中皆蒋姓，且其族分布于蒋村、山头、桃源、篁村、洽舍、杨村各处。五十里内，绝鲜异姓，故俗称五十里蒋。余就父老问其世系，则亦百龄公后裔，自河南分支于此。总之皖南各县村庄，多一姓聚族而居，其去宗法社会，固不远也。余等即在冈村午膳。三时，复行。未几，至大岭下，舍舆步行登岭。四时，小岭脚。五时，汤口。黄山已在望矣。爱其风景，与醉愚徐步玩之。涧声大如骤雨，诸峰连绵不断，夕阳映之，更觉秀美。初意山下紫云庵可宿，虽暮色苍茫，不以为意。六时半，逾小补桥。桥跨青龙潭上。其下皆乱石。奔流迅急，声大如雷。过桥数武，即汤泉。及抵紫云庵，庵中无僧，仅有看守者一二人。则云："庵近来归慈光寺管辖，须至慈光方可住。"不得已，与醉愚、复三再由庵后登山，幸有月色，可以辨路，约行三里馀方到。观澜、省轩、颂三、子美已先在矣。慈光寺旧称朱砂庵，在朱砂峰下，本为玄阳道人旧居。万历间，普门禅师名惟安者，入黄山，玄阳之徒，以道场畀师，改创法海禅院，后神宗赐额曰"慈光"，今为黄山丛林之最大者。寺高五百八十米突，午间气温有八十五度，山中夜凉，则仅六十二度矣。今日自宏村抵此，计行八十五里。余本拟一到黄山，即浴汤泉，以紫云庵不能宿，遂不果。

二十六日，时晴时雨。晨起，盥洗毕，在寺前散步，可望见天都峰之一面，朱砂、钵盂、紫石、桃花诸峰，前后环绕。寺中大殿，自太平天国乱时被毁，至今未复，仅存后面之毗卢殿。殿西侧上数十武，有普门大师塔，署曰"明赐紫普门禅师安公全身塔"。黄山之莲花沟，出火浣石，入火焚之，有五色光。寺僧出一块赠余，颇美观，殆萤石之类，以观澜喜研究岩石学，遂归之。九时半，同人下山至汤泉洗浴。汤泉之源，出于朱砂峰。就山根凿石为半圆洞，其下成方池，池长一丈五尺，阔半之，深三尺馀，清澈见底，凡温泉多含硫磺质，相传此独含朱砂。池前有亭，中有石几，可坐而脱衣。泉之温度本高，而池壁石罅，别有冷泉一道流入，故颇适宜。余解衣磅礴，全身浸其中，仅露其首，气煦煦然，若不能胜。出而拂拭，再入其中，凡三次。浴毕，坐亭畔招凉，异常舒畅。既而至紫云庵啜茗，凭窗观山，大雨忽至。溪声雨声，几不可辨。庵侧有木莲花，为黄山之特产，高约三丈。叶似枇杷，盛夏开花，九瓣如莲，寺僧以其果赠余。十二时，雨稍止。颂三遣人送雨具来，余与观澜，先回慈光寺。未及半途，已放晴矣。午后四时，大雾复起，对面不见人，及晚益甚。黄山烟云变幻，昔人来游者多遇阴雨。同人相揣，咸以明日未必能登文殊院也。

二十七日。晨六时起。云雾依然未散，已不作登山之想，拟仍浴汤泉。九时后，忽日出雾消，同人均兴致勃勃，收拾应用物件，决登文殊院。惟颂三因畏路险，复三适患痢疾，皆未去。余与观澜、醉愚、省轩、子美四人同行，心镜和尚为引导，另有挑子三人。黄山路险，肩舆向不能上，故一律徒步。十时，由寺后东上。余与醉愚、省轩、子美先行，观澜年事较高，体又肥重，登陟稍艰，须人扶掖，故在后缓行。昔时道路未修，所谓碰头石、五里栏、观音岩、倒破纹诸险，今则或于石旁另辟新路，或已削险为平。自慈光至文殊院，皆筑成石磴，阶级整齐，悬崖绝涧处，则护以石栏，或铁栏，惟路极陡耳。过观音岩而上，为金沙岗。路多细砂，履之颇滑。十一时半，至半山土地祠。空屋三楹，已无人居。在此休息半小时，观澜方至。寺右望见金鸡峰，顶有一石，如鸡昂首。正对天门坎，俗称金鸡叫天门。余与醉愚等三人，复先登。道旁有大石镌"横云"二大字，款署孙晋。十二时半，天门坎。两崖夹立，中通一径，阔不过三尺，恰如门然，故名。昨在慈光见朱砂峰，高耸韵表，至此则已在足底，惟天都峰犹巍然天半耳。再上为云巢洞，洞壁镌"云巢"二字，昔时须由洞中拾级而上。今已于洞外另辟一道。余与醉愚、子美好奇，仍由洞中攀登石级而出。一时，小心坡，悬崖绝壑，昔亦危险，今亦有级可登，故俗又呼为放心坡。道旁石壁镌"别有天"三字，又有"观止"二字。再上有大石，形略圆，径可丈馀，厚约五尺，名蒲团石。于此趺坐，可见天都正面。在慈光寺以上所见之天都，乃其侧面之耕云峰，非天都也。再折而上渡仙桥，壁间刻"渡仙桥"三字。过此见两壁下开上合，中通窄径，昏暗且湿，导者曰："此一线天也。"有三石竖立，松生其际，号蓬莱三岛。进文殊洞，洞外壁上镌"不可阶"三字。出洞，道旁一松，其右枝叶斜侧而出，如伸手迎客，曰接客松。岩下镌"小清凉"三大字。盖文殊菩萨道场，本在山西之五台山，五台亦名清凉山，故此称小清凉也。此外摩崖甚多，不悉记。一时半，抵文殊院。自慈光寺至此计十五里。院亦为普门大师创建，今仅屋五楹，老僧一人居之，亦归慈光寺管辖，方改建新屋。慈光住持脱尘和尚，造屋修路，不遗馀力。地方人士，对之颇有信用。故紫云、文殊，皆归其整理。院后倚玉屏峰，峰皆巨石，横列如屏。东为天都峰，西为莲花峰。院前平地空旷，约有数亩。其下有二石山，左名青狮，右名白象。南面有石突起，名文殊台。上有低洼，相传文殊坐禅处。登之眺望，气象万千。朱砂峰已如小阜，万峰攒簇，俨若海中浪纹，此等浪纹，在平地望之，皆高山峻岭也。天都绝顶有石，平而方，侧立一石如人，名仙人观弈。其后耕云峰顶，有石如鼠，作势向天都，俗名仙鼠跳天都。莲花峰以形似莲花而名，其侧有峰，顶似圆锥者，曰莲蕊峰。上有石如船，曰采莲船。在文殊台望天都、莲花，皆如在目前。语云："不到文殊院，不见黄山面。"信然！自天门坎以上，奇松怪石，不可名状。松皆生于石罅，其干上下盘曲，枝叶则横斜侧出。除盘山以外，他山之松石，莫能比拟也。观澜于三时方至，在院午膳。膳毕，随意散步。晚间，天净无云，月色分外光明。乃登文殊台看月，盖是日适夏历七月十三也。惟西北风怒吼，声震屋宇，虽棉衣裤，犹不足御寒，即回院早睡。院高一千米突，约合华度三千三百馀尺。气温在午后三时，七十度。五时半，即降至六十二度。十二时，起视华氏，已降至五十六度。昔人游记谓黄山五月披裘，初不之信，今亲验之，殆非虚语。

二十八日，晴。五时半出发，满拟今日先登莲花峰，再赴狮子林。观澜以路险，在文殊稍留，即回慈光。余与醉愚、省轩、子美三人偕行。心镜昨夕受冻而病，乃以慈光寺役人为引导。自院西上数十武，折而下，高低曲折，两崖陡绝，中为深谷，曰莲花沟。其间砂砾塞途，荆棘刺肤。既而有石壁阻于前，旁临绝壑，壁下凿孔，仅容半趾，所谓小阎王壁也。余等扪壁攀藤，次第而过。壁间镌"大士崖"三字，意取凭观音大士慈悲，俾人得度此险也。过此，复有一壁，比前尤长尤险，曰大阎王壁。复由谷而上，乱石无径，榛莽横生，蔽及半身。九时一刻，升莲花岭。是时忽大雾弥漫，对面不能见人，复狂风怒号，余与醉愚、子美自岭右石坡，蛇行登莲花峰。路皆巨石与沙碛，崖旁镌"一览众山小"五字。未及半里，雾益浓，风益大，立足几不能稳。导者云："再上风更大，今日恐行不得矣。"余等亦以雾里看山，毫无佳趣，遂下岭，再登百步云梯,梯百馀级,昔亦天险,今已新修石级,半凿崖石为之。险处多护以石栏。下梯,再左转而上,达鳌鱼洞。洞在鳌鱼峰下,洞口三角形,旁镌"天造"二字。由洞中历级而升,出洞再逆转而上,则鳌鱼峰顶,全体呈露,有首,有脊,有尾,长可数十丈,酷似鱼形。过此即为天海。海者,乃莲花峰下之平坦处。周围数十亩,惟道中多沙,如行沙漠。黄山有五海:山前慈光寺间为前海,山后云谷寺间为后海,狮子林之西为西海,清凉台之北海,而天海居于中央。斯时浓雾漫漫,所谓炼丹台、平天矼、光明顶、万松岭等胜景,皆从雾中,模糊过去,非特远近不可知,即高下亦几不辨矣。十一时半,抵狮子林。寺僧清如,迎入寺。寺在狮子峰下,颜曰"狮林精舍",高九百四十米突,气温六十三度。自文殊院至此,十五里。先进面点,再进午膳。膳毕,访李居士法周。居士江宁籍,隐居于此,已十馀年。每仲夜起诵《法华经》为常课,有心人也。黄山正面诸峰,皆峭拔露骨。惟狮子林一带,峰峦凝翠,万松成林,境独清幽,而始信峰尤为拔秀!午后一时,由寺后往清凉台。道旁有麒麟松两枝分叉如麟角,又有凤凰松,枝叶扶疏如凤尾然,皆以形似而名。约半里,至台下。台长方形,特然孤起,四无依傍,长约八尺,阔四尺。自台后凿石架道通之,登台俯视,身若悬空,较文殊台地势更奇。惜雾气未散,不能远眺,否则北海诸峰,及石笋矼,皆历历在目也。台畔有松,生于石罅,盘曲侧出,名破石松。惜已死,仅馀枯株。自台折回,登寺后之清凉亭。楼阁数楹,高出寺上。稍息,即回寺,本拟不出门,三时，天气稍清，遂往登始信峰。出寺后东南行，清如和尚为导，见峰麓一小峰特立，顶圆锐如笔，松生其旁，破石而出，枝叶缭绕如曲柄，名梦笔生花。按《黄山志》，即扰龙松也。再前行，有大松如张盖，曰虎卦松。又有一本二株之连理松。所经皆小路，极难着足。然距狮子林，不过三里馀即至。始信峰头，裂而为二。架石梁通之，名通仙桥。桥跨两崖间，由上俯视，则绝壑也。其左有松一株，旁枝横卧桥畔，游人可扶之而过，曰接引松。过桥，迎面石上镌"聚音松"三字。至此乃侧行于石罅间，如狭巷，上至绝顶，石壁上刻"始信峰"三大字。奇石罗列，或卓立，或斜倚，或方形堆叠，势若凌空，奇松亦多，殆不可名状。顶有石台，镌"丽田生弹琴处"隶书六字。清乾隆年间，仪征江丽田，隐于此山，善鼓琴。丽田有摩崖自记文，但大半剥蚀，不可读矣。是时雾尚未散，不能眺远。四时，即回狮子林。五时，气温降至五十九度。晚膳后即睡。

二十九日，晴。六时起，气温五十七度。盥洗毕，先至清凉台，看云铺海。白云平铺，如海中浪纹，弥望无际，日光射之，皆作银色。群峰没其中，仅露其尖。遥望石笋矼，隐约可辨，昨日雾中所不能见也。归寺早膳。因念昨日未登莲花峰，今日不能顾惜腰脚，决与醉愚、子美、省轩，折回原路重登之。八时出发，清如和尚为导。余以布鞋已破，改着草履，顿觉轻快。逾万松岭，昔时古松极多，故名。今则岭下大松，皆采伐以供建筑，仅岭上有松林耳。在岭顶可西望翠微峰，峰下即为西海。翠微与仙都二峰间，开豁如门，曰西海门。从门可遥见太平县之焦村。下岭，复登光明顶。顶正对莲花峰之背，高一千四十米突，有"海阔天空"四大字摩崖，其下有蒲团松。自顶下，即为平天矼。矼下有茅篷，为天海庵遗址。清如和尚昔曾在此经营茅屋三间，今无人居。在光明顶望鳌鱼峰脊，有石龟，伏于其上，名鳌鱼驼金龟。平天矼至莲花沟间，惟鳌鱼洞一段，路已修筑，两端尚有七八里未修。省轩以莲花峰路险，至光明顶而止。仅余与醉愚、子美二人前往。由光明顶下天海，见有大悲庵遗址。远望莲花峰后，尚有一峰，曰老人峰。以志考之，殆即石人峰也。登炼丹台，台在鳌鱼峰后，顶有石洼，相传为黄帝炼丹之丹池。台高一千二百米突。自此经鳌鱼洞，而登百步云梯，重上莲花岭。稍休，即鼓勇登莲花峰。由石坡斜上，即无路，但由巨石上，凿空以容趾。有时大石当前，高可及肩，即用手仰攀，耸身以上。石旁复多荆棘，刺及手足。更有数处，纯是砂砾，滑不能履。至此，则竹杖全失其功效，惟有手足臀三者并用。上升时，凡穿过石洞四，正如从藕节中，缘茎入瓣者然。十时三刻，至绝顶，顶方丈许，巨石或欹或立，踞石俯视，众山皆在足底。惟天都兀然对峙耳。测之，高一千六百米突，约合华度四千九百六十馀尺。斯时气温为八十度，绩溪程敷锴绘黄山平面图，言实测莲花峰，海拔五千六百三十尺，相差不远。盖余所用气压测高器，因气候有缩，且米突合华度，亦有零数也。自狮子林至莲花峰顶，十五里，往返盖三十里矣。十一时，下岭，仍原路徐往而归。一时半，回寺，午膳。膳毕，休息。

醉愚与省轩，尚有馀力，于午后一至散花坞。余与子美，则未出门，晚至清凉台看月。

三十日，晴。本拟再留一日，一游散花坞，探石笋矼而至松谷寺，计程亦十五里，一日可以往还。既而同人相商，以黄山烟云变幻，难得连日晴明，且观澜在慈光寺久待，复三痢疾，不知愈否，势不得再留，遂决议取道云谷寺，观九龙瀑，即回紫云庵。七时，出寺，向东南行，循始信峰麓前进，有歧路。左即往始信峰者。余等取右道，逾黄花岭，路皆窄小，草莽没及人身，峰高九百米突。下峰度涧，涧中乱石充塞，履石而过，又过一涧，较前更阔，状亦如是。九时至白沙矼，路皆细砂，履之辄跌，有亭可以憩息。再过涧，道旁有雪庄塔。雪庄和尚名悟，淮阴人，结茅于黄山，圆寂后建塔于此。九时半，登白沙岭，岭高七百八十米突，前所行之白沙矼，即白沙岭下之山冈，犹之光明顶下有平天矼。矼应作冈，不知何时传写为矼？矼与扛通，乃桥梁也。岭上岭下，皆白色细砂，故以为名。下岭，路陡沙滑，兼以败叶蔽途，步履之难，匪可言喻，转不若登莲花绝顶之壮快也。复逾涧两道，十一时，抵云谷寺，寺高六百米突，自狮子林至此，十五里。寺旧称掷钵禅院，在钵盂峰下山坞中。相传为宋丞相营菟裘处，亦名丞相源。明万历间寓安和尚开创此寺，厥后邑宰傅严改题为云谷。寺前有锡杖泉，其南北各有萝松一株，同干异叶，盖松萝之合干者也。昔时规模颇大，今仅破屋三楹。寺僧宝山，正从事建筑，余等在寺午膳休息。十二时一刻，即行。得稍平坦之路里许，又复荆棘碍人，与前无异。山峦重叠，摩崖甚多。曰"妙从此始"，曰"通幽"，曰"醉吟"。忽有峭石立于道左，上镌"仙人榜"三字，名仙榜峰。又登一岭，高七百五十米突，顶有二石，夹立如门，镌"开门石"三字。遥望九龙峰，巍然在目。未几，九龙瀑之上源，如飞练一道，挂于林隙矣。源出于九龙峰，每节泻为潭，潭复溢为瀑，如是有九叠，故名。是时山中苦旱已久，瀑流不大，泻于黄石间，故远望若黄色，而潭则碧色。九叠之瀑，不易全见，须舍通路，下斜坡，始得见之。二时，至苦竹溪，有牌坊，额曰"黄山胜境"。自此路皆平坦。三时，逾芹菜岭，岭高四百米突，而长有三里馀，未几，抵汤口。自狮子林至此，三十里。醉愚步履最健，且冷不必添衣，热不必脱衣，一路吟诗，从容自在。余与子美，足力已疲，在汤口雇肩舆，坐以待之。移时，舆至，即乘之行。五时，回紫云庵，稍休，即再浴于汤泉。数日宿垢，为之一清。心镜和尚至，述及观澜、复三二君，尚在慈光，待余等同行。复三疾愈，亦曾一登文殊院。是夕，醉愚仍上慈光寺。余与省轩、子美，则宿于紫云庵。涧水声喧，有如骤雨，枕畔闻之，殊有意味！

三十一日，晴。五时起，收拾行装，准备下山。六时，观澜、醉愚、复三，自慈光寺下来，即与余及省轩、子美同行。循原路回宏村，午后一时，在潘村午膳。六时，到宏村。仍寓方君颂三家中。颂三先回，已两日矣。晚膳后，洗浴更衣，早睡。

九月一日，晴。是日，完全休息。午后三时，往访项君积馀。

晚颂三因明晨请观澜为其考及兄题主，设席宴余等。徽俗视题主之典礼，较江、浙更为隆重。

二日，晴。上午，方家行题主礼，观澜为大宾，余与醉愚为左右襄题。礼毕，方君即率家属，奉木主送入祠中。晚，项君积馀，邀至其家便餐。此次在黄山，仅半日遇雨，晴霁时多，而归途取道新安江（通称徽河），则因近日水小无舟，同人颇以为虑。及晚间昏黑如墨，中夜大雨，可谓巧遇！

三日，阴雨。汪君松涛，本邀往城中游览，因雨未果行。午后，汪君携所藏史可法家书墨迹来，请余等玩赏。晚，黄君栗庄，送筵席至，宴叙甚欢。

四日，晴。六时起，预备进城。九时，乘肩舆行。松涛、栗庄、志三，陪同前往。省轩、积馀，皆来送别。颂三则因携眷赴南浔，明日径赴鱼亭，准备船只，故不进城。十时至北庄，稍休。十一时，抵城外广安寺。到此渐近平原，地势较低，高二百四十米突。在寺午膳毕，二时，与汪君等等同进城，访程君梦馀，座中兼遇汪君季和，畅谈颇久。二时，别归，顺道购零物。四时半，回寺。晚，程君在其寓招饮，八时后，回寺度宿。

五日，晴，七时起。汪、黄、金三君来，复同进城游览，至学宫，泮池旁有魁星、文昌二楼，颇擅风景。途遇程君，则云："至寺中答访未遇，寻踪到此。"十时半，程君邀宴于市楼，别后回寺。十二时，余等五人，即乘肩舆起身。汪、黄、金三君，在寺前珍重揖别。向县东南而行，未几，抵石山，系一小山，石皆露骨，故名。自此山麓行，皆凿山根作磴道，右临大涧，两旁悬崖陡立，石层皆横断，树木亦层层而上。余等五乘肩舆，联属而行，前后相望，俨如蜀中栈道。一时，过浔阳台，相传李白尝钓于此。壁间镌"浔阳台"三大字。既而抵栈阁岭，即石门，山势壁立，下临深溪，凿石为门，中开一径，故称石门，亦名小剑门。其险处，昔时支木以行，有似蜀之栈道、剑阁，故称栈阁，今则皆筑石道矣。又南行，上桃源洞，实则就山崖凸出处，凿石为门，称之曰洞耳。洞下即往来大道，其旁有紫竹庵，在此啜茗休息。午后三时半，抵鱼亭。此处为水陆通衢，市面热闹，有普济桥，跨新安江上，长百四十步，下有七洞。方君颂三及其眷属，已先至。雇定小篷船一艘，盖江之上游，滩多水浅，只有小船可行也。六时，下船，船虽小而极洁，饭食甚佳。同人皆席地横卧，夜半开行，月色入舱，别饶趣味！

六日，晴。晨六时，舟抵岩脚，停齐云山下（即白岳）。余等五人，步行登白岳，一日游毕。颂三留船中未去。白岳虽小，具有特色，与黄山面目，完全不同，另作记详之。午后，五时半，开行，经西馆至蓝渡过夜，计行二十里。江中既多滩，水急易泻，故土人因滩作闸门，以巨木横堵之，俾可容水。闸面之水，恒高出闸下丈馀。舟抵闸则启门，自门趁水下驶，颠簸特甚。自鱼亭至屯溪，所过之闸不下数十。

七日，阴雨。前在宏村，虽得雨，尚嫌未足。然游山则必须畅晴，果也昨日在山则晴，今日在船则雨，可谓如愿以偿矣！六时开船，九时至休宁县之梦街（万安街）。停舟购食物，即行，过古城岩，岩在县东七里，亦名万岁山。麓有巨石，夹立如门，有亭，有榭，颇饶园林风景。斯时风雨甚大，小船两头洞然，无有掩蔽，各人衣服多湿。然新安江自屯溪以下，尚嫌水小，有此大雨，方可畅行无碍。午后二时，到屯溪。今日自蓝渡至屯溪，计行四十里。船抵埠，相偕登岸，改雇大船，舱中上下有十二铺位，议价既定，颂三料理各人行李，由小舟搬至大舟，余等即至华新池洗浴。浴毕，回船，整理卧榻，遂同赴市楼晚餐。屯溪为交通孔道，故商务繁盛。其地高度，仅二百四十米突，本日气温，高至八十八度。八时半，回船。

八日，阴雨。晨，同人登岸购物，余在船休息。十二时半，开船。水大风顺，行驶迅疾。一时至鱼坑，入歙县境。以下江面宽阔，而多险滩。所谓滩者，江底皆有暗礁阻碍，致水激如沸，与小舟所经之闸口不同。船行纯恃船首掌头篙者，熟谙水线，方不致误事。五时，岑山。山在江中，四面皆水。上有观音寺，故俗名小南海。六时半，朱家村。阵雨大至，雷声殷然，乃停舟过夜，今日计行六十五里。此地高二百米突，气温八十三度。

九日，晴。晨四时开船，行十五里，至梅滩。因天未大明，而滩险水溜，停桨以待。五时半，安然而过。八时，深渡。停舟一小时，购食物后即开。十时，十里长滩。十二时，山茶坪。以下横石滩、美滩，接续而至，波涛汹涌，礁石矗立，舟循曲线，在石罅穿过，浪击船底，拍拍作声，舟子咸有戒心。望见来舟，逆水而上，以二十人并摔一纤，方过一滩，我船顺流而下，为幸多矣。十二时半抵街口，入浙江界。午后一时，过梅花洪，此滩之险，更甚于前！向例客人咸须登岸，减轻船之重量，舟人则用纤倒曳，俾舟下较迟，以免危险。今因水大，其右有一道可行，亦得安过，复经滚滩。二时，抵威坪，停舟购物。余亦偕同人登岸，市面甚小，略览即回。二时半，开船，此时气温八十三度，地高二百八十米突。三时至云头滩。五时，向山潭，俗称狮子口。有圆岩突出流中，如狮子之首，故名。六时半，淳安县过夜，今日计行一百八十里。晚间，登岸散步。县小无城郭，市街亦不繁盛。有微雨，即回船。

十日，晴。晨五时开船。六时，巷口。九时，藻河埠。十时半，茶园。今日所经险滩，不若昨日之多。然亦有一二大滩，因水涨石没，故舟行不觉。所谓新安三十六滩，吾等所感觉为险者，不及十处，皆因水涨之故。午后一时，洋溪。六时半，建德（严州）。停船过夜，进城散步，市面之盛，亚于屯溪。

十一日，晴。五时半开船。自此即行于桐江，盖信安江（亦名衢港）之水，自兰溪至此，与新安江合流，故名桐江。自桐庐以下至富春，又称富春江。下流即入钱塘江矣。出严东关，经乌石滩。十时，过胥口，进七里泷。泷中两岸皆高山，水道狭而曲折，若有风时，泷风更大，舟即不能进口，今日无风，而泷中之风仍不小。我舟逆风而上，倍觉迟缓。谚云："无风七里，有风七十里。"盖言其难行也。泊舟严滩，同登严子陵钓台。另详（《严子陵钓台记》）。十二时，回船。泷内风大，出口尤难，眼见数船守风不行，我舟独鼓棹前进，波澜壮阔，舟为震动，舟子尽力，并加三缧，历一时半，方出泷。风息，舟行乃速。四时半，抵桐庐。此地高一百三十米突，气温八十四度，今日行九十三里。余等登岸，品茗于江楼。望见隔岸桐君山，山在县东二里，一峰秀出，下瞰江流，上有塔。相传昔有异人，结庐桐树下，或问其姓，则指桐以示。因号其人为桐君，山因以名焉。在市楼吃面毕，至街中散步，六时半，回船。

十二日，晴。八时，我舟由振兴轮船拖带而行，共拖六艘，乘风破浪，行驶迅疾。九时，达窄溪，入富春江。十时至新登。十一时至富阳，入钱塘江。午后，一时至义桥，文家堰。二时半，到杭州闸口。轮船于此解缆，我舟仍鼓桨以行。自桐庐至此，行一百八十里，余与醉愚、子美、颂三三君，舍舟登岸，步行五里，至海月桥，王云五过塘行。四时，船抵行前码头，袁、邢二君亦至，由行中代起行李上陆。颂三因率眷赴南浔，即在此分别。余等五人，分乘人力车，赴湖边清泰第二旅馆。部署行李既毕，观澜留待其友，不出门。余即偕沈、周、邢三君，至明湖洗浴。浴毕，饭于功德林。九时归。

十三日，阴雨。上午九时，同人往二我轩摄影，以留纪念。事毕，观澜一人出外访友，余则至湖滨公园。既而沈、周、邢三君亦至。十二时，同饭于三义楼。及回旅馆，观澜已归。于是五人同乘汽车往灵隐游玩，四时，乘人力车赴岳坟。途遇大雨，遂至李公祠昆虫局，访邹君树文，参观局中各种设备，登楼饱览湖山雨景。五时，雨尚未止，遂雇车归。途中风狂雨急。六时，回旅馆。陈石珍、赵铁玫夫妇二人来访，邀往功德林晚餐。九时归，夜间雨大，风势尤狂。

十四日，阴雨。各人预备回里。观澜因须赴海宁，多留一日。醉愚、复三回南浔。余与子美回沪。六时半，四人同赴城站趁火车。七时四十分开行。车至嘉善，沈君思齐在此趁车。久别忽逢，畅谈至快！沈君应松江佛学会之请，前往演讲，故至松即别。十二时，到沪。家人多在站迎接，乘汽车回家。

黄山之游归后，即经旬大雨。上海亦平地水深五六尺，浙东西即告水灾。此淫霖若早降一二日，吾等在桐江遇之，则船不得行矣，诚幸事也。抑黄山路险，人人闻而生畏！今日情形，实已与昔日不同，不可不表而出之。盖近年来修筑道路，呈功颇速。山南慈光寺，至文殊院，全路已成。山后之鳌鱼洞一段，天海庵至狮子林一段，山北狮子林至松谷寺，亦均新修。大概视捐款之多寡，次第兴工。所未修者，惟莲花沟及鳌鱼洞至天海两段，及山东南狮子林至云谷寺一路而已。只须莲花沟及鳌鱼洞至天海庵两段修好，则自文殊院至狮子林，已无危险。路工不过六七里耳。莲花沟虽险而路较短，惟狮子林至云谷寺，路既长而难行，沿途又无风景，余意后之来游者，可以避之。自北面入山者，第一日游散花坞、石笋矼，而宿狮子林。顺道览始信峰之胜。第二日游天海、鳌鱼洞、莲花峰，而宿文殊院。第三日由文殊院至慈光寺、紫云庵。第四日可乘肩舆自汤口至苦竹溪，步行观九龙瀑而至云谷寺。自南面入山者，则游毕狮子林后，宜仍回慈光，亦取道汤口观九龙瀑，不过多费一日耳。如此则可避免狮子林至云谷寺难行之路。以其徒劳而无好景也。此余新得之经验，后之游者，可知所择焉。

白岳纪游

　　白岳亦名齐云山，在安徽休宁县西三十里。据《休宁县志》："登山者，先至白岳，上升天门，至真武观。观后一山突起，如屏倚天，方称齐云岩。"是白岳岭与齐云岩，原一山中岭与岩之名。及明世宗嘉靖年间，祈嗣有应，遂赐名齐云山。敕建真武观为元天太素宫，御制齐云山元天太素宫碑，于是通称皆曰齐云山，而白岳之名稍隐矣。

　　余于民国十七年九月，与袁观澜、沈醉愚、周子美、邢复三既游黄山毕，于是月五日，自黟之鱼亭乘舟，一夕而抵休宁之岩脚。晨七时半，相偕步行登白岳。过岩脚村，不及半里，即至岭下。有横额曰"白岳飞云"，有亭名步云亭。亭后高竖一碑曰"齐云仙境"。拾级而上，即白岳岭。石磴整齐，岭顶有关帝庙，庙前绿竹成林，间以老树。九时，登桃源岭，岭有望仙亭，亭高四百一十米突，气温八十度。自亭左可通桃源洞，亦名洞天福地。其上为展诰峰，其下有桃花涧，亭右则登一天门。余等先由亭右曲折绕行，见一高楼，巍然特立，题曰一天门。登楼右转，乃从门入，巨岩骈立，环东南西三面，岩头俯出，如屏如幛。其东岩之脚，似象伸鼻，鼻下天然成门，高三丈，横半之，名曰天门，称其实也。循岩脚东南行，多山洞，洞皆供仙佛。首经道德岩，内供老子像。二曰圆通岩，内供观音像，亦称观音岩。前有二石碑，叩之发声，左似钟，右似鼓。三曰罗汉洞，内供罗汉像。洞深而黑，相传有二十馀里，可通县之蓝溪渡，然愈入愈狭，空气不足，有碍呼吸，无有能穷奇究竟者。四曰龙王岩，亦名两君洞。洞顶石罅，有水下滴入檐漏，与北平西山之滴水岩相似，名珍珠帘，下汇为碧莲池。又西过文昌岩、黑虎岑，折而南，登天梯，曰二天门，乃人工所造者，远不如一天门之胜。经车𨍏岭，抵三天门，颜曰"江南第一名山"。三天门仅有其名，而实无门。今考一天门，旧时本仅称天门，或称东天门，与西天门相对。殆后世以人工筑成二天门，遂勉强凑足一二三之数也。自此以上，为山顶平原，有市街，以儿童玩具店及饮食店为多。太微道院及十二房头，大率在是。十时，抵元天太素宫。宫初建于宋宝庆年间，名佑圣真武祠，屡经兴废。至明永乐年间，改称齐云观。嘉靖年，始改今名，为此山主庙。殿宇巍焕，丹漆方新。宫后倚玉屏峰，即齐云岩。左有鼓峰，右有钟峰。宫前数百步，一峰突起，不与群山连属，上有铁亭，亭中置铁香炉，亭外置铁烛架，须攀铁绹而登，曰香炉峰。余等至小店吃面，十一时半，自太素宫西行，一小峰离立涧下，曰舍身崖。逾浮云巅，则见层峦重叠，长可数十丈，其巅则屏，曰紫云屏。屏右有鹊桥峰，峰下有洗药池。再前行，则巨壁横列，崖顶突出而俯，上镌"紫霄崖"三大字，其下穿然。依形势建楼阁，曰玉虚阙，俗称老殿，盖呼太素宫为新殿也。崖前有石驯伏，引颈似欲长鸣者，曰橐驼峰，犹太素宫前之有香炉峰也。自崖西行，折下复上，数峰离立，堆翠如螺髻者，曰三姑峰。对面有五峰高下比肩而立者，曰五老峰。五老之北，有五峰并峙，其中稍高而顶平者，曰五凤楼。遥望紫云关，在五老峰与独耸峰之间，两山夹立，仅通一径，故亦称西天门。自西天门出，可探石桥岩、棋盘、龙井之胜。但须住山一二日方可。余等以本日即须返岩脚，不及往。乃西北循山坳小路，登独耸峰，路险且窄，愈上愈陡。至山半，则石磴如螺旋曲线。磴旁虽围以木栏，半皆朽坏，不可攀扶。十二时一刻，至顶。有耸翠庵，庵中无人，此地亦名方腊寨。宋徽宗时，睦州青溪人方腊作乱，驻兵于此。登顶眺望，众山皆低，是为白岳之最高峰，然高度不过四百八十米突，仅华度一千四百八十馀尺耳。斯时气温八十八度。自顶下，仍原路回，至紫霄崖啜茗休息。一时一刻，即返。二时，顺道游桃源洞，洞有玉枢宫，亦祀真武。余等从福地祠入，再上为通灵殿，殿后有真身洞，张邋遢仙人之真身也。有"真身肉藏"四大字碑。邋遢仙者，姓张，名君实，号三丰，辽东懿州人。明嘉靖间，寄迹休宁之西廓镇桥庵，露宿门外，日游城市，夏时衣破衲，曝日中，冬日跣足践霜雪。黄上舍国瑞，筑室齐云半山中，使居之，日惟一食，或数日不食，扃关寂坐。一日，忽书偈示其徒，跏趺而逝。其肉身藏此洞内，洞左右各有石床，半为人工所成，曰仙人床。余等至玉枢宫，啜茗，小坐，即出宫，至望仙亭下山。四时半，回船。自岩脚至老殿十里，老殿至方腊寨五里，今日往返行三十里。多日未浴，汗垢满身，乃解衣入江，履乱石，至中流冷浴，甚为爽快。

白岳虽小，然足与黄山竞美。以大体言，黄山为花岗岩，白岳则为红砂岩，兼砾岩。黄山峰峦，皆尖锐露骨，白岳之峰峦，皆为圆锥形，远望之个个若圆丘，面目完全不同，自成一格。即其他名山，亦鲜见此峰峦也。又白岳之巨岩，恒联列如屏，此惟雁宕之屏霞嶂及石屏风，可以拟之，黄山无此景也。至石桥岩之胜，徐霞客已云："比天台石梁，更觉灵幻。"亦黄山所无。惜余等以限于时间，未能一探耳！

白岳全山皆道观，祀真武，每岁真武帝诞日，进香人甚众，平时亦不绝，故乞丐麇集。天门之内，碧莲池畔，极秀美之地，均为若辈餐宿之所。又香客不知功德，遍地排泄粪秽，羽士但知收入香火钱，而不知扫除。山中到处皆秽气，令人掩鼻，斯诚白圭之玷也！

严子陵钓台记

钓台在浙江桐庐县西四十里，富春山下。有东西二台，为东汉时严光垂钓处。光字子陵，为光武帝之故人。光武即位，变姓名，隐身不见。光武访得之，授为谏议大夫。不屈，乃耕于富春山，后人因名其钓处为严陵滩。两台皆面临桐江之七里泷，江流至此，两岸为高山所夹束，风涛湍急，舟行艰于牵挽。东西两口，距离有七里，故名。

富春山色本秀丽，钓台更以人而显。凡往游者，均由杭州乘小轮至桐庐，再雇帆船，进七里泷。若遇风，则须停舟守候，无风方得进口。余于民国十七年之秋，与袁观澜、沈醉愚、周子美、邢复三四君，既游黄山、白岳，由新安江顺流而下。九月十一日，由七里泷之西口入，而抵钓台。其取道与自杭州往者适相反。

既抵台下，相将登岸。岸旁石亭中，竖两大碑，文曰："汉严子陵先生钓台"，"宋谢皋羽先生西台"。进谒严先生祠，内供塑像，大耳短须，笑容宛然。其旁有客星楼，又有室三楹，为守祠后裔所居。东西二台相对，兀立如门。其石皆斧劈形，下削上平。余等从楼后先登东台，拾级转折而上。顶有石亭，中有额曰："留鼎一丝。"自台俯视，江流屈曲如带。四山环拱，苍翠欲滴，画眉之声，不绝于耳。台前有一石笋，高约三四丈，卓然特立，四无依傍，仿佛严先生之风骨也。台高二百米突，约华度六百三十馀尺，此时气温八十四度。对岸有鸬鹚坡，居民数十家。

自东台而下，有一平坡，方广丈馀，名钓鱼石。二台中间分道处，有石亭，无题字。过此即登西台，路皆蒙茸荆棘，有数段系乱石无数，较为难行。台顶亦有石亭，中竖碑曰："清风千古。"西台高一百九十米突，较东台略低。自西台望东台，岩石陡削壁立，背山面江，江中风帆点点，如在画图中。

谢皋羽，名翱，福建之长溪人，倜傥有大节，试进士不第，落魄漳、泉二州。会丞相文天祥，开府延平，署为咨事参军。及宋亡，天祥被执以死，翱悲不能胜，只影行浙水东，至钓台，设天祥主，恸哭者三，作楚歌以招魂。翱殁后，其友人方凤，葬之子陵台南。翱自著有《登西台恸哭记》，故后人称谢皋羽西台，得与严先生并传焉。

桐江为皖、浙往来所必经。徽州人多经商逐利，其初出经商者，过钓台，辄蜷伏舟中，不敢窥视，意以严先生不求名利，若见之，即经商必失败。嗟乎，俗流之见解如此，而严先生之风，乃益高不可及矣！

阳羡山水纪胜

宜兴古称阳羡，距吾邑武进百里而遥。山水之胜，甲于东南。忆逊清光绪末叶，轮轨未通，余曾为访友故，买棹至宜，流连于城畔之西溪，因事所羁，一日即返，未能躐屐入山。由是青山绿水之影，留诸寤寐间者，忽忽不知几十星霜矣！近岁息影沪滨，老友储南强，既经营善权、张公两洞，屡次约游，亦未能践。己巳之春，中隐寺可禅退居来沪晤谈，余时忽动游山之兴，遂与之约。以孟夏某日，登沪宁车至无锡，再乘小轮赴宜兴，朝发夕至。宿于东门外之中隐寺。次晨，乘肩舆，由可禅伴同入山，抵铜官山麓之芙蓉寺。居山月馀，择晴和之日出游，而以芙蓉寺为出发点。游踪所及者，为铜官、芙蓉、龙池、磬山，善权、张公两洞，清水、玉女二潭，于阳羡全部之山水，不过十得二三，依次录之，名曰纪胜云尔。

芙蓉山

山在宜兴县南三十里，即铜官山之南麓。众峰攒簇，望之若芙蓉，故名。山下有芙蓉禅寺，为唐大毓禅师道场。大毓，金陵人，于元和中卓锡芙蓉。襄阳庞居士，曾三次访之。后人为筑来来亭及三到亭。今寺前东西两涧水奔流之处，尚有亭之遗址焉。寺南里许，有两洞。曰天井洞，深浚如井，今堙。曰三郎洞，洞口有半身石像，殆所谓三郎者也。寺负山面水，绿林修竹，夹涧森立。有三石梁，跨东西二涧之上，宛如鼎足。游人不至桥边，初不知林木邃密之中，有深藏之古寺，其幽秀可想矣。寺于洪、杨之役被毁，近始修复。至可禅住持时，始大兴土木，重整旧规。今之住持溥鉴，可禅之法子也。监院名莲开，与余相见，皆如夙契。芙蓉山顶，大石累累，如蹲如踞，而大势圆耸，俗呼雄鹅头。颈后有石耸起，名驼峰。鹅头、驼峰之间，相距丈馀，夹立如门，中通一径，凡自芙蓉登铜官山者，必绕此而上。余与莲开登芙蓉山即取径于此。迄时山麓气温为摄氏表二十五度，顶上气温为三十一度，高五百米突，约合营造尺一千五百六十馀尺。

铜官山

山在宜兴县西南二十里，原名君山，以其为一邑之主峰也。自秦以来，于此设官采铜，故名铜官。阳羡山脉，自浙之天目而来。重峦叠岭，其山之有名可指者，不下百数十。而无名者，尚不知凡几。若欲穷其胜，恐累月不能尽，而以铜官山为最高。余偕莲开，自芙蓉寺后，寻小径而上，行约十里，越芙蓉山而登铜官之顶，顶平坦而东西狭长。极目远眺，心胸为之开豁。北则宜兴全城，宛在足底。东西二氿夹之，历历可睹。南则万峰层叠，如障如屏。善权、张公二洞，龙池、石磬诸峰，皆可指数。西则句、溧诸山，蜿蜒不断。东则丁、蜀二山，近在咫尺，太湖亦隐约可见。山顶有茅篷三：曰中茅篷，额曰云雾寺。曰东茅篷。曰西茅篷。云雾寺屋宇尚朴古。东西二茅篷，则仅破屋数椽而已。然山之最高顶，乃在西茅篷。其前气象开展，了无障碍，即密云禅师悟道处也。有半月池，池中产蜥蜴，俗称曰龙。储南强昔年因邑中大旱，独自登山，露祷于最高峰，历三昼夜，竟得甘霖。今其坛址，山僧尚能一一指点也。测其高度，约五百五十米突，合营造尺一千八百馀尺。气温摄氏表二十八度。

自山顶北下，复上攀绝壁。约行五里，至善行洞。为唐稠锡禅师之子，善行尊者，焚修之地。洞深约三四丈，其中就石为床，为昔时坐禅之地。其前为善行庵，今名选佛禅院，清同治十二年重修时所改称者。今之寺僧，乃讹称善行洞为然昂洞，可谓数典忘祖矣。院后另有小洞二。其左一洞为水洞，泉流终岁不竭。县志所称右洞左池，岩石如盖者也。

自院前循山径而下，有鹅子洞。洞门有二，其右另有水洞，洞顶石盖锐出，如虾蟆张口，俗呼虾蟆洞。再下数十武，有朝阳洞。一僧居之，洞深三丈馀，其底有水，汲而饮之，甚甘冽。

于是循原路而回，啜茗进点于云雾寺。僧人性空，独居于此，日夕持诵《法华经》，与之语，有道气。自芙蓉寺登铜官，往返穷一日之力。铜官之得为宜兴主峰，以其高，亦以地势之适中。而其胜处，则当推山前之宝圭台及山后之善行洞也。自东麓登山则必经宝圭台，余登自南麓，故未及见。

龙池山　磬山

龙池在宜兴县西南七十里。余自芙蓉寺乘肩舆而往，可禅、恒海伴余同游。恒海即龙池山澄光寺之退居也。龙池有大森林，长约四五里。松树为多，故进山之路，称曰松巷。竹林亦极茂密。宜兴各山之森林，当推此处为最矣！登山有亭，中悬两额：前曰从云亭，后曰禹门。由此再上里许，至澄光寺。寺名乃清康熙年间敕建时所改，旧名禹门禅院。寺依山建筑，渐上渐高，房屋百馀间，规模宏大。向有上中下三庵，今之澄光寺，乃下庵也。恒海领导参观一周。大殿之后，有藏经阁，贮明代南、北《藏经》各一部。旁有禅堂及祖师堂。堂中有幻有祖师及密云悟祖造像。方丈室外，有晓云石，此石在天阴时，有蒸气上腾，故名。恒海于石下引泉作池，其上覆以竹栅，绕以藤萝，一经点缀，便觉可观。在寺午膳，设馔甚盛。膳后余欲登绝顶，恒海云："自龙池赴磬山，必逾巫峰岭。岭道陡峻难行，人咸畏之。今既欲登龙池

189

之顶，复须自顶下，再登巫峰，一降一升，费力更多。不若经由龙池山顶，东北绕行，越过岭头十馀而达巫峰之顶，可省一度之升降。但此路向鲜人行，荆榛蔽塞，能不惮艰险否？"余曰："游山带有冒险性，方有趣味。"决从其议。由寺右登山，经禹门祖塔。禹门者，即一源禅师，为龙池开山老祖。元至治间，于绝巘巨石间，架屋盖茅以居。有屋三楹，中塑大士像。今其遗址，犹称大士庵也。自塔右再上，于路侧丛树间，攒行数十武，得一洞。洞门虽小，而其内甚宽，深可五六丈。洞前皆竹林，风景幽绝！在此静修最宜。俗呼虾蟆洞。恒海以其不典，改名空穴洞，列为龙池十景之一。再上里馀，为中庵。庵亦久废。今有大苍头陀，构茅屋居之。大苍本军人，出家后专修苦行，禁语已三年。余等入内啜茗，招待甚恳切，皆以手势代语。庵之东西，各有龙池，中多蜥蜴。更上至绝顶，则有上龙池，围可二丈。岁旱则祷雨于此。铜官山顶亦有龙池，而此山乃独以龙池著称，殆以池较多，蜥蜴之产亦较多耶！

绕山顶右行，逾分宾岭而下，仰望岩石岞崿，凌空横出，层叠如云，曰白云岩。岩脚窄处，仅可容足。昔时于此架空筑阁，曰凭虚阁，今则圮矣。更绕白云岩而前，有拜经台，为幻有禅师所筑。盖因其师乐庵老人，晚年居磐山。此台地势既高，遥望磐山，了了可见。老人有所须，不必呼召，但于山上举物作记号，禅师一见，即趋赴之。故恒于此拜经也。幻有禅师，名正传，明代人。有四大弟子，曰：密云悟、天隐修、雪峤信、抱朴莲。密云、

190

天隐，道行于扬子江流域。抱朴道行于黄河流域。雪峤道行于珠江流域，并及南洋。而为清顺治帝所尊敬之玉林国师、木陈禅师，一出天隐之门，一出密云之门。由是知明末至今三百馀年，佛教临济宗支派繁衍，皆自幻有一派传流。而宜兴诸山，殆为佛教之中心，龙池尤为诸山之中心，可想见其盛矣。由拜经台绕岩腹而西，得一洞，高约五尺，阔二尺。中有老祖一源禅师碑。号伏虎岩，今俗名老虎洞。志称一源禅师居龙池山，有白虎驯伏者是也。由洞再右转，岩石断处，缚竹架石通之。俯视下方，竹树茂密，绵长十数里。万峰折叠，如浪纹。更由拜经台侧，猱升绝顶。有龙井，围不过三尺，其深则不可知。绝顶有井，且岁旱不竭，亦足奇也。顶高五百三十米突，约合营造尺一千七百尺。气温则山麓山巅，同为摄氏表二十八度。

由龙池顶，向东北绕行，路皆荆棘，高过人头。或俯首攒进，或双手劈分而过，皮肤被刺而见血，以好奇心胜，不暇顾也。恒海持镰当先，披荆斩棘以为导。有时亦误入歧途，则审察方向，折转再行，自上而下，复自下而上。历二小时，逾岭头十五，方达巫峰岭脊。舆人及空舆皆在焉。舆人窃窃私语，谓余瘦弱，行此险路，将不胜其苦！实则路愈险，所见之奇景愈多。余乃兴趣勃勃，而可禅体特肥重，今日为我所累，乃暗自叫苦矣！余赠恒海一联云："伊何人哉，侠骨慈肠真释种；赖有子耳，披荆斩棘到巫峰。"盖此道即走遍阳羡各山之人，亦从未到过。非恒海之勇，不能办也。稍休，即下岭。乘舆行，至普目禅院。院在磐山之下，为寂照寺之下院。住持耐冬，今晨已自寂照来候于此，迎入休息。房室布置，极为清洁。出绿豆粥及素蔬馒头饷客，甚精致。而尤以竹鞭笋为最美！未几，磐山崇恩寺住持朗文，亦下山来迓。遂共登磐山，有泓化泉及限门之胜。夹道竹林之茂，亚于龙池。行里许，过慈惠桥至寺。退居汉禅亦迎于门，由殿侧进后堂，啜茗休息。

磐山亦名石磐，在县南五十馀里。其形如磐，故名。明天启间，天隐修于此建道场，今额曰"敕建崇恩寺"。寺在山麓，其前门则俯瞰象鼻峰。地形由阔而狭，向左弯曲下垂，极似象鼻。寺之南有洗钵池，为天隐祖师洗钵处。对面之岭，高与磐山等。松林极茂，曰万松岭。岭下为武陵溪。寺中新建大殿，甫竣工。殿右有天隐祖师造像。殿后房屋，均在拆卸改造。汉禅导余游览毕，仍回后堂茗谈。在寺洗浴更衣，晚餐其馔至精。菜有竹鞭笋、鸡冠蕈。皆产自本山，外间所不可得者。席散，张灯下山，宿于普目禅院。

龙池高出群峰，与铜官相伯仲，而以白云岩为最胜。磐山则幽深曲折，与龙池面目，又是不同。惜余到山已迟，未能登其巅也。

善权洞

洞在县西南五十里国山东南。其山名龙岩，由芙蓉寺西行十馀里即至。洞为尧时善卷所居，因以为名。今俗作权，避萧齐宝卷讳也。洞凡三：旧称干洞、大水洞、小水洞。自吾友储南强经营数年，就天然奇景，加以人工，改称为：中洞、上洞、下洞，与后水洞为四矣。昔时所不能深入之处，今皆可随意登涉。洞前新筑一讲经堂，红瓦碧窗，突现于众山之间，数里外即望见之。僧人遥指云："此即善卷也。"堂后数十武，有屋两楹，为茶室，亦新盖者。游人至此，先啜茗休息。然后命童子携火把，各人秉一炬，由室后历阶而下。先至中洞，洞门高广，天光透入，不须燃炬。有巨石当门挺峙，昔称石柱，今改名小须弥山。山顶以水泥塑一接引佛。山之左旁，镌"伏虎须弥当洞口，青狮白象拥莲台"二语。山后塑地藏像。在此仰视洞顶，渠渠若夏屋。步之深可二十丈，广可四丈，足容千人，故亦称石室。今复以水泥铺之，益觉宽平。洞顶镌"大会堂"三字，字后复塑佛三尊。洞之左右石壁，皆钟乳结成，形状奇诡。左壁镌"龙岩福地"四大字。下为弥勒崖，有弥勒佛，袒腹趺坐。更有四天王像，其中一尊已毁。崖底有池，形如秋叶。再进为观音莲台，石条错落垂垂如瓣，中间一瓣悬空直下，约长四五尺，就其上镌"观音海岛"四字。于其两旁，就石之姿势，塑观音六尊，中央一尊已毁。再进有巨石，酷似立象，其鼻垂至洞底，镌"象王"二字。上塑普贤菩萨像。再进则石隙有水，滴沥而下，凿石为六小池以盛之。池畔筑平台，护以曲栏。右壁镌"万古灵迹"四大字。其下有二曲阿相并，前镌"鹤寮"二字，后镌"鹿房"二字。有韦陀塑像。再进为罗汉床，像已毁。再进有大石，如狮张口，镌"狮王"二字，旁塑文殊菩萨像。狮王恰与象王对峙，真造物之化工也。狮王之下，有石如鹿，镌"仙鹿"二字。再进为十八罗汉。其下有池，如半月形。此左右两壁之奇景，皆在石室中。上下通明，游览至便。进大会堂后，即深黑，是为上洞。

于是各人燃炬，童子秉把为导。循石级而上，约数十武，有石柱，大可数围，直接洞顶，名通天柱。更有挂石，长约六尺。横约十尺。下展如巨翼。此外就石形任意取名者，曰石蝙蝠、石龙、石凤，不可胜计。亦有数处，石乳正滴滴而下，渐结成形者，则称滴乳石。洞内为蝙蝠所栖，其大者展翅盈尺。游人至，则鸣声吱吱，掠衣而过。昔之秉炬入洞者，不过数十步，即止不复进。今则以人工开凿，就洞腹为转楼，铺以水泥，缭以石栏。其近洞口处，则架桥通之。乃由石级登楼，凭栏俯视，洞口天光射入，可窥见洞之全形。过桥向左，洞壁下亦有滴水池。就石凿十三孔，其大者径可二尺馀。池前有广场，长可二十丈，广可六丈，较大会堂更宽。冬日来此，洞中有香雾蒸腾，可解衣磅礴卧其中，所谓云天雾海者此也。

自上洞而下，仍由中洞出，向西南循石级而下，约八十步，至下洞（即大水洞）。洞适当中洞之下，有如层楼。其口虽不若石室之高广，亦通天光。其前山水奔流如瀑，冲激乳石间，声若轰雷，汇而为湫，曰壑雷音。建一石梁横跨之。在此观瀑最宜。洞门有悬石若拳，长可五丈，拳端有水下滴如檐漏，曰佛拳。中洞之小须弥山，则平地拔起。此则凌空下垂，两两对照。而上洞之通天柱，则又上下接连。三者各各不同，叹为奇绝！洞之右壁下，亦天然滴乳为池。池孔层叠而上，不下数十，至此则燃炬而进。有水泥所建小桥凡三，有三级石塔及石经幢。复就洞腹，以水泥作阶级。循级而上，可向外望。自级下探，足底水声汹涌如怒涛，至洞底则全为水。此水通过岩腹而出，其出口即后水洞也。县志称下洞中，石田皆成疆畔，高高下下，水满其中。今则以水泥铺地，架桥通至洞底，游览至便。惜去年之秋，山中发蛟，大水没洞，将洞前石梁及洞内小桥，一律冲毁。石塔石幢，亦倒卧路隅。此次游洞，但见乳石堆垛，无路可寻。水流石滑，履之摇摇欲动，极难着足。反不若登铜官、龙池之壮快。闻此项工程，如欲修复，须五千金云。由下洞出，再至茶室，休憩片时，即向西南行。逾一山冈，冈上建有八角亭，可游息眺望。冈下即后水洞也。洞顶飞岩突出，门如偃月，泄出下洞之水，流为长涧，溉田可数千亩。就涧上建石梁，涧左依山势筑半亭。右有四方亭。亭中竖古碑，镌"碧鲜庵"三大字。即相传祝英台读书处，今为善权禅院之侧门。志称祝英台与梁山伯，读书于碧鲜岩，号碧鲜庵。南齐建元中，就其古宅，建善权寺，即今之善权禅院也。

善权禅院　国山碑

善权禅院，在县西南五十里，国山之东。凡游洞者多憩于此。清康熙时玉林国师曾为住持，未数月即去。以其法嗣白松为主席，因故与当地陈氏龃龉，被陈氏族人举火焚寺，白松投火以死。乐庵老人之塔亦被掘，几兴大狱，即此地也。余游洞毕，在此午餐，餐后略休，即往观孙吴时之国山碑。出院向西南行，约三里，抵国山之麓，循小径而上，碑在焉。碑高丈馀，围约一丈三尺，其形椭圆如鼓，文多剥落，字体兼篆隶。今筑亭以护之。吴孙皓时，相传此山有大石自立，皓侈以为瑞，遣司徒董朝，封离墨山为国山，立石颂德，即此碑也。碑实在山之南麓，后人遂呼此地为国山。又因董朝所封，故山亦呼董山，碑呼董碑。孙吴时碑文之流传迄今者，惟此与天发神谶碑耳。故为金石家所珍视焉。

张公洞

洞在张公山下。所称张公，或谓汉之张道陵，或谓道陵四世孙辅光，或谓唐时张果老，传说不一。《道书》云："天下福地七十有二，此居五十八，庚桑公治之。"又《亢仓子》序亦言之。道陵、果老，则已在庚桑之后，此吾友储南强所著洞略，正名为庚桑洞也。余宿普目禅院之次晨，即游斯洞。自普目至此二十馀里，耐冬、朗文伴同游览。洞前为朝阳道院，其西有洞灵观遗址，规模甚大，今仅存三星石门而已。道院即洞灵观之一部分。清初有道士潘朝阳，于此得道，故改名朝阳。洞之历史，属于道家，今则僧人本修居之。洞右有会仙岩，岩下有亭，亭中植立甘泉精舍碑记。碑高约丈五，为方柱形，四面镌文字。明嘉靖间，湛若水所书。亭后则甘泉池也。在朝阳道院休息后，即由本修携炬前导游洞，洞门外有亭，额曰"洞天锁钥"。洞分前后，今则由后洞燃炬而入。凉气透肌骨，甚于善卷。洞顶深黑处，蝙蝠亦更多。自左盘旋而下，复折而上。壁间有宋人石刻。再循石级以登，旁有石隆起，曰鳖鱼背。举首仰视右洞之顶，亦有石刻诗一首云："爇火访灵仙，虽非出洞前。他时丁令到，为报大罗天。"旁署刺史卢元辅。再进叩大罗天，有石台。广可十丈。纵半之。台前三面为削壁，一面有磴道数十级，赴前洞则必由此。

甫进前洞，即自狭而广，自小而大，自暗而明。气势开豁，有水有桥。石钟乳结成之景物，垂垂洞顶，至为奇丽！与善卷之石室，各呈其妙。其最神妙者，即大罗天左之洞底洞，及右之洞中洞也。余等先进洞底洞，洞门仅如窦，直探其底，有石柱大可数围，色泽温润如玉。柱底为泉，莫测其深。此洞系人工新开，洞底之水，则储南强祷于洞神而得者也。折而左上，为小西天。有唐人许浑石刻。复自右进洞中洞，逾一小桥，曰碧雨桥。洞口石上，镌"曲径通幽"四字。过小鳖鱼背，见右旁石上镌"洞中洞"三字。自背下，复折而右上。仰见洞顶，有小圆孔，天光透入，曰一点灵光。出洞中洞，历级上升，则锐石高下错峙，曰大璎珞门。豁然开朗，已近洞之前门。门为两片大石所成，上合而下开，曰天门。出天门，白左下，有横卧巨石七八，其中有二石相并，而中可通行者，曰夹谷。游毕，仍绕至后洞门外，由亭而出。饭于朝阳院。

就余所经之名山而言，浙之雁荡山，著名之洞，不下十数。

且洞内皆通天光，其大者且可于中建造寺宇，然洞中奇景，不过一二，未若善卷、张公之多而萃于一处也。至北平上方山之云水洞，凡有四进，深可六七里，内中钟乳结成之奇景，多至百馀，其伟大诚非善卷、张公可及！然全部黑暗，洞口甚小，须匍匐蛇行而入，游者却步。善卷、张公则前洞皆通天光，游者乐趋，此则非云水洞所及！将来宁杭汽车道筑成，交通便利，吾知二洞占有世界风景之资格，可无疑也。

清水潭　玉女潭

清水龙潭，在县之西南。余自芙蓉赴龙池时，绕道观之，潭之直径约三丈，其水澄澈，自地中涌出。探其上游，乃不见来源，无论旱潦，不增不减，冬日则热气升腾，灌溉之田，可数百亩。故此方人民，即遇荒年，收成总佳。

玉女潭，在玉女山之巅，离张公洞约二里。余自普目赴张公洞时，先往观此潭。唐权德舆所称阳羡佳山水，以此为首者也。潭在绝岩之下，水作碧琉璃色，广约十馀丈，深则不可穷。自唐以来，名人题咏甚多。明嘉靖时溧阳史恭甫，建玉光阁于其上。又建玉阳山房，文徵明为之记。记中历叙之胜景，殆不下数十。当时盛况，概可想见。今则蔓草荒芜，遗迹渺不可睹，仅池左有《玉女潭碑记》。壁间镌有《玉女潭亭趾》短文一篇。徘徊凭吊，不胜今昔之感矣！

鹰窠顶纪游

鹰窠顶在海盐县南三十里，每岁以十月朔日，观日月并出著名。本名云岫山，又名南阳山。其山巅观日处，则称鹰窠顶。世人因观日故，但呼鹰窠顶，而本山之名反隐矣。民国十八年十一月，友人金松岑，发起游此山，沈醉愚、周子美亦皆赞同。乃于十六日，借醉愚登沪杭车赴硖石。松岑自苏州来，会于车中，以是晚九时抵硖石站。子美已自南浔先至，乃同寓于荣发旅馆。

十七日，午后，登永安小轮，赴澉浦。其轮用旧式民船，于船尾装一发动机以充之，构造不合学理，震动极烈，令人头晕耳聋。行三十里至通元镇。又十里，至甪里堰，搬行李入小船。余等则步赴澉浦。沿途秋景尚佳，苍翠树林之中，间有数株红叶，美丽可爱。行六里，抵澉浦城，已五时半矣。城四面环河，各门皆用浮桥渡过。余等自西门入，借寓于盐公堂，堂中经理蔡君枫江，子美之戚也。招待颇殷，有宾至如归之乐。

十八日，晨九时，各乘肩舆出西门，行里馀，过凤凰山麓，有大士庵在焉。六里，抵鹰窠顶后之永安湖。湖周围十二里，四面皆山，惟南一角，山不尽掩，可以望海。海水正与湖平，一片滩沙，晶莹荡漾。元时潴民田为湖，以灌溉附近之田。湖中有长堤，自东至西，分湖为二：曰北湖，曰南湖。南湖之地势较高，其水自长堤桥下，泻入北湖。北湖之东西两端，有大小闸口各一，开闸则泄湖水以灌田，故湖水春夏反浅，秋冬反深。北湖之东近大闸口处，有小洲二，一椭形，一圆形。其西近小闸口处，有湖墩，周围十亩，居民十数家，仿佛西湖之小孤山。湖中夏日有野生白莲，秋多红蓼，产鱼至丰。渔人驾小舟，列鸬鹚，鸣榔柝柝，声闻远近，驱鱼聚集一处，则放鸬鹚入水捕之。南湖较北湖为小，近多淤浅。余等在湖堤盘桓久之，群山含笑迎人，与湖水之清涟相映带，风景佳胜，故有小西湖之称。于是绕南湖之边而行，休息于步君问梅之家。步君世居于此，蔡君昨以电话告之，托为招待者也。

十时，步君为向导，同登云岫山。向西南行，过鲍郎浦盐场。其田作方罫形，纵横五百馀亩，潴海水以为盐。其制法，俟海潮溢入田中，经日光晒干后，则连泥刮取之，贮于方井中。井底铺竹箦，竹箦上置稻草，其下复通以竹管，滤卤汁入缸，再取卤而煮之，方成盐。此盐营销于馀姚等县，盐田尽处，即至云岫山麓。

200

山树石幽秀，而不甚高。余等循山麓曲折而上，约三里馀，至云岫寺。寺前有双银杏树，高可数十丈，千年物也。寺内有殿三楹，殿前有天香亭，殿后有经楼，女尼四人居之。每岁九月晦日，远近男女在此终夜诵佛号，夜半，则登鹰窠顶，观日月并出。故十月之朔，寺中甚热闹，后至者几无容足地也。余等自寺右登顶，约行里馀，至观日处，测之高仅三百公尺。东南望海，水天相接，风帆隐现其中。回顾山后南北二湖，已在足底。右海左湖，俯仰之间，真爽心豁目也。午刻回寺，蔡君已命厨人携酒食先至此，余等饮啖言笑，步君指看山景，历历如绘。且云："春来遍是桃花，较秋冬绝胜。"谆约后游。金、沈二君，于酒罢，各自题诗于壁。

午后自寺左向西行，逾南木山而至谭仙岭。岭在南木、北木二山之间，为海盐诸山发脉处。其下即永安湖也。岭有城堡，堡长方形，有南北两门，为昔时戍守处。海盐与海宁，以此为交界。志称南唐仙人谭峭，字景升，炼药兹山，得道仙去，故以为名。由岭而下，循北湖之岸而行。此行却环绕南北湖一周，览尽湖山之胜矣。三时，回澉浦，为时尚早。小憩后，蔡君又导出东门观海塘，往返三里馀。游鹰窠顶者，若自嘉兴乘轮赴海盐，则可在海盐乘人力车，循海塘至澉浦。沿海风景，亦绝妙也。

十九日，晨八时，仍乘肩舆出西门，过用里堰，而至夹村，入海宁县境。十时抵袁花镇。十二时半，乘长途汽车赴海宁。袁花至海宁之汽车公司，属商办者。车既破旧，路又不平。车行前俯后仰，时时跃起，乘客极不安。可与前日所乘之永安小轮，后先竞美。我国商人组织公司，大率资本短少，办事苟简，只图目前近利，置旅客之生命于不顾，真可太息！汽车沿海塘而行，从车窗望钱塘江，午潮正汹涌拍岸。八月观潮亦不过如此。一时半，抵海宁站，汽车须二时后方开，乃至观潮亭前游步，潮虽退落而尚声震远近。江边有镇海塔，凡五层。又有铁牛，蹲伏塘上，亦为镇海之用。牛之前蹄，镌七言四句曰："维金克木蛟龙藏，维土制水龟蛇降。维犀作镇奠宁塘，安澜永庆报圣皇。"旁署"雍正庚戌年造"。二时登车，海宁至杭州之汽车公司，属于官办，车亦破旧，而道路较平，比袁花来时稍安矣。四时半，抵杭州，宿于湖滨旅馆。鹰窠顶之游，四日而毕。此后即游会稽，另文以记之。

会稽山水纪胜

民国十八年十一月，余偕金松岑、沈醉愚、周子美三君，自杭州渡钱塘江，至萧山县之西兴，复乘萧绍长途汽车至绍兴，寓城中新旅社。叶葵轩、曹吉人二人来招待，曹君且连日伴同游览，皆松岑之友也。会稽之兰亭，以春游为宜，今已秋末冬初，故未往。游踪所及者，为禹陵、曹山、吼山、宋六陵、柯岩。凡四日而游毕。分纪其胜景如下。

禹　陵

禹陵在绍兴县东南十三里，夏禹王巡狩至越，因病殂落，葬于会稽。俗称禹王庙。余等自城中雇人力车出会稽门，行十五里至焉。庙貌巍然，规模宏大，惜多倾圮，正殿之顶，已圮其太半，相传悬窆之处无可考。明嘉靖年间，闽人郑善夫考定在庙南数十步许。知府南大吉，遂立石，刻"大禹陵"三字，覆以亭，且构室焉。今此亭经后人修葺，尚完好。亭中有窆石竖立，为椭圆形，长可丈馀。石之两旁，各有一碑，左镌"禹穴"二字，右镌"石纽"二字。"禹穴"二字，相传为李白所书。"石纽"二字，篆法奇古，体似佝偻。观毕，雨已大至。遂至殿门前廊下啜茗，守庙之人皆姒姓，禹之后裔也。雨稍止，仍乘人力车回城。

曹　山

曹山，在县东南三十里。出绍兴东郭门，雇乌篷船而往。十里，过东湖之尧门山。山石如斧削，壁立湖畔，顶有老松特立，疏落有致。复行二十里，至舞阳桥，桥之两端各有庙，曰舞阳庙，俗因呼双庙桥。至此乃易小舟，荡桨入港。约里馀，抵曹山下，亦称曹家山。山小而极奇，为明人陶望龄读书处。有室三楹，中有楼，原名石篑山房，今为沈姓所有，颜曰畏庐。山口有水闸，闸不启不得入，乃由舟子通告沈姓，启闸摇舟而入，则见悬岩环于三面，其下积水成潭，曰放生池。池畔岩壁，镌"观鱼乐"三字。总称之为水石宕。绍人开山采石，以材料筑宫室坟墓，其开采别具匠心。凿石所留，或削如壁，或锐如峰，或挺如柱，或裂如门。岁久，风霜剥蚀，苔藓蔽之，藤萝绕之，蔚为奇景。尧门之峭削，水石宕之玲珑，皆人工所成也。池之南有一方石，突起水面，宽广可二丈馀，其东北乱石成梁，长十馀丈，跨于池上。梁下有二洞，舟从洞进，更见山岩下穿上突，岩角有石柱，斜伸入池，舟可绕过其下。沈氏之畏庐，依山临池，占尽胜境。余等舍舟登其堂，主人出外未归。图书满架，妇子嬉然，实世外桃源也。

吼　山

吼山即在曹山之东南，与曹山一河相隔。度桥步行，约里馀，即至。一名犬山，亦名犬亭山，又名狗山。《越绝书》谓勾践罢吴，畜犬猎南山白鹿，欲得之献吴王，卒不可得，故名犬山。其高为犬亭，今则总称旱石宕。盖对曹山之水石宕而言也。山下有烟萝洞，洞内峰峦环绕，奇石怪树，森然错列。前有池，池畔旧亦有陶氏书屋，今为王姓所居。曹山如世外桃源，此则竟是洞天福地矣！更进为万寂洞，就洞构小阁，曲折两层，中塑佛菩萨像，有优婆夷二人，居此净修。登阁远眺，青山碧树，罗列眼前，曹山已小如培塿。在烟萝洞外，固不知洞内尚有如此妙景也。出洞，折而西南行，约半里，至云石山。俗呼棋盘山。有大小石柱，四方峻削，高可数十丈，亦人工采伐所留，亭亭如云，故名云石。二石距离数十武。大石之顶，有二石横盖之，小者则横盖一石。大云石下有庵，曰云泉庵，高踞石根，颇得地势。游毕，仍返曹山。由小舟过大舟回城。吼山与曹山，本是一山，而曹山则为其附属耳。县志分为二山。今人则统称吼山，而曹山之名隐矣。

宋六陵

宋六陵者，南宋高宗、孝宗、光宗、宁宗、理宗、度宗之陵寝也。在县东南三十里之宝山，今名攒宫山。其地本泰宁寺故址。宋嘉定十七年，命吏部侍郎杨华为按行使，归奏泰宁寺之山，形势天设，吉气丰盈，遂诏迁寺，而以其地定卜焉。赴陵游览者，出绍城之五云门，乘船至尧门山下，更转向南行，至攒宫村登岸，有宋陵公所在此，雇兜子入山。修竹夹路，树木成荫，约行五里，即到陵地。荒烟蔓草，道弗不堪行。所谓六陵者，盖此指南渡后高、孝、光、宁、理、度六帝而言。实则尚有徽宗及三皇后之陵，共为十陵。殆因徽宗被掳于金，崩于五国城，金人送归梓宫，始葬于此，故不入六陵之数也。南陵皆南向，北陵除邢皇后陵外，皆北向。余等先至哲宗昭慈孟皇后陵，盖高宗之生母，随高宗南渡者。《宋史》绍兴元年四月，孟皇后崩，诏权宜择地攒殡，俟军事宁息，归葬园陵，此即攒宫之始。当时原拟军事定后北归，未尝以此地为永久之山陵也。孟后陵之南，为高宗之永思陵，其东为孝宗之永阜陵，又东为宁宗之永茂陵，高、孝、宁三陵并列。其南为光宗之永崇陵，以上为南五陵。除孝宗陵尚有享殿外，馀皆无之。折而北，至徽宗之永佑陵，又北为徽宗显仁韦皇后陵，折而南为高宗宪节邢皇后陵，韦、邢二后，均与徽宗同时被掳，邢后亦崩于五国城，韦后则随徽宗梓宫南还，崩于临安者也。又向北，地势较高，为理宗之永穆陵，北五陵惟理宗有享殿，殿有额"过去佛"，旁有联曰："五季风颓昌正学，卅年泽厚育真儒。"南宋诸帝，惟理宗提倡理学，治绩可观，故联语云然。其南为度宗之永绍陵。以上诸陵，苟无碑碣，则与野田荒冢，了无区别。徘徊凭吊，无限苍凉，反不若民间中产以上之坟山，犹见松柏成林，郁郁气佳之象也。

志称元至元二十一年，江南总摄西僧杨琏真加，与丞相桑哥，表里为奸恶，将发掘宋诸陵金宝。宋遗民山阴唐珏，货家具，得白金若干，乃为酒食，阴召诸恶少，谓之曰："尔辈皆宋人，吾不忍陵寝之暴露，已造石函，刻纪年一字为号，自思陵以下，欲随号收葬之。"众皆诺。夜往收贮遗骸，潜易以伪骨，取真者瘗之山阴天章寺前，六陵各为一函，每陵树冬青一枝为识。独理宗颅骨巨，恐易之事泄，不敢为伪骨。真加即发陵，筑白塔于钱塘，藉以骨，号曰镇南，而以理宗颅骨为饮器。明洪武二年，始下诏北平，索理宗颅，西僧某以献，瘗南门高座寺之西北。三年，遣使访历代帝王陵寝。浙江以绍兴宋诸陵图进，复命礼部尚书崔亮，奉敕以理宗颅骨归旧穴。据此段历史，明代恢复宋陵，初未知有唐珏潜易真骨之事，其归葬旧穴者，仅理宗之颅骨，而理宗之尸身，则尚混杂于伪骨中，在钱塘白塔下也。今白塔已不可考，而山阴天章寺前之真骨瘗埋处，亦不得而知。然则所谓宋六陵者，已名存而实亡矣。古今来帝王家以金宝埋穴中，无益于死者，而有慢藏诲盗之实，卒召骸骨分散，身首异处之祸，夫岂徒宋六陵而已哉！

柯 岩

柯岩在县东南三十五里，山皆石骨，亦人工采伐所成，其下有柯水。相传蔡邕经会稽高迁亭，见屋椽竹东第十六柯，可以为笛，取用之，有异声，此柯山之所以得名也。余等自绍兴趁长途汽车赴柯桥镇，雇飞沙船一艘，东行约四里，抵柯山村。登岸循小径曲折而上，先至柯岩东之普照寺。寺后有山石如圆柱，平地拔起，就石势凿大佛，高可五丈馀，庄严为金身，上建大雄宝殿。殿后凭山石，前建阁楼，高几与岩齐。殿左有屋三楹，颇整洁，其前空园，有石骨削立，下窄上阔，高出寺之正殿，上镌"云骨"二大字。正殿前有金刚殿，门左有钟楼。此寺依石佛建立，甚为奇特，俗呼"石佛寺"。循寺而西，即为柯岩，顶平下削，壁立千仞，上镌"柯岩"二大字。岩西有石窟，大可数楹，旧名烟霞洞，洞后石壁下有深潭，潭水清碧，广可五丈，横半之。依石窟之高下，建一庵，供北斗，故又名七星岩。庵前左壁有衡阳彭玉麟之画梅。其东有摩崖，为"一番风月千里烟云"八大字，径可尺馀，旁亦署"同治八年衡阳彭玉麟"。循石磴东上，有朗吟阁，亦依岩建筑，再自阁后登柯岩最高处，有石龛，曰文昌阁。自阁而下，至庵之西偏，有泉三面回环，约亩馀，曰放生池。池上建屋，曰柯岩耆社。社后有石亭，挺立池畔，曰自在亭。亭旁石壁，镌"小南海"三字。池后岩石深邃处，塑观音大士像，故又称观音岩。凡此岩石之奇特，不亚于浙之雁宕，均为人工筑成，亦足奇也。

　　绍人之凿山采石，其设计颇具美术思想，曹山、吼山、柯岩，皆其例也。其采伐方法如何，极应研究。适柯岩向西之龙头山，工人数百，正在开凿，砰轰之声，远震数里。急往观之，步入凿空之山洞，俯视洞底，已深至数十丈。四周凿成长方形，工人皆缘长梯而下，凿成之大石板，则以辘轳绞挽而上，此洞底若凿至泉眼，即深潭也。曹君吉人云："凡开凿一山，预订计划，若应开凿，若应留存。向高山开凿而上者，即在岩壁上规定尺寸，用巨铁钉钉入石隙，悬绳缒下，连以木板，工人持锥凿坐板上，凌空动荡，一荡即乘势一凿，循石理成方形，或长方形，然后用水灌入石隙，石即裂开，或横或直，成为板状，缒而下之。工人之能悬空开凿高山者，其技较优，工资亦钜，每日做工只数小时耳。开凿一部分，存留一部分，正如庭园中之布置假山，岩壑峰峦洞穴，可随人意，参差错落，成为奇境。以视吾乡之用炸药轰山，使山容顿变丑恶者，其巧拙迥不侔矣！"余等游柯岩毕，仍趁长途汽车回西兴。渡江返杭，一宿即回沪。

天童、育王两山纪游

天童山

天童山，在鄞县东南六十里，晋永康中，义兴禅师结茅于此。有童子来给薪水，久乃辞去，曰：吾太白星也，上帝迁侍左右，言讫不见，故又号太白山。清初为密云圆悟禅师有名之道场，敕赐天童宏德禅寺。至今临济宗之规模犹与西天目齐名。民国十九年四月，与舒新城、季融五二君，约同游天童兼及育王。二日午后二时，至太古码头，登新北京轮船。乘客拥挤不堪，余等设法得官舱一间，五时开行，三人任意杂谈，颇不寂寞。夜半有风浪。

三日阴雨。晨六时抵宁波，登岸，至功德林进素面。即雇人挑行李渡甬江，约行三里，至凌波内河汽船公司码头，购票登船。九时开行，十一时抵少白镇，计行四十五里，有天童中院僧人福修来接，遂至中院休息，进茶点并午餐。十二时一刻，余与融五乘肩舆行，新城因欲沿路摄影，独自在后步行，如马伏波之到处逗留，不久即与余等相隔。二里，过万松古迹，即万松关故址也。五里，至小白岭。岭上建有五佛塔，塔凡七级。五佛者，中央毗卢遮那佛，东方阿閦佛，南方宝生佛，西方阿弥陀佛，北方不空成就佛，乃密教中所奉之佛也。相传唐会昌时，有巨蟒为害地方。人民患之，后有禅师为蟒说法施食，蟒受食后，即驯伏不为患。因建五佛镇蟒塔，塔院亦归天童管理，修葺一新。登塔之上层，四望空旷，山峦回环，皆在足底。清风徐来，荡涤烦襟，夏日于此避暑，颇为适宜。自塔院下，仍乘舆行，十里至天童街，有太白庙，再前过伏虎亭，自此长松夹道，数里不尽，间以竹林，直抵古山门。额曰"太白名山"，即天童寺之麓也。再过景倩亭，额曰"松关积翠"。旁有八指头陀寄禅撰联云："万松密锁云中寺，六月寒生溪上衣。"一时三刻，抵天童寺。自少白镇至寺，计时十五里。天童至胜，全在前之松林，清阴满地，翠霭连云，游人至此，如在绿幕中行。而寺外东西二涧，汇流于清关桥，雨后奔流若吼，坐桥栏听之，不啻匡庐飞瀑也。故游天童者，以在寺外流连，为最得佳趣。

宏法禅寺，规模宏大，其前有万工池，方广半亩，池南有七塔，进寺门为天王殿，四天王像，伟大庄严。再进为大雄宝殿，后为法堂。法堂前有宏德泉，泉长方形，中央以石叠成小岛，曰"观音阁"。堂后为怀海祠，祠前左为楞严泉，右为体净泉，皆方形，最后为大鉴堂与罗汉堂。法堂之西，有藏经阁，两庑楼阁轩堂，不下数十间。余与融五观览一周，即回客房休息。新城至三时三刻，方携其摄影器，珊珊而至，据云："已得好风景二十馀片，成绩大佳。"余与融五各习太极拳一次。八时，即睡，预备明晨登山。

四日阴，有小雨。六时即起，七时半冒雨登山，由寺右西上里许，即玲珑岩。岩石下削上阔，势若凌空，名曰玲珑，称其实也。岩畔建一庵，曰玲珑窟。窟依岩开门，内为小方殿。殿中有石观音像，殿旁屋三楹，有老僧曰了尘者，安禅其中，日食一餐，终年不睡，见人亦不语，在此静修已十载矣。自玲珑岩上至观音阁，约二里，昔时路径崎岖，颇难登涉，民国十二年秋，吴兴周梦坡居士，以花甲寿辰，来天童作佛事，慨然斥资修筑。路成，名为甲寿径，游人便之。自径而上，先至磐陀石，石穹窿略作圆形，左右树木萧疏，大有云林画意。再上为悟心洞，旧名穿心洞。因其岩石嵌空，前后通光，故名。今易悟心，殆以旧名不雅也。再上为飞来峰，乱石叠成尖锥形，高不过二三丈，而峰势天成，故借名飞来。峰侧有密云悟祖发塔，自此扶铁栏而上，为观音洞。相传昔有观音大士，现身岩上，影映万工池中，故名。洞对面有拜经台。在台上俯视，四山环绕，天童全寺，一览在目。新城促我在台上拜经，融五立于侧，彼以摄影机摄之，亦至有意味也。志称玲珑岩东北绝壁间有二洞，曰观音洞，曰善财洞。今仅观音洞，修葺整齐，善财则荒废不堪矣。天童自玲珑岩至观音洞为全山胜景所在，故甲寿径亦至此而止。欲登玲珑岩之顶，则惟樵径可通，陡峻不易着足。且隔年落叶没径，经雨尤滑。惟不甚高，余等鼓勇造其巅，以测高器测其高度，得四百二十公尺。遥望太白峰。尚高耸云际，白云片片，出其左右，大风狂吹，雨势复盛。乃不克再上，取道山南而下，较登山时多行四五里，而路较平。十二时，回寺午膳。一时半，各乘肩舆出寺南行，绕南山谒密云悟祖塔。祖名圆悟，宜兴人，为中兴临济宗之大师。因天童古刹久废，慨然以兴复为己任，今为海内之大丛林，师之力也。塔院前有肃敬亭，从亭进数武，即至塔院。复自院折而西，过伏虎亭。仍循昨日来时原路，逾小白岭。三时抵中院，稍停即行。四时一刻，至育王寺。寺宏大不及天童，而富丽过之。惜天王殿新毁于火，闻损失二十万金云。知客远瞋，住持远行，招呼周至。安顿行李毕，三人同出寺外散步，回寺晚餐，十时即睡。

育王山

育王山在鄞县东五十里，其下有阿育王禅寺，晋义熙年间所建。梁武帝赐"阿育王寺"额。余于民国八年十一月，曾偕海盐徐君蔚如至，瞻拜舍利，故此次为重游也。昔阿育王以佛真身舍利，送于震旦，故寺亦因以为名。

四月五日，晨起早餐毕，由知客师导观全寺。寺前气象宏阔，松林环之。有小山横其前，名曰玉几。寺之大门，额曰"阿育王寺"。内山门额曰"东南佛国"。门西面有松，高下十数株，中有小松，以石栏围之，曰放光松。因其夜间曾放光，故有此名。然据志称，此松高仅丈馀，虬枝偃地，旁荫数亩，今则仅一疲弱之小松耳，疑非其旧也。门以内有井，曰妙喜泉。天王殿前有大方池，曰莲池。池四围石栏，栏之内，南面镌"鱼乐国"三字，北面镌"阿耨达池"四篆字。天王殿既毁，一片瓦砾。工匠数十，正从事搬运。焚馀之梁柱，横卧地面，皆合抱之巨材，可想见建筑之壮丽。幸大雄宝殿，未遭殃及。大殿后为舍利殿，殿凡两层，其上皆覆黄琉璃，金碧丹艧，备极庄严。中供舍利金塔，塔下方上锐，高一尺四寸，广七寸，基四方形，上有露盘五层，其中悬小金磬，覆如盖，径可寸许，舍利缀于磬下，圆转不定。是时礼拜舍利之人甚多，日本人亦多远道来此者。其仪式，先在殿上礼拜，再至后庭中，二人一组，一在东，一在西，皆跪于蒲团上，合掌恭敬。有一僧人捧塔至各人面前，以次传观，观者自塔之下层直棱中，向上仰视，各人所见不同，亦有不能见者。余先见金磬，后见舍利，为透明玫瑰红色，大如宝石。新城则先见黑色，次变黄色，后变红色。融五反覆仰观多次，终不能见，即如余于八年来谒时所见者，形如大豆，上狭长而下圆，略如茄，色如翡翠，上部深绿，下部淡而有光，与今所见亦不同，诚不可思议也！舍利殿后有母乳泉，泉方形，其水乳白色。再后为藏经楼，楼系新建，髹漆光可鉴人。上贮龙藏，楼后有供奉泉。泉为方形，以石栏之，唐肃宗时，内供奉范子璘，为母至寺礼塔，因凿此泉，故名。寺后山上有两大

214

石并峙，相传葛仙翁曾在石上书"才翁"二字，故名仙书岩。

由寺西登土山，有一石，高不过五尺，突出于土山之顶，曰飞来岩。全山皆土，此石忽然特立，故名飞来。再迤逦而上，至上塔，塔建于六朝刘宋时，高七级，代有兴修，今已颓废。其基当鄮山之麓，志称"登其巅，可以望海"云。测其地，高仅百尺。塔下有佛迹石，两石相并，上镌"佛迹"二字。右石上有洼处，相传为迦叶佛之左足迹。石畔建方亭，曰佛迹亭，中供迦叶佛像。自亭而下，得一泉，泠泠有声，汇而为池，曰"泠泉"。寺西五十步，尚有一塔，高亦七级，为唐明皇所建，今称下塔，亦已荒废。

十一时回寺午膳，与僧作别。步行二里馀，至宝幢，登鄮溪公司汽船。十二时一刻开行，二时到宁波。登陆，渡甬江，至海轮码头。融五因尚须赴雪窦及普陀，至此分别。余与新城登太古公司盛京轮，一夕而抵沪。此次同游三人，融五有太极拳癖，无时无地，皆扬手作势。新城有摄影癖，遇好风景即流连忘返。融五见新城摄影时久，恒不耐而他去，或坐山顶，或徘徊松林间。新城见融五习拳，亦恒顾而之他。余则遇融五习拳时，则随之习拳，遇新城摄影时，亦携摄影器，与之俱摄。于二者虽不成癖，乃兼而有之，三人相与闲谈，恒引以为笑乐焉。

八堡观潮记

民国五年，沪杭路初开观潮车时，余即赴海宁观潮。迨时沿江支搭临时草棚，设备极简。潮头之来，平直如线，高不过三尺馀。约五分钟，即拍案而退，观者多不餍所欲。余于是十馀年来，未尝动观潮之兴。去年十月，海宁县东十馀里八堡地方，洪潮冲毁塘岸，淹没田庐，省政府赶派工役抢修，于是世人皆知彼地之潮，大于海宁。中国旅行社乃发起八堡观潮，号召游客。余亦遂有第二次观潮之举。友人汤君爱理，约余同游。且云："吾曹平日困于笔墨，脑筋过劳，当此秋色晴朗，正可往西湖盘桓数天，不必乘观潮车，过于迫促，古人所谓莫放春秋佳日过，此语深有味也！"余曰："然。"决计以民国十九年十月八日动身，又恐游客众多，杭州旅馆无隙地。先一日，驰书陆君步青，托为预定旅馆。

十月八日，午后赴北火车站，登沪杭特别通车。果然乘客拥挤，幸好余到早，占得座位。汤君以三时半来，已无座矣。五十分开行，一路谈天，并览窗外秋色，尘襟为之一涤。九时三刻，抵杭州。陆君步青，已在站迎接。据云："湖上旅馆皆告客满，幸湖滨旅馆有熟人，与之再三磋商，始让出一房间。"遂共乘汽车抵湖滨。安置行李毕，至湖滨公园散步。是夜月明如镜，因岸上电灯繁密，侵夺月光，不能十分畅玩。爱理乃提议泛舟，步青以时晏先别去。余与爱理共乘小艇入湖中，时已十一时，湖中寂静，仅有我等一叶扁舟。荡入深处，愈近湖心，月光愈朗，直至三潭印月，而月光分外皎洁，乃为生平所罕见！盖余虽屡至西湖，而深夜泛舟玩月，乃第一次，真有"人生能几回"之感，于是命舟子停桨，徘徊久之，徐徐荡桨而返。抵岸，已十二时。腹中觉饥，遂至市楼啜粥，始返旅馆。余向来十时即睡，若此次之爱月眠迟，亦一年中仅有者也。

九日，晨起，闻今日潮信最大，本拟往观，而杭埠汽车，已悉为旅行社包去。步青向公路局预定之车，须明日方有，好在先与爱理，本拟在西湖休息尘劳，乃决定游湖。九时雇一小艇，任其所之。先入里湖，登岸，至新新旅馆进早餐。餐毕，闲步至岳坟，吊苏小与秋瑾之墓。复泛舟，游郭庄、刘庄。湖上风景，余等固已烂熟，不过兴之所至，偶尔登陟，意固不在游览也。午后二时登岸，至功德林素餐，餐后回旅馆假寐。四时复泛舟，至湖心亭。后至中山公园，已暮色苍茫，炊烟四起，遂棹舟而返，仍至功德林晚餐。归后及早安睡。

十日，晨起，与爱理至湖边散步。九时半，陆君步青与其夫人携子女以汽车来迎接余等，遂共乘之。出清泰门，行一时半，过海宁城而达八堡。计自杭州至此，凡行五十四公里，合普通里数为一百零八里。此时正为十二时三十分，潮尚未至，而观者已麇集江岸。余等至茶棚小息，徐步海塘边，观新修之石塘，作凹字穹形，盖所以减潮之冲激力也。此塘今年七月十三日竣工，省政府立石以为纪念，名溪伊斜坡石塘。溪伊殆原来之村名，又呼大盘头，今云八堡，乃自杭州起点，划分沿海区域，至此乃第八段也。十二时三刻，遥望水天相接处，有白练一条高起，轰轰之声，远震十馀里，乡人呼曰：潮来矣！未几，潮益近，轰声益高，恍若军队，列成长蛇阵，步伐整齐，滚滚而前，向石塘进攻。潮头之高，可及丈馀，是曰南潮。南潮未拍岸时，遥望东面，又突起一潮，恰如一纵队，挺近直前，与南潮正交作丁字形。两潮相激，潮益高，声益大。既而南潮先横拍石塘，水石相击，浪花四溅，江面全皱，白沫横飞，余立近塘边，襟袂为湿。斯时东潮直捣南潮后方，高二丈馀，忽起忽伏，宛似骑兵千馀，向前冲锋，斜掠石塘。巨浪越过塘角，立于此地之观众，几逃避不及。如此两潮起伏，攻扑塘岸，不下十数次，为时可十馀分钟。较诸海宁仅堪一瞥者，盖远过之矣。观毕，仍乘汽车而返。抵海宁，已午后一时。乃下车游中山公园，复至潮神庙。庙建筑宏丽，柱皆白石琢成，刻画工细。屋面盖黄瓦碧琉璃，想见当年盛况，惜今多颓废矣！陆君邀至市楼午餐。途遇王伯沆、钟钟山二君，渠等先一日宿海宁，仅观海宁潮，余告以八堡东、南二潮胜况，伯沆叹曰："我等错过矣！"餐毕，驱车返。游客汽车衔接，不下百辆。乡民立于道旁聚观，窃笑曰："彼辈何太痴！此潮乃日日来，有何足观？"噫！我辈观潮，乡民观人，彼此相较，同是一痴，世间之事，大抵习见则不鲜，少见则多怪而已！四时，抵湖滨旅馆，爱理下车，余则至陆君寓中闲谈。其寓临湖，为贝氏别庄，楼阁玲珑，前有大树，并桂花十馀株，馀香满室，尚未凋谢。余在回廊倚榻面湖，逍遥自乐。六时归旅馆。今日庆祝双十节，有各机关之提灯会，沿湖游行，鼓乐张灯而过。而湖中则以数十小艇，张挂红绿灯，衔尾游行，远望之，蜿蜒如火龙，煞是热闹！是夕，陆君伉俪，宴余于功德林。

十一日，晨起，复与爱理步行湖边。绕至苏堤，领略晓景。九时半雇汽车赴城站，乘特别通车回沪。近来游山伴侣，日渐其少，余又不如往昔之年少气盛，能一人掉臂入山。兼以四方不静，故恒不克远游。此行往来四日，皆遇畅晴，天气之佳，为历来旅行所未遇。虽小小游踪，亦有足记者矣。

超山探梅记

　　出杭州清泰门东北行六十馀里，有地名唐栖，其山曰超山，以梅花著名。早春花开，游人众多，且有宋时古梅，尤为名山生色。友人之曾往蹦屣者，则批评不一，或谓与邓尉亦可相仿，或谓梅花之多，不如邓尉，宋梅尤消瘦堪怜，并不足观，且真假不可知，可不必往。余曰：否否。超山之宋梅，吾人固不能就梅之本身，遽下批评，当先考其历史，则寻梅吊古，趣味幽深，鸟可以考证眼光，断其真假，遂谓不足观耶！在元代至元二十一年，西僧杨琏真加，与丞相桑哥，表里为奸，谋发掘会稽宋六陵金宝。有义民唐珏者，毁家财，夜率侠客，潜往启陵寝，取宋代诸帝骸骨，另以石函贮之，瘗于山阴天章寺前，每陵各植冬青一株以为识。事毕，则归隐于超山，又手植梅花，以寄高致，此唐栖之地名，及宋梅之由来也。余于年年春初，辄动游兴，或因事，或无伴，卒未果！民国二十年三月之初，始偕吴江金君松岑，及其族弟仲禹往游焉。钟君钟山、邵君潭秋，在杭招待。先一夕抵杭。次晨，共乘公用局汽车前往，行一时半，抵山西村下车，乘藤舆进山，一路已见梅林。半里，至报慈寺。寺之前进，即古时所称香海楼也。楼外梅花数百本，均已盛开，清香阵阵，沁人心脾。楼之右则所谓宋梅者在焉。虬干斜倚，分而为二，支以湖石，一上张如伞盖，一蟠屈至地而复起，皮皱若鳞，苔纹斑剥，作深青色，真可谓古色古香，耐人寻味者矣！宋梅围以石栏，其四周之梅树，如环如拱，相传皆明产也。近有吴兴周梦坡，构亭于香海楼之左，曰宋梅亭。且请安吉吴昌硕，图宋梅之形，复为之记，并镌于石，竖之香海楼中，亦韵事也。余等流连久之，在寺午餐。住持正法云："超山百里之内，皆种梅树，迩来海上制造之陈皮梅，行销外洋，为大宗出品，原料多取给于此。每岁出产有四五十万金，故土人多有将桑田改为梅田者。"犹忆十馀年前，游苏之邓尉，讶其梅花之少，名不副实。询其原因，乃系农人以种梅利薄，改种桑树，致使山容丑陋异常，令人扫兴。今超山则反是，非邓尉之人俗，超山之人雅，盖亦时代变迁，商业经济之影响也！餐毕，乘藤舆出寺，由寺左登山，磴道曲折，行于森林之中。林多松杉，间以杨梅、枇杷，倘夏日果熟时来此，满山红黄累累，当有可观！长松之隙，遥见半山梅花，如雪如雾，恍如缟衣仙人，隐约招客然！行一里，至妙喜寺，俗名中圣殿。寺倚山建筑，重楼叠阁，愈上愈高。对面有泉，水深碧色，清澈见底，寺僧建亭于其上，名也冷亭。从亭后再登山，数十步，有新建方亭，据半山之胜，尚未题额。自亭北俯视，有小山，名马鞍。唐义民珏之墓在焉。山下红墙隐现，即中普陀寺也。自亭西俯视，见一小湖，曰丁山湖。再登山，约一里，至玉喜寺，俗名上圣殿。殿前怪石嶙峋，色皆黝黑，而作大斧劈形。有大石十数挺立，天然成为二门。故寺额又镌"头天门"三字。余等不入寺门，自其侧乱石中，寻小径升山顶，一探怪石之胜。愈上则石愈多，或蹲或立，或上耸，或倒垂。至顶则磊磊骈列，如待客者，俗呼此为八仙石云。遂由寺之后门下山，出天门，逾超山中峰南行。五里，至乾元观。观后之海云洞，为超山胜处。急往探之，洞有二，其下为水洞，其上为旱洞。游者先经水洞，则洞壁穿然，石色似铁，镌"卧龙渊"三字。渊水空澄，可鉴须眉。架石桥以通之，自桥而上，历石级三十馀，即至旱洞。洞深而黑，中供龙王，故俗称龙洞。洞中甚暖，游者须解衣，否则不耐。据云：其上更深广，但无级可升，又无火炬，秉烛照之，光不莹彻，莫能穷其究竟。洞底水声汹涌，奔流而下，即汇为水洞者。自洞出，啜茗于卧龙渊上。此洞开辟于唐五代时，宋赵清献公重建之。今所镌"海云洞"三字，为清献手笔。惜俗僧不解事，以此地为炊所。名贤遗迹，几埋没不可见矣！明嘉靖间，有布政司丁松坡，亦重修是洞。其子西轩，乃就观旁另辟石洞，镌其父石像于中，旁有二侍，额曰"丁松坡"。更在洞旁石壁镌碣，有记事及题咏，惜多磨灭，不可卒读。西轩殁后，亦于其旁辟一洞，镌石像，额曰"西轩丁公"。自卧龙渊迤逦至丁公洞，尚有镜心池、摸石池、濯缨泉诸胜。此时水小，皆干涸见底，当于大雨后观之。出乾元观南行，五里，至亭里村。是村周围十里之内，均是梅花，行于香海之中，至此方得尽寻梅之兴。而种梅人家，妇孺嬉嬉，怡然自乐，即鸡犬亦有闲适之意，梅村亦不啻桃源也！薄暮，驱车至临平，在市楼晚餐。餐毕，乘火车返杭州。超山之游，自山北至山南，计一日而毕，兹山之胜，当以梅、石、洞三者并称。宋梅有历史之价值，固勿论。而山南之梅花，尤多于山北，谓为不如邓尉，是龇言也。是故不至玉喜寺，不得见怪石之奇丽；不至乾元观，不能探龙洞之幽胜；不至亭里，不足展梅花之大观。余对于超山之感想如此，后之游者，或勿河汉斯言欤！

黄山修治道路记

　　戊辰年秋，余与老友袁观澜等，溯扬子江，自大通登陆，道九华入黄山。后沿新安江下钱塘，登严子陵钓台而归。黄山跨皖南旧徽、宁两府地，周围数百十里，峰峦岩壑之奇，几难以笔墨形容！明末徐霞客遍历海内名山，亦曰"黄山天下无"，吾观止矣！可见兹山之胜也。顾以道路崎岖，游人登陟，备极困瘁，往往闻而却步。距今六七年间，始有某君募款兴修慈光寺以上石路，而达文殊院计十五里。而吴江金君松岑，宜兴储君南强，亦倡修狮子林至平天矼，计五里，是为黄山修路之最先者。但两路东西不相接，自文殊院以西，经大小阎王壁至莲花沟，达于天海，约六七里，两崖陡绝，下临深谷，最为奇险，尚未兴修，而又为山南至山北必经之路，游者无可避免，余等既有感山水之奇，复怵乎登临之险，于归途中，遂有募捐修路之议。观澜特为锐进，返沪以后，邀集诸友，开会提倡，奔走数月，劳倦不辞，刊印捐册，分头劝募，推举汪君宗道担任出纳。会武汉兵事起，商业滞疲，募得之款，未能达预定之数，乃函邀太平陈君少峰，慈光寺脱尘和尚来沪，商定施工先后次序。第一步先补修阎王壁、莲花沟以达鳌鱼洞，第二步修狮子峰至丞相源，第三步修天都峰自麓至巅之磴道。议既定，少峰即还山兴工，惨淡经营，凡估价雇工运料等事，悉少峰与脱尘任之，计五月而第一步工毕。原议三步工程，未将莲花峰之磴道，规画在内，盖因款绌，且莲花峰遂险，尚有羊肠可通，腰脚健者，犹可鼓勇而上，非若天都之不可阶也。而汪君宗道，以莲花沟既修而不及莲花峰，未免缺憾！乃慨然独任。于庚午之冬，自捐二千金，畀少峰在山兴工，逾半年而工成。从此峻绝之莲花峰，可以拾级而登。而自山南达山北者，亦有坦途可循环。后之游者，可无昔日行不得之叹矣。少峰驰书抵余，谓路事既告一段落，不可无文以记，属余任之。窃念兹事之发起，观澜最为热心，且云工成，当亲自撰文，记其崖略。今第一步工程甫毕，而观澜已归道山，人事不常，曷胜浩叹！观澜既殁，恐第二三步工程，告成非易，是则吾侪之责也！是役也，观澜号召之力最多，而筹划款项，复自斥钜资者，则汪君宗道也。亲自督工计日观成者，则陈君少峰及脱尘和尚也。微此数公者，则路事必不能举，例得特书！若余者，则惟追随数公之后，徒效笔舌之劳，盖不胜惭愧者矣。凡捐款诸君姓氏，另行详列，谨撰斯文，泐之贞珉，竖之莲花峰下，俾游人过此者，有所观感焉。民国二十年辛未六月记。

雪窦纪游

　　四明山水，以雪窦称第一。山在奉化县西北五十里，其脉自天台山来，迂回曲折，至奉化而奇峰突起，群山环抱，极擅胜景！余屡拟往游，去春，金君松岑，有约而未来，以沪甬海轮，一夕可达，乃决计独往。二十年十月二十三日，临行，汪君仲长，忽来加入。余以有伴不寂寞，颇为欣喜。午后三时，先赴太古码头，登新北京轮船，为汪君预留一舱位。四时，汪君匆匆赶至。五时开行，二人在船，随意谈天，汪君虽与余在光华大学共事有年，而畅谈机会，则始于今夕也。

　　二十四日，晨六时到宁波。余等盥洗毕，进早茶，即登岸。乘人力车，至南门宁波公路局汽车站。无意中遇王君仙华，渠亦赴雪窦者。斯时汽车尚未开，而乘客特多。仙华倡议，合雇一小汽车，可以先行，余等赞同之，遂雇定一车。于一小时中，行四十公里，抵入山亭。公用汽车，至溪口站为止，由溪口至入山亭，例须换车，余等自雇之车，可以径达。方车抵溪口，已升山麓。沿途峰峦耸秀，久居尘市之人，到此胸襟顿爽！入山亭者，乃入山之要道也。八时，分乘藤轿登山，五里寒华亭，又五里慈心亭，又三里御书亭。亭有石刻"应梦名山"四大字。相传宋仁宗尝梦至此山，故书此四字赐之。又里馀，至青锁亭。亭筑于关山桥上，即昔时之锦镜桥。桥正对雪窦山之资圣寺。东西二涧，绕寺合流。过此桥下，名瀑布泉。泉喧轰于乱石间，至千丈岩之缺口，直泻而下，即著名之千丈岩瀑布也。余等以为时尚早，乃未入寺，先往观瀑。过桥南行，斜上数十武，为飞雪亭。亭在千丈岩之上，新用水泥建筑。其东正对瀑布，凭栏俯视，瀑自岩隙奔流倾泻，上部为三节，至中部，岩腹有石，突兀横出，将瀑分为三支，洒若飞雪，此亭所以得名也。出亭向南，绕而上，为妙高台，亦名天柱峰。峰顶平如台，高出众山之上，故名。以测高器测之，得三百二十公尺。资圣寺建于明崇祯之末，毁于山寇胡乘龙。至清顺治年间，有石奇禅师讳通云者，重兴之。禅师圆寂，建塔于天柱峰。今则蒋介石建一别墅于此，洋式楼阁焕然一新。台之西坡，有两亭，一高一下，亦用水泥建筑。僧人恒宗居此，招待游客甚殷勤。余等在此稍息啜茗，因询恒宗以隐潭之胜。恒宗云："隐潭山离雪窦不过五里，今日若先到上潭，再回资圣寺午餐，为时尚从容也。"余等出妙高台，步行赴隐潭山。向西斜上，过唐家坡，测其高四百二十公尺。行五里，抵隐潭山，山在雪窦之西，有东西二岙之涧水，汇流而下，迤逦成上中下三潭。下潭之水，至镇下亭，与千丈岩之瀑水合，名为剡溪。东流溪口镇，而其流益大。东岙与西岙相对，有双峰，壁立峻削，两岙之水，从峰间下泻为瀑。自其旁历石磴而下，十馀盘至涧底，仰见悬瀑，是为上潭。潭上有龙王庙，为旧时祈雨之所，故亦称龙潭。观玩久之，时已向午，不及至中下潭，拟明日往探，即折回，循山径向东南行。五里，过偃盖亭，而至雪窦山之资圣寺。寺僧云："昨日奉化县知事章君畴（骏）在此等候，竟日，而去。"盖余临行前，以一人独游，恐人地生疏，曾函告章君。章君计算日期，相差一日也。余等在寺午餐。餐毕，王君仙华先回宁波，王君自云："先来探视山中景状，如行路无艰难，当偕夫人再来，故来去匆匆，意不在山云！"

资圣寺历史甚古。据志云：晋时有尼，结庐山顶，名瀑布院。唐会昌元年始移建于山窝，后为贼所毁。咸通八年，重建，改瀑布观音禅院。景福元年，常通禅师住持此寺，遂成十方丛林。宋淳化三年，建藏经阁。真宗咸平二年，改今名。云门宗重显（谥明觉）禅师，于此建立道场，大畅宗风。厥后屡毁屡兴，直至清初，石奇禅师，又复重兴，则由云门宗而改为曹洞宗矣。寺门有"四明第一山"竖额。入门为金刚殿，再进为大雄宝殿，后为藏经阁。余等即居于阁下。寺址虽在山窝，尚高三百公尺，其后正倚乳峰。东则杪罗、东翠诸峰，西则屏峰诸山，其前豁为平畴，直对关山桥。东西两涧绕之，汇于寺西之伏龙桥，折入关山桥下而为瀑布泉。余告汪君："千丈岩瀑布之上源，即在寺前关山桥，盍往观之？"

汪君欣然！乃于午后三时出寺，自关山桥沿涧而下，履乱石渡水，直逼千丈岩之缺口。俯而观之，方知涧水汇流于石上，至岩缺乃一泻而下，成巨大之瀑布也。闻每岁中，恒有到此舍身者。数日之前，曾有人自岩投下而死云。余于名山胜处，最喜流连，仲长亦然，遂各择一石坐久之，尽情欣赏，至夕阳将下，方回寺休息。是夜，月色甚明，晚膳后，与仲长在庭中玩月，明镜当空，天净无云。寂寂深山，偶闻犬吠，此景此情，何可多得！忆曩年八堡观潮，夜半在西湖泛月时，正各极其妙也。今日步行不过十馀里，仲长欲观余之太极拳，乃于睡前练习一遍。

二十五日，晨五时起。七时，进早膳。仲长健步，不喜乘轿，与余有同情。今日决计游千丈岩脚，观瀑布之下部。再绕岩行，以探下潭、中潭之胜。正拟觅引路者，而资圣寺之僧人，皆未到过隐潭，不识路径。适恒宗至，遂邀之同行。于八时出寺，从御书亭左之百步阶曲折南下。五里，至千丈岩之麓。仰视飞瀑，比昨日在飞雪亭对面所见者，更觉壮快！瀑上部较小，中部为岩腹横出之石所阻，分作三支后，其势力乃大，自上至下，折成七八叠，白沫飞洒，溅及襟袖。其下汇为深潭，潭水碧色，奔流于乱石间，成一溪，即南流与下潭之水，汇于镇下亭者也。有新筑石桥，跨于溪上，名仰止桥。桥畔更筑二层长方平台，以水泥为之。据僧云："本年夏雨时，瀑布面积，较现在数十倍，故新筑平台，其栏为水冲毁，仅馀敧斜之铁筋而已！"余等坐仰止桥畔，恣意纵观。昨既观瀑之上源，又在飞雪亭观瀑之远景，今又仰观瀑之近景，且探其深潭，瀑之来源去路，尽在目中。凡游雪窦观瀑布者，不到仰止桥，固不能尽其胜也。于是自千丈岩缘溪而行，履乱石渡至对岸，有石立于路隅，镌"乐不"二字，大叫径尺，游者至此，云胡不乐！此二字深有意味也！右望千丈岩，周遭如石城。其西有石笋离立，高与岩齐者，名石笋峰。再西行，至溪水与下探之水合流处，又履石渡溪，折西北登隐潭山。磴道盘曲，约行七里，始抵下潭。潭水广可半亩，悬崖覆之，若夏屋然。仰见一线天光，不睹云日，瀑水从旁注潭中，蜿蜒如白虹。再上里馀，得中潭。其瀑亦自岩端冲激直下，约十丈馀，声震数里，其下亦汇成深潭，瀑水大时，游人不能近。今水小，故可攀登对面石上观之。再上二里，即上潭。以昨日曾到过，即不去。统观三潭，当以中潭为绝胜，可与千丈岩瀑布媲美！千丈之瀑，长而曲折，中潭之瀑，短而雄直，可谓各擅胜场！余来游时，以雪窦为小山，初不措意，今晨出门，未携干粮及热水瓶，至此日已正午，又因行路多，汗透重衣，饥而且渴，屈计回寺午膳，决来不及，乃嘱恒宗先从上隐潭回妙高台，备面食，遣人送至仰止桥畔以待。余等仍遵原路而回，口渴甚，则与仲长手掬溪流饮之，甘冽异常。固然渴者易为饮，而泉味则诚美也。复至千丈岩下。遥见妙高台侍者，已携盒先在。余与仲长席地坐，一面观瀑一面啜茗进面，告仲长曰："好景难再，不妨多留，我等可大啖，以当午餐。不必回寺。"仲长然之。斯时日昃向西，阳光正照瀑上，飞沫折光，五色斑斓，矫如垂虹，仿佛雁荡之大龙湫，美哉叹观止矣！从岩脚西上妙高台，有新筑磴道，极其陡峻，盘曲而上，每数十步，辄有石凳，可以息足。余等徐徐拾级以登，且行且回头，不忍遽去。此悬空之长虹，亦复移步换形，变幻不定，似向客呈其媚态者。五里，至妙高台，恒宗出迎曰："今日往返，计有三十馀里，登山下山两次，不觉疲耶？"余等笑曰："否否，馀勇尚可贾也！"于是啜茗清谈，至午后三时，方别恒宗而回。仍至关山桥下，千丈岩瀑布发源处，作石上静观。四时半，方回雪窦晚餐。今夕月色仍佳，颇有爱月眠迟之意！

二十六日，晨五时起，习太极拳。七时，乘藤舆出寺，向东行。八时，至入山亭。九时，到溪口，访武岭学校王伯龙（家骧）校长。本拟稍息即登汽车，而王君坚留午膳，情不可却。以时间有馀，由汪君领导参观全校，并及医院农场，是校规模宏大，农场亦有七十馀亩云。午后一时，赴汽车站，则乘客拥挤，已停止售票。因须赶至宁波趁轮船，不能久待，仍雇小包车而行，与王君殷殷话别。二时抵宁波，乘人力车到三北公司，购票登船，二十七日晨返沪。

此行往返四日，入山游程，亦未预定。后之游者，可不必依余之路线。应先到雪窦寺，以第一日游千丈岩、妙高台。第二日游隐潭，探三潭之胜。如事忙者，更可缩短日期，乘轿出游，以半日游千丈、妙高，半日游隐潭，在寺中一宿即返。则沪甬往来，不过两日三夜，时间极经济也。

西岳华山纪游

　　余于五岳，历游泰岱、衡岳、恒山，而尚未至嵩、华。五岳中尤以华山为最奇，梦想多年。近陇海路已通至潼关，赴华岳者较昔为便，乃拟乘暑假之暇出游。旧侣金君松岑以畏暑不肯行，则于二十一年八月初旬，往谋于张君伯岸，适伯岸早动游华之兴，已定于十三日，随科学社诸君西行。余又以时促不克相偕，乃与伯岸约在山中待我，决计一人独往。行有日矣，忽得美术家俞剑华、徐培基师生作伴，乃欣喜过望。未几，伯岸有电来约皓日在山中相待，乃与俞、徐二君约定八月二十日动身。余自来游山，与美术家同行，尚为第一次。此次旅途之多变化，正与美术家之腕底烟云相似，而张伯岸之忽离忽合，穿插其间，尤觉趣味横生，不可不记也。先是老友高君梦旦，以余有太华之行，曾函嘱陇海铁路工程师洪君光昆照料。洪君覆函，则云已嘱潼西工程局曾君仲罢，届时派一熟悉山路之干役陪同进山云云。

十时一刻，赴车站，俞、徐二君已先至。遂于十一时共乘夜快车启行，在车中坐以待旦，幸天热夜凉，反觉爽快。

二十一日晴。晨八时抵南京下关，余甥章阜春已在站迎接。命仆料理行李渡江，余等则空身先渡。至浦口，即登津浦车，八时开行。江北荒旱，弥望皆萧索景象。在车中翻阅《华山志》。午后九时，抵徐州。区党部陈君尧阶，先得阜春信知照，为余等招呼，甚为殷勤，导往市街闲步，归至党部候车。既而探悉晚间开行之寻常快车，只到洛阳。遂决定明晨改乘特别快车行，往江北饭店住宿。

二十二日晴。晨八时，乘陇海特别车行，陇海二等卧车，设备完美，电扇、电铃俱全，坐褥尤为舒适，较诸京沪、津浦远胜。而开行时间之准确，亦为他处所不及。余在民国七年赴豫，曾乘陇海车，则简陋为诸路最，今则后来居上矣。在车中卧观王君峰山之《陕西旅行记》。过郑州后，弥望皆黄土层。人民穴居，高下若蜂窝。抵洛阳而天黑。陇海之艰巨工程，在洛阳与陕州之间。高山深谷交错，铁路筑于绝壁之间，铁桥与隧道，互相联络，隧道有长至七里者，惜在夜间，均不得见。但闻车行谷中，颠动之度较大，经过铁桥，轮声亦格外震撼，令人不能睡耳。

八月二十三日晴。六时五十分到陕州，即换慢车赴潼关。八时开行，车过灵宝，行经隧道凡五，第一即函谷关，第二较长。此五隧道均在灵宝与常家湾两站间。慢车设备简单，无电灯，凡过隧道，客人坐漆黑中，有眼不能见物。自陕州以西，铁道与黄河并行，举首窗外，即见混浊之黄流，风帆点缀于其间。过高碑站后，又有五隧道：二道在高碑与盘头镇之间，一道在盘头镇与文底镇之间，最后二道较长，车过有三分钟之久，在七里村与潼关之间。午后二时到潼关。道上黄土，深可没踝，风起飞扬，几对面不能见人。余等分乘人力车，至西门内中国饭店住宿。拂拭衣尘，洗脸漱口。午膳后，休息。三时往大悲寺陇海铁路潼西工程局访曾君仲罢，问进华山路径。曾君允派一到过华山之测地夫，引导前往，局中周作民、赵祖庚二君，亦出而招待，余等甚为感谢。稍坐别出，赴大同园洗浴。浴罢假卧，红日西斜，遂信步登潼关。在关城之东黄土层高处，俯视黄河，远眺落日，暮景之佳，得未曾有！剑华于片刻之间，已写得潼关落日图一帧。遂从小径而下，讵知黄土非常光滑，无着足处，遂臀足并用，坐而蹀下，甚为可笑。降至潼关西门，乃得大道，天已昏黑，满街灯火。回饭店，已七时后。知曾、周、赵三君已来过。进晚膳时，三君又来。谈及汽车开行无定时，客又拥挤，遂决于明晨坐人力车赴华阴。曾君所派干役名长舆，约明晨五时前来，谈毕，曾君等别去，遂就寝。

八月二十四晴。晨六时起，盥洗毕，结束行装，长舆亦至。嘱其出外雇车四辆，自潼关赴华阴，正待车时，俞君徘徊于旅馆门外，忽见门侧黏有张君伯岸留字，嘱余至华岳庙兵工厂军械库主任郭君闰生处问讯，料张君或尚在山也。七时，分乘人力车出西门，径行直通西安之大道。九时，过关西夫子杨震墓门，其地为华阴县之钓桥镇。九时半，泉店街。到此，华山已在望，峰峦绵亘，西自秦岭山脉而来，中间忽裂为大谷，两峡之间，一径可上。其顶五峰攒簇似莲，故名华山。十一时，抵华岳庙。自潼关至此，三十五里。余等至岳庙大街新春楼午膳，遣人持片至兵工厂请郭君。未几郭来谈，一见如旧相识，并为余等作东道。方知伯岸已先一日进山。潼关旅馆门侧之留字，乃郭君遣人往贴者也。膳毕，同至兵工厂，将较重之行李，留存厂中，仍乘原车进山，郭君戎装乘马导行。一时半，过华阴县西门。城系土筑，规模狭小，不如岳庙大街之繁盛。郭君谓玉泉院现在驻兵，不能容旅客，乃至院东之仙姑观，则亦满驻兵队。观中道人崔法森，谓今日可赶至青柯坪住宿，遂托渠雇夫役二人，肩行李。余等步行登山。三时一刻，由玉泉院东南而上。华山自麓至顶，只此一路，名为谷口，志称张超谷是也。两峡对峙，崇崖层叠，中有大涧，山路依涧曲折而行，乱石碍途，水激石隙，声大且远。或履涧石自左而右，或复自右而左。未数里，涧中有巨石矗立，高约三丈，形似鱼，镌"鱼石"二大字。旁注清光绪十年六月，山中发大水，为水冲激至此。四时，过王猛台。相传王景略曾屯兵于此。上有校将台，今则不存，仅在岩石上镌此三字而已。五里，抵第一关。关后有焦仙洞，前有三教堂，自谷口至此五里，故亦名五里关。关以上百馀步，路少平，名桃林坪。昔有桃林，今皆斩伐，一株俱无。坪上有慈仁洞。又四里，希夷峡。峡在隔涧对面石壁上，可望不可至。峡中夹一石函，为陈希夷蜕骨处。峡下悬崖，凿一石洞，扁方形，高可七尺。洞下更凿方孔，孔孔相接，下通涧底，昔本有铁锁（按志称铁练曰铁锁）可攀，后因有人窃去趾骨，道士遂断其索，人不得上云。自峡西折为第二关。两大石上合下分，若斧劈，色黑如铁，中通行径，俗名石门。又三里，莎萝坪，有莎萝庵。庵前有莎萝树一株，明崇祯甲申年间枯死。对面东壁上有小屋，悬筑于崖石突出处，凌空如鸟巢。自涧底凿壁作级，旁悬铁锁而上，曰混元庵。五时一刻，过一石亭，亭无名，为小上方道人所建。小上方即在对涧石壁上。筑屋两进，屋旁有小塔，塔后有洞，盘壁为级，攀锁以登。其前为大上方，于绝壁间凿磴攀锁而上，上有石洞，华山之绝险也。又南经毛女峰下，有毛女洞。相传秦宫人玉姜隐此，食柏叶饮水，体生绿毛，故名。六时，登十八盘，因山路陡绝，筑盘道十八折，故名。盘侧有大石绵亘，屹若崇墉，高可丈馀，色黝黑，镌"登临览胜第一台"。下有破屋数椽，已无人居，殆即志所称之三皇台。再上有大石横列，镌"霖雨苍生"四字，殆即所谓云门。至此豁然平旷，已抵青柯坪矣。自谷口至坪二十里。已达山半，为时六时一刻。测其高度，为一千一百七十公尺，华氏温度七十八。进通仙观休息，知张君伯岸已于昨日过此，迳上北峰。进谷以来，所行悉险峭不平之地，惟青柯坪稍平坦。在西峰之下，仰望西峰一角，侧出天半，石纹斜直如摺叠，特为秀美。青柯坪共有四庙：曰九天宫（即东道院）、西道院、灵官殿，并通仙观为四，而游者均至通仙观。余等居观后望河楼，由北窗俯视，可远达谷口，太华胜概，完全在目矣。

于是以潼关携来之米，托观中煮粥，佐以馒头，并有潼关老酒，三人开怀畅谈，尘襟涤尽。十时即睡。夜半，华氏表降至七十二度。

八月二十五日晴。晨六时起，七时早膳毕，九时出发。由观左东上，过圣母、九天二宫。俞、徐二君在此写西峰远景，余在旁观之，素纸之上，顷刻烟云，昔人登高作赋，仅能传其仿佛，今则登山写景，将庐山其面，整个披露，真快事也！因写景故，登山乃不计时刻。俟二君写成二幅后，始从坪左而上。里许，至回心石。自此石以下，路虽崎岖，尚有级可升。自此石以上至顶，类皆绝壁斜削，于壁上凿磴，旁悬铁锁，如猿猴之猱升。游者至此，畏险辄还，故曰回心石，犹泰山之有回马岭也。再上里许，即千尺㠀，两壁夹峙，中闭如槽，下阔上弇，石磴之窄，仅容一人，两手挽锁，仰攀而上，如鼠行穴中。㠀凡三节，三百九十四级，愈上愈狭，有十馀级，竟是垂直线。顶有圆洞，名曰天井。上有铁门两扇，掩之。则华山可成二截。昔有避难者登山掩关，在下乱贼，无法攻入也。㠀顶有石壁，镌"通天门"三大字。旁有平台，石砌方屋，曰玉皇殿。千尺㠀中段，有旧路，陡削不能容趾，号称难行。今则于旁另凿新路，较昔平易矣。俞、徐二君复在此写景，因已午后二时，遂命役人肩行李，先赴北峰，嘱观中煮饭以待。写毕，复北折而上，登百尺峡。峡有二节，各数十级。两节交界处，有小庙，曰缙阳宫。上节石磴，更较千尺㠀为狭，双手攀锁，两腋摩壁而升，但级数则较少，峡口有惊心石，其上复有巨石覆之，圆若盖，镌"云头石"三大字。自此登北峰，大抵皆攀锁履磴而行。过二仙桥，桥凡二，一高一低，皆跨于两崖之上。悬崖可俯视渭水者，曰俯渭崖。至黑虎岭，旁有黑虎洞。二君复席地写景。遥望群仙观，在北峰之下，殿宇新修，突出岩角，旧称此为媪神洞，因俗讹为瘟，故改名群仙。而石根仍镌"古媪神洞"四字。余方拟进观游览，忽有役人自北峰下招手告余，谓张先生在彼待我。盖伯岸于昨日至北峰，见余之行李，知余之至也。余遂由观侧，攀铁锁，上老君犁沟。其险异于千尺㠉，盖㠉形凹入如槽，人行其中，尚有依傍，沟形则凸出如弧，除铁锁外，毫无可攀也。沟凡二百五十二级，级尽，折而北数十步，石壁下凿磴如栈道，名猢狲愁。实则近来新修磴道略宽，已无危险。剑华笑云："今之猢狲，应见满山之铁索而愁，愁在彼不在此矣。"进门有小龛，供齐天大圣。再履磴攀锁而上，有石坊，曰北峰顶。张君伯岸及道人傅启玄，已来迎于此。北峰亦名云台，两峰峥嵘，四面悬绝，东顶则为真武宫，西顶有聚仙台。宫凡两进，依山建筑，前低后高，祀真武帝。高一千七百六十公尺。温度七十二。至宫内休息。少顷，二君亦写毕登山，共同午膳。膳毕，由殿后出，至北峰后山，曲折而下，有石壁斜倚，壁之中缝，挂一铁犁，连以铁索，依壁隙下垂，悬一铁轭，隙旁亦凿石孔，可攀索而上。其下有洞，供奉老君像，名此为老君挂犁，是殆由老君骑青牛附会而成。或云，犁沟二字，原作离垢，后人因老君骑青牛，耕田用犁，讹作犁沟，好事者又在山后挂此铁犁也。余试攀铁索而登，及其半，而上面石孔小，只容半足，又极狭，乃退。徐君继之，比余稍上一二步，亦退下。俞君复继之，仍至原处退下。命役人试之，则如履平地，直至犁尖，可见习练之有素，不可强也。还真武宫，与伯岸闲谈，伯岸体肥硕，乘兜子至青柯坪，勉登此峰，已极疲。本拟明日下山，今见余至，又不肯去，踌躇久之。俞、徐二君仍出门作画。晚膳后，十时睡。夜间温度六十六度，御厚棉犹觉冷。

二十六日阴。晨六时起，大雾迷漫，一白茫茫，群山尽失所在。道人云："或将下雨，今日不得出游矣。"早膳毕，道人导登聚仙台。台在老君犁沟之上，旧名铁牛台。出北峰门，过猢狲愁，援铁索而上，有巨峯突起，依悬崖横缀铁锁，崖畔围以木栏，架石通径，有一段则用二木相并作桥，曰窝洞桥。盖台中多用功之道人，有时将桥木抽去，与外面可不通往来也。过桥即聚仙台。台依洞建筑，丹漆方新，并列有三洞。右面大者为游龙洞，中为三皇洞，左为无上洞。游龙供老君像，三皇供三皇像，无上供玉皇像。对面有屋数楹，幽静无比，真所谓洞天福地也！归后，道人傅启玄以纸索俞君书画，余为作一联云："涉足帝乡，寻源得水叩真武；昂头天外，耕罢悬犁问老君。"俞君以华山碑体写之。午刻，雾稍霁，群山争露，乃决计上东峰。俞、徐二君留连作画，余与张君伯岸先行。二时半，自峰南循石磴而上，随崖东转，路不及尺，下临万仞，曰仙人碥。再前崖石益突山，人行其旁，几擦及耳，曰擦耳崖。崖尽得方台，再前里许，悬崖直立，两旁悬锁，中凿石磴，只可容足，曰上天梯。攀登之，历三十八级而至其巅。崖顶两石，一大一小，如斩块，斜出半空，名曰月崖，下有金天洞。洞深广约二丈馀，内供西岳山神，皆为石像。旁有屋三楹，其南为圣母宫。循崖西南约半里，有三元洞。洞之西南，傍崖凿磴，仅阔尺许，下临绝壑，曰阎王碥。过阎王碥，有石坊，横镌"太华山峰"四字，即古之御道也。再西南折而上，为苍龙岭。岭南高北下，中突旁削，下皆深谷，凡三折，蜿蜒如龙，石色正黑，宽不过三四尺。两旁竖立石栏，联以铁锁，游人战战兢兢，攀锁行于脊上，计三百六十四级。级尽为龙口，有巨石冠其上，名逸神崖，即韩退之在此痛哭处。志称有"韩退之投书所"六字，今细审石面已无之。殆风霜剥蚀欤！度岭，登五云峰。峰下多松，每二株则一高一低，俗称兄弟松。峰顶高一千八百八十公尺，有庙，房屋较整齐。在此小坐啜茗，自庙后侧门出，即往东峰之路，松杉茂盛。处处成林。有一大石如盖，古松生其旁，姿态奇丽，曰将军树。石磴曲折，下而复上，上而复下，过单人桥，循岭脊而上，为金锁关，亦名通天门。高二千零四十公尺。上有关，即旧日之宗土祠。华岳自谷口至金锁关，上下只有一路。自此以上始分路，右上为西峰，中出为南峰，左上为东峰，距此皆十里。余等由五云峰下而登中峰。路土多石少，稍为平坦，中峰亦名玉女峰，顶有玉女祠，额曰"中峰太顶"。祠内有石马及玉女洗头盆。顶高二千一百公尺。由中峰下，再登东峰。已午后五时半矣。东峰一名朝阳峰，高二千一百二十公尺，温度五十九。庙名八景宫，祀老子。殿后一洞，供三清像，即志称三茅洞也。殿左有清虚洞，张真人雨号清虚者，修练于此，明崇祯癸未年化去。王山史为署其洞曰清虚。今洞外为庙中作厨房，甚黑暗污秽。余与伯岸由庙后观朝阳台。再由台下东北转，约里馀，有悬崖斩削挺立，崖石本黑色，其上有一处独黄白相间，大者歧如五指，后人附会巨灵劈太华故事，名曰仙掌崖。此仙掌高耸，在华阴道中，已可见之。崖畔高处，杨虎城、顾祝同等，建一水泥新塔于上。登此望西、南二峰，恰与东峰鼎足而立，所谓天外三峰也。俯视中峰，远睇北峰，真如培塿，实不能与三峰并。华山五峰，不过后人凑足其数耳。回庙后，俞、徐二君亦至。余念华山以东峰之棋亭（亦曰博台）为最险，人不敢至，拟于明日一登之。伯岸极力阻我，我则自信昔者曾过天台之石梁，焉有不能登棋亭之理，一笑置之。晚膳后，十时即睡。夜半温度降至五十四度。

　　八月二十七日阴。雾益大，有小雨。上午因雾不克出游。俞、徐二君在寓整理画稿，余命长舆及役人，同往棋亭。由东峰东南隅悬崖，两手攀铁锁，垂直而下，崖石凹处，尚可立足，然须翻转其身，扪崖腹而过，有铁锁斜横于上，其下凿孔，仅容半趾，右足趾先着一孔，左足继之，须两趾并着一孔，然后将右足移至第二孔，两手攀锁，亦次第右移。如是约数十步，最为难行，俗所以名鹞子翻身也。倘手腕之力，不能提空其身，手足一脱，即坠悬崖下矣。崖腹尽，则有铁锁一条，悬空直垂，援锁下崖，左右石上，相间凿孔以着足。余攀锁蹈孔，从容而下，更履乱草滑石间，逾二小峰，皆攀锁上下，亦甚艰难，但比鹞子翻身全身凌空为易耳。至第三小峰之顶，博台在焉。顶平，有铁铸方亭，高二尺馀。亭内本有铁棋坪一，铁棋子二百馀，今已为人取去。八景宫中，尚存数子，圆径有寸馀。相传秦昭王命工施钩梯上华山，以松柏之心为博箭，长八尺，棋长八寸，而勒之曰，王与天神博于此。又谓为卫叔卿之博台云。因天微雨，乃循原路攀登回庙。午膳毕，结束行装，往南峰。二时出发，过二仙庵，即登南峰之麓。虽亦到处是铁锁石级，然不甚陡峻，比较易行。登南天门，稍憩。门有文昌阁，正在建筑。南峰阳面，全为绝壁，自南天门后可俯视之。绝壁半腰，凿成窄狭之栈道，以铁杙插壁，下铺石条或木板，仅宽四五寸，围以木栏。壁上横缀铁锁，以通人行。余等缘壁行数十步，得朝元洞。洞深四丈，广倍之，元时道士贺元真所辟。其西壁缝间，垂双锁下缒，两锁间以木为梯级，长十馀丈。级尽，又以铁杙插壁，承以狭板，横缀铁锁，人行其间，则面壁张臂缘锁，以足横移，凡长二十馀丈，名长空栈，俗称为搦搦椽。其尽处为贺老石室，俗名避静处。室旁有崖，高数十丈，遥覆其室，朱书"全真崖"三大字，此亦太华之奇险处，然较诸鹞子翻身，尚易着足。余以天雨，且上午已至鹞子翻身，颇费筋力，不可过度，故至朝元洞而止。自南天门而上，过避诏崖，相传陈希夷避诏处。崖上凿斜方石孔，刚可容趾，以木板为桥，通过对崖一洞。今则在洞下更凿新路，平直可履矣。二时，至峰顶，其庙曰正顶金天宫。华山以南峰为主峰，故称正顶，祀白帝，即西岳之神也。高二千二百二十公尺。华氏表七十度。稍憩，洗脸啜茗，再由庙左登峰顶。有大石其面横平，中洼如臼，直径五尺，一水澄泓，曰仰天池。绕池后而上，有老君洞。有庙一，中供老子像。庙后左侧有潭，曰黑龙潭。潭不甚深，然大旱不涸，为祷雨之处。是时雨甚大，即回庙。庙中复来客三人，系实业部地质调查所调查员，彼等今日从华岳庙来，步行五十馀里。晚膳后，三人中之陈独清、李濂介二君来谈，余询及洛阳以西之黄土层，有何办法？渠等云，无办法。年年北风挟沙南来，只有加厚，殊与民生有妨。盖此土本肥，但无水即成废物，土层极厚，造林亦非易易也。谈毕别去，九时半睡。

八月二十八日阴雨。晨七时半起，因昨日未登最高之落雁峰，特往登之。高度二千二百九十公尺。顶上有新建水泥六角亭，毫无题识，亦近时军人所为也。惜有雨雾，不能远眺。亭畔石面，亦有一池，形椭圆，直径不过三尺。较仰天池具体而微。九时一刻，出发，仍至峰顶。由仰天池西下，铁锁石磴，已习为常。三十分过老君炼丹炉，在南峰之半，相传老君炼丹之所。再下则为屈岭，为南峰通西峰之要道。因其为西峰之臂，结屈如苍龙岭，广且倍之，故名屈岭。又形如骆驼之背，俗亦称骆驼坡。高二千二百公尺。南北两旁皆深谷，然长不逾十丈，比苍龙岭为短。中间凿石孔容足，只一条铁锁，人缘之以行。岭下有镇岳宫，宫前有玉井。岭尽即西峰，西峰之庙，新毁于火，现正建筑。庙名翠云宫，祀斗母。庙前有大石，为圆锥形，顶有石片，形似莲瓣，其下有洞曰莲花洞，由庙后上峰顶，有大石凌空，架于峰巅，断而为三。其中两石斜接若门，援铁锁而入，裁可容人，相传为神香子斧劈华山遗迹，名劈斧石。石旁竖一铁钺斧，长约一丈，盖好事者为之也。自石后登峰巅，曰舍身崖。相传有孝子为亲疾病，祷于岳神，祈以身代，往投崖下，故名。今改为守身崖。攀铁锁而上，约十数步，有大石丰下而上平，曰摘心石。测其高度，为二千二百三十公尺。由西峰北下，其铁锁石磴，左右曲折，依斜坡建立，与他峰之陡直者迥异，几相交成直角形。磴尽有一庙，再下坡，得一石坊，额曰"松壑流泉"。由此循栈道登金锁关。关凿岭脊成石磴，于高处建关门。由金锁关下，仍至五云峰。峰有通明宫，祀玉帝。由峰曲折而下，历铁锁石磴三处，仍下苍龙岭。岭下有小庙曰龙门。由此过阎王碥、三元洞、日月崖，循上天梯而下。再下循仙人碥，而达北峰之石坊。坊额前镌"白云仙境"，后镌"翠黛擎天"。十二时，抵北峰顶真武宫。因雾大不能看山，决计遄回青柯坪。在此午膳毕，午后二时即出发，由老君犁沟而下，至群仙观，左折而达黑虎岭。再下俯渭崖、二仙桥，过百尺峡、千尺㠊而至回心石，已无险矣。仍回通仙观之望河楼，时已三时半。张君伯岸先乘兜子回岳庙兵工厂，余等三人留此。九时睡，是夕大雨。

八月二十九日大雨。晨七时起，因雨不能行，只得休息。十时，雨少稀，与俞、徐二君命役人前导，试登北斗坪。由青柯坪后西道院上升，路皆乱草危石，行不及数里，已半身浸湿。再上多泥路，泥可没踝，既湿而滑，不能着足，动辄颠仆，无法再上，遂废然而返，更易湿衣，揩身洗足，偃卧，看《华岳志》。午后，命役人下山探路，预备明日冒雨回岳庙。未几，回报，谓勉强行至第一关。水高没人，不能前进，是下山已无希望，只有坐待而已。然大雨之后，遍山多瀑布，雷轰电击，声震十数里。青柯坪对山之瀑，自西峰而下，愈近声愈大，卧枕听之，壮快乃似天台之方广。晚九时睡。

八月三十日，雨止，虽未放晴，已可登程。七时，结束行装，十时，下山。自青柯坪下十八盘，涧水阻道，声激若沸，役人负余而过。回望通仙观，黑瓦黄墙，隐于绿树丛中，势若凌空，殆似仙境。是时日出雾开，西峰一角，耸起天半，瀑布如一条白练，悬空直下，日光映之，闪烁耀目。剑华云："此惟雁宕之大龙湫，可以拟之。"再下，过毛女洞。两谷悬崖之水，奔流至此，从涧石平面，分泻而下，成左右二瀑，令人应接不暇。将抵莎萝坪，乃得近观左崖之瀑，分为三节，上节长约三十丈，中下二节，皆长二丈馀。愈下愈阔，澎湃奔腾，最为痛快！华山惟雨后，则到处有瀑，晴则立涸。故除水帘洞之瀑，见于志书外，馀多无名，志亦不载。余等昨日阻雨，似乎扫兴，今日得饱观瀑布，转庆昨雨之得时。惜伯岸先已下山，不能共此眼福也。三峰之巅，雾未全消，忽聚忽散。散则群峰显露，聚则复入混茫。再下至玉皇宫，内无居人。对峡中有石突出，略为方形，瀑自石面下泻，俨若垂旒。二君今日所得写景材料较富，余则尽情欣赏。二君行则余行，二君止则余止，天然美及人工美，集合为一，几令余纯入乎美感矣！过小上方、大上方，十二时而抵莎萝坪。沿途流连，故行极缓。再望西峰，隐现雾间，碎如裂彩，令人一步一回顾，依依不舍。莎萝坪庙中有一老道，年九十六岁，担柴汲水，步履犹甚健也。过第二关，关前瀑布，冲出两大石间，阔至丈馀。由此抵希夷峡，自峡以上，路皆缘涧而行。自峡以下，则须或左或右，逾涧以渡，但涧水湍激而深，与来时大异。计自此至玉泉院，凡逾涧十二道，皆由役人背负而过。涧水较浅者没及膝以上，深者则没及半身。雨后两崖崩坠之石，阻碍道旁，计有三四处。第一关后有一奔石，大如方桌，关旁石栏，亦为压断。午后三时，方抵玉泉院，四十二师之营部驻此。遗人商得营长同意，进内游览。院在华山北麓，宋皇祐中陈抟所建。相传华顶玉井之水，潜通至院西，名为玉泉，甘冽异常，因以得名，今泉已涸。华山各庙，以玉泉院最为宏丽，风物亦甚佳。进门为大殿，额曰"紫气新辉"，祀陈希夷。殿旁为山荪亭，亭回形，前后皆有无忧树。前者老干屈蟠，大约四围，枝叶旁出如伞盖。后者本干已枯，另生新枝，欣欣向荣，横过墙壁。游人在枯干之下，低头而过。殿后为希夷祠，供希夷塑像。山荪亭后有石洞，中有石刻希夷卧像，雕镂殊精。亭前有天然石舫，舫畔有纳凉亭。院墙之东角，建无忧亭，亭为方形。后有含青亭，两亭间以廊通之。廊即建于墙上，表里无障蔽，自院外亦可见之。是院之构造，殆为花园化也。院址较平地已高四百公尺。院前附属之庙尚多。西南为三圣宫，东有极乐宫、灏灵宫、慈善庵等。余等在玉泉院稍憩，即步行回岳庙兵工厂，已五时半矣。今日计行三十五里，是夕即宿郭君卧榻。伯岸于十九日赴岳庙待我四日，在北峰又待一日，余等下山阻雨，又在岳庙待一日。余谓伯岸之善待，非关人事，抑有天焉，相与大笑不止。

八月三十一日晴。七时起，结束行装，拟赴长安。剑华以行李多，乘汽车不便，乃分出箱篮二件，托长舆先带回潼关。郭君闰生，适因公事解军械至南京。清晨即东行，由阎君志强，送余等赴汽车站。潼关电话忽传今日有车，忽传今日无车，候至九时，卒不得行。盖此间汽车路不平，雨后泥泞，车轮阻滞，开行毫无定准也。剑华颇不能耐，且以学校开学期近，拟取消长安之行，仍返潼关，余亦赞成。仍雇人力车，于九时半，乘之而行。伯岸以长安尚有事未毕，仍回岳庙，怏怏惜别！计伯岸与余等之忽离忽合，已二次矣。午后一时抵潼关，仍寓中国饭店。往访曾君仲罴，则长舆尚未回。剑华不得行李，不能登陇海车。曾君乃以长途电话询岳庙工程分处，则云长舆以午后方动身，盖彼知余等赴长安，故不汲汲也。遂复至大同园洗浴。四时回饭店，则长舆已来，而剑华之行李不至。因今晨行色匆促，以箱篮托郭君交长舆，长舆宿在岳庙对面陇海工程分处，初未见及郭君，致双方不接洽，有此错误也。于是复以电话询工程分处，则原物在焉。须俟明日，有信差带来。为此区区物件，在潼关坐待二日，殊觉无谓。是夕，曾君夫妇邀宴于其馆舍，肴馔至丰。餐毕，长谈，共观俞、徐二君之写景画。曾夫人友骰女士，亦喜临山水，取其平日之作，请剑华批评，且拟拜为师。剑华为之指示基本工夫，并即席示以范画二纸，培基亦写一纸。最后女士出堂幅索余书，余书极拙，不得已，漫涂以应。十时半，方别归。

九月一日晴。晨起，余与培基谈及，此次西来，未到长安，乃是缺憾，渠亦以为然，乃以三占从二之说，仍强剑华西行。剑华以留滞潼关，乃彼之行李作祟，亦只得应允。遂决定明晨，乘汽车赴长安，此游之后半文章，完全以两件行李为枢纽，亦事之至滑稽者也。是日无事，乃出门闲步，观三国时马超枪刺曹操误中之槐树，树大有四五围，在潼关东大道之旁，老干已枯，另生新枝。惜为同盛益记京贷局，筑屋于下，树身砌入墙内，树顶出于屋面，枝叶婆娑，生意犹存。于是复步出潼关东门，城楼高耸，筑于黄土墙上，俯临黄河，气势雄壮，昔称天险，非虚语也。是时黄河水，小河滩可以通车辆行人，余等循滩至中流，见河水黄浊如泥浆，河中渡船，构造特异，船后梢正方，而船首略圆，长可五六丈，阔约三丈，人马均可渡。渡至对岸，即历史有名之枫林渡，可通山西之太原。黄河载货之船，亦与渡船相似。顺风张帆，逆风则以六人引纤而行，纤夫赤裸裸不挂一丝。天稍冷，则上身披衣，下身仍裸，盖遇水深处，须半身入水也。远望之，六人步伐整齐，酷似西方之裸体舞，惟腿黑而多黄泥，若云裸体，则比西方更彻底矣。于是绕潼关城外，自东而北，由北门入城。潼关有四门，东西北三门，皆傍黄河，南门则在山上。余等至中州饭庄午膳。膳毕，回寓。曾、周二君来送行，以为余等将返洛阳，不知已变计也。谈半时别去。三时，长舆已将岳庙行李取来，余等在寓休息，九时即睡。以下日程，归入长安终南山游记。

昔故友袁观澜，身历五岳，归而告余，谓华岳为最奇险。今亲历之，果然！黄山亦以奇险称，然铁锁石磴，不过数处有之，不若华山之半山以上，到处皆锁与磴也。游华山者，大概分三阶级，自麓至青柯坪二十里，尚可乘兜子，适及山半，腰脚不健者，至此即止。自青柯坪至北峰十里，则须攀登千尺幢、百尺峡、老君犁沟，虽险而路程非遥，故亦有勉强至北峰而止者。若欲上苍龙岭，达金锁关，遍历诸峰，则非健步而身躯轻捷者，不能也。然自金锁关达东、西、南三峰，无论先登何峰，其里数皆相等。各峰之庙，皆可住宿。若每日游一峰，从容而行，亦未尝不可努力为之。如张君伯岸，本拟至北峰即返，既与余遇，亦勉强遍游诸峰，此实例也，有志者可以兴矣！

长安及终南山纪游

　　长安及终南山之游，乃得之意外。先是剑华以其命宫不利西方，急于东归，在华阴守候汽车，颇不能耐，余亦随之遄返潼关。不料彼之二件行李，遗留于岳庙，余遂有辞可藉，强之西行，剑华虽勉强应允，心实惴惴！余素主人定胜天，宿命则非所间。而剑华果至长安而病，未能登终南，为兹游之小小缺点。剑华之命定主义，似有可信，余则谓身体过劳及心理感召，皆剑华致病之由，仍非命定也。

　　九月二日晴。晨六时起，结束行装，遣店伙先赴汽车站购票。七时赴站，客人拥挤异常，余等幸购得头等票，自潼关至西安，七元二角五分。所谓头等者，亦是装货之车，仅多车顶，可以蔽日，两旁空洞无窗，风沙侵入，对面不见人。至于二等，即装货之敞车，拥挤时，客人直立其间，俨然牛马，晴则日烈沙飞，雨

250

则周身淋湿。头等座位，可坐十二人，站中非满此数，不肯售票。然满额以后，又必尽量出卖，使客人挤至十八人或二十人，彼此不得转身方止。我国人办事，绝不为旅人计安全，惟知榨取金钱！昔在浙江乘袁花至海宁之汽车，已感受此种痛苦，然犹不似潼关车站之变本加厉也！且汽车路极不平，时时有颠覆之危险，车之行动，极尽跳跃之能事。但见旅人前俯后仰，东倒西歪，虽余之老于旅行，亦不堪忍受！而坐凳则为木板，上无褥垫，余虽铺以棉衣，及至长安，臀部为之皮破血流矣。开车亦无定时，客人挤足方行。车过华阴至渭南，已十二时。停车加油，旅客亦相率下车，至中兴饭店午膳。膳毕，复开。历新丰至临潼，将抵长安，过灞、浐二桥。灞桥较长，有九十馀桥洞，浐桥较短，跨于灞、浐二水之上。昔在诗文中熟记之，今亲历其境，犹有馀味。四时到长安，古帝王都，气象雄壮，绝类北平，海拔三百五十公尺。先至关中旅馆休息。余往山东会馆影印宋版藏经会，晤范成和尚，知已为我预备卧榻，情不可却。康君寄遥、杨君叔吉，以自用骡车迎接我等移居会馆。是夕，剑华大写对联，余为撰句，分赠范成、寄遥诸君。晚十时半睡。

九月三日晴。晨六时起，张君伯岸前在华阴分别，以为余等已回沪，今突然至长安，闻之不胜惊异，于清晨赶至畅谈。八时，共同出游，范成和尚引导。先至孔庙，观碑林，保存古碑约百馀种。其中最有价值者，为景教流行中国碑、唐《开成石经》、虞世南《夫子庙堂碑》等。回至博古堂稍坐，各选购碑帖数种，遂至卧龙寺。寺建于隋朝，名福应禅院，至宋太宗时，始改今名。入门，见一古钟，上铸咸平六年铸造，扣之，声大而洪，馀音甚久。咸平为宋真宗年号，距今将近千年矣。寺内有南海菩萨像拓本，石像在耀州大香山寺，为六朝所造，庄严无比，皆他处所不见也。后殿有六朝观音石像及石刻佛像，佛前石鼎，颜色深绿如玉，古雅可爱。出寺，至民众教育馆，馆中布置如花园，动植物等，皆表明产地及作用，注重科学常识。省立图书馆与民众教育馆毗连，晤馆长张君俊卿，略谈。据云："收藏之书，有十七万卷。"引导参观，有石印之《图书集成》两部，至可宝贵，宋版书只有《真西山读书记》一部。卧龙寺之宋碛砂板之《大藏经》，亦藏于此，并有邠上袁耀所绘《汉宫春晓图》。馆内附历史博物馆，保存铜像、石像、铜器、陶器甚多。周鼎一具为最古。其馀则后魏、隋、唐遗物为多。有唐太宗昭陵前之八骏马，刻雕神妙，尚存其六。昔有某督之父，私售于日本，运至潼关，二匹已载去，为省政府截留其四，现保存于馆中。观毕，别张君，回山东会馆，午膳后，由范成借赈务会汽车，出南门，至大荐福寺。寺建于隋，至唐天授元年，改今名。内有省立孤儿院，后有小雁塔，已毁，不可登。复至大兴善寺，寺创于晋代，盛于隋，开皇时有僧徒二十馀万。今设佛教养成所，谛老法师之弟子倓虚、华清二和尚，在此主讲，有学僧十馀人。又至大慈恩寺，在隋时寺名无漏，至唐高宗，为文德皇后立为慈恩寺。内有浮屠，当时科举盛行，举子之捷南宫者，皆题名于塔，谓之雁塔题名。今此塔新修，凡七级，高四百二十公尺。因别于荐福寺之小雁塔，通称大雁塔。寺前为历史上有名之曲江池，今已涸竭如沟。住持宝生和尚，研究《华严》，曾在五台学密宗，熟人也。余本拟再至惠果大师之青龙寺，因剑华有病，遂送之归。与范成往陆军医院答访杨君叔吉。在杨处，晤石君解人，一同乘车，访康君寄遥于寂园。园在长安之东关，康君经营有年，大有城市山林之概。前后树木成林，中间住宅，后为康太夫人之墓。并有关房及窑洞，可以静修。康君坚留晚膳，座中皆比丘及居士，畅谈至快。别归，见剑华病势不轻，杨君叔吉为之诊治。藏经会同人，要求写对联，今为写联、屏十馀件。

九月四日晴。晨八时半起。昨康君寄遥谓余，即到长安，何不一游终南。余以学校开学在即，恐时日不许。康君则云可以汽车送君去，两日可返。今晨向账务处借得汽车，决赴终南。剑华病不能行，范成及伯岸、培基偕往。十时半动身。经过韦曲、黄甫村、王曲，而至留村。时已十二时半矣。汽车路皆就原有土路略加修筑而成，高低不平，与潼关至长安者无异。适经大雨之后，土松易崩，至险窄处，乘车者均下车，帮助车夫，在车后协力推车前进。昔日在报端见中央委员吴稚晖赴泾渭渠行开工礼时，杂入人丛中，帮助推车，以为笑谈。今亲临之，乃知系习见之事，不足奇也。距留村十馀里之路，雨后完全崩毁，然不经此不得达留村，乃绕小路以行，汽车忽倾侧，陷入田间。竭吾等各人之力，亦不能挽之出险。乃临时雇乡农携铲锄来，一面铲湿泥，一面垫干土，合十馀人之力，方将车挽出。不料登山坡之时，车之右后一轮，陷入深坑，不得出矣。终南在长安县南五十里，汽车本一点馀钟可达，今因沿途周章，耗去二小时，尚未至留村。于是余等变计，舍车徒行，访村长柴桐轩居士，托伊雇乡农二十馀人，借木板多块，用垫车轮，令车夫率领前去救护。余等稍进干点，即雇兜子登山。留村为终南山北麓，登山者必由此。兜子上山下山，计两天，每乘三元，因柴君之故，乡农不敢抬价，否则如昔者友人王君峻山来游时，索价至少须六元也。午后二时，乘兜子进山。兜唯悬一方藤板，下系木以支足，甚轻巧。唯须自用毯或被以为褥，方可坐。循山谷之涧水而行，每过涧，均有石桥。与华山之履石渡涧，雨后水涨即不能行者，不同。三里，弥陀寺。又半里，流水石。又四里，兴宝泉、白衣堂、大悲堂、甘露堂、竹林寺、五佛殿。山中森林茂盛，泉石秀美，大类江、浙山水，此亦与华山不同之处也。十里，抵朝天门。由此仰望台顶，三峰并峙，高耸云端。再经五马石，即登一天门。门踞两崖间，岩石奇突，虬松苍藤，生于石隙，幽秀异常。再上为观音寺，及古弯柏树。红墙隐蔽绿树之中，掩映有致。登胜宝泉，对面石壁有摩崖曰"漱石枕泉"。与胜宝泉并峙者，曰"古西方境"。途遇智海法师，师住持山南之净业寺，为唐道宣律师道场，与之谈颇契。彼云：邱君希民正在寺中讲摄《大乘论》。惜余以时间所限，不及往晤矣。度遇仙桥，桥下之水名醴泉，风景至此愈佳。至下宝泉，旁有慈航庵，筑于岩上，占地至胜。再登，为上宝泉。下有铁镬，量其直径约四尺，想见昔时繁盛，僧众多，故需此大镬。由圆光堂登二天门，有弥陀寺，计已行十五里矣。自此以上，路渐陡，多石磴，少土路，气候亦渐冷。余等衣物已遣人先送大茅蓬，斯时无衣可添，乃下舆步行取暖。过一小木桥，为圣母殿、迎真宫、灵官殿，履危磴而上，至五圣殿。左望渭河，细如一线。由琉璃殿而至石佛寺，怪石当面突起，登峻削之石磴，凡百三十级，折而上为千佛寺，再上睡佛殿而登三天门。门下为吕祖洞，洞后有吕祖行宫，其上有三圣宫。终南山自古为佛家有名道场，代出道僧，道家宫观，唯此一处。宫之右有三佛寺，后为黑虎、南海两殿，再上为紫竹林。智海师今晚宿于此。扣门肃入，啜茗小憩。紫竹林前眼界空旷，高山拱揖，如在几席间。惜天阴有雾，不克远眺。林中供观音像，住持名怡峰。稍坐，即别智海师。由兴龙寺而上，又为陡级。于是登四天门，门占地较小，隐于崖间，游人自其旁而过。下有铁制观音碑，清康熙三十三年所造。五时，至岱顶。曲折而南，入山窝中，是为圆觉大茅蓬，余等今夕即宿于此。计留村至此三十里。住持法空，昨日即遇于慈恩寺，今日则先余等上山，殷勤招待，至为周到。终南山为佛徒办道之地，故多茅蓬。茅蓬者，修行人结茅养静之所，随意取名，如流水石、古弯柏树，其名至奇特。而其性质有二：一者系地方善信，建茅蓬于山中，供养僧侣；一者系僧侣自己结茅，至斋粮供给，均仰持大茅蓬，故大茅蓬实各茅蓬之总辖机关。茅蓬中静修之人，多不应客，故什九皆静掩柴扉。惟大茅蓬则接待游客，四周风景之佳，亦远胜他处。共屋六间，西三间为殿供佛，东三间为楼房，楼上藏有弘教本缩印藏经及各刻经处之经典，楼下住客。东面山岩突出，怪石嶙峋，其下有小洞，西面则古树槎枒，隐蔽寺屋。地势高一千六百四十公尺，温度仅五十八，夜间甚寒。余等四人，共睡一大炕。

九月五日阴，夜间有风雨，幸天明即止。六时起，早膳毕，七时登岱顶，为终南之最高峰。有圆光寺，顶高一千七百八十公尺。俗称山西之五台山为北五台，终南山为南五台，而以岱顶圆光寺、文殊台、清凉台、灵应台、舍身台五峰凑足五数。其实惟岱顶、灵应、舍身三峰并列，文殊、清凉二台，即在岱顶东山之腰，称为五台，名不副实。而岱顶以西，另有孤峰，名兜率台，以南别有翠华峰，即古之太乙，则又不在五台之列。登顶后眼界空阔，众山皆在足底。圆光寺正殿，在终南山各庙，比较庄严。以石筑墙，用铁作瓦，因山高风烈故也。从岱顶而下，左转数百步，至文殊台，与灵应东西正对。灵应之奇秀耸拔，于此乃全见之。俯视群山，则如浪纹之折叠。再下百馀步，即清凉台。文殊台虽在山腰，尚是另起峰峦，至清凉台则完全与文殊为一峰，不过地位有高下耳。自清凉台而下，再登灵应台，森林较密，树石益见奇丽。从台回顾，则岱顶及文殊、清凉，已合为一峰，并非分列者。台高一千七百七十公尺。寺中有壁画，绘唐僧取经故事。自灵应台而下，经天桥而登舍身台，桥用石条架于灵应、舍身两峡之间，其下为天沟。灵应以奇秀胜，舍身则以险峻胜。登降之路，皆就崖石斜面凿孔作级，仅容半足，故步履甚艰。台旁悬崖斩绝，下临千仞，恒有人到此舍身。登台远眺，则岱顶、文殊、清凉，皆为灵应所蔽，不复见矣。台高一千七百六十公尺。范成师谈及山南之康裕，有青莲老和尚，年七十五，居终南四十年，道行颇高，惜时间所限，不克迂道往谒。法空师则云："山后有小径可通，惟极难行，由此至留村，路可近七里。"余性喜涉险，惟伯岸身体肥硕，较为勉强，遂决赴康裕。果然窄径崎岖，丰草没及半身，雨后细沙滑石，艰于驻足，伯岸沿途叫苦不绝。计费二小时，行十馀里，方抵康裕。青莲老和尚已含笑出迎，其所居名圆通茅蓬，在山窝下，景物幽秀，四周果树成林。余等在庵外空地上，啜茗清谈。和尚复以新剥之核桃享客，并命人作汤圆，使余等当午餐，曰："此江南风味也。"座间识村长郑君维城，盖皈依老和尚者，率小孩数人，居于庵侧新屋中，云避疫来此。十一时，自康裕行。十二时，至留村。仍憩柴君桐轩家。开发轿夫，即登汽车，循原路回。行十馀里，至王曲。见京府城隍庙，规模宏大，乃进而参拜。庙门内有钟鼓楼，其两厢东为圣母殿，西为五瘟神殿，后为大殿。各殿皆有壁画，殿侧有精舍，花木葱茏，雅洁可爱。观毕而出，仍乘汽车行二十馀里，至牛头寺。停车路隅，与范成、培基步行三里，方抵寺。寺建于唐贞观六年，太平兴国中，改为福昌，今则仍呼牛头寺。殿宇新修，隐于森林中。此地统名樊川，汉樊哙封地在焉。寺之后院，有唐刻尊胜陀罗尼石经幢。龙爪槐一株，高不过丈馀，枯干复生新株，枝条扶疏，横覆如盖，侧出亦丈馀，以二木支之，相传亦唐时物云。其东尚有丁香树一株，半身斜卧，以砖叠为方柱支持之，分为两枝，上出五尺馀，亦数百年物也。院后有窑洞三。

257

老僧启中洞门，肃余等入，凉气逼人，不能久立，盖利用黄土层，凿成此洞，冬暖夏凉者也。寺之东院即杜公祠，朱门碧宇，亦近日新修。中供杜甫塑像，其旁又有石刻画像，祠中花木甚多，清香扑人，春秋佳日，长安贵人，多游宴于是，洵胜地也！寺西半里有九龙潭，潭方广约一尺，水至清冽。上盖龙王庙。按牛头寺碑记，寺西尚有杜牧之读书处，今不复存矣。五时，回山东会馆。剑华之病，由藏经会职员徐君景耆为之诊视，两剂即愈，余喜出望外。剑华之高足秦振鋆，临时发起剑华书画展览会，斯时正在开会，参观者络绎不绝。明日尚续开一天。剑华已离病榻，据案作画，诚北方之强也。六时，范成师同往洗澡，晚间设宴，座中来客，有康寄遥、杨叔吉、李寿亭、张俊青、石解人诸君，新交旧雨，纷集一堂，乐可知也。晚九时，为人写对联后方睡。

俞剑华于诸君各有赠联，而余为之撰句。赠康寄遥居士云："为佛教中流砥柱，有大儒清白家风。"赠杨叔吉陆军医院长云："唯能学戒，方能学佛；不为良相，即为良医。"赠李寿亭教育厅长云："振关中文化坠绪，抱近世教育精神。"赠张俊卿图书馆长云："文献掌于柱下史，图书饶有邺侯风。"赠石解人省立医院院长云："仁术仁心，于今和缓；多才多艺，不限岐黄。"赠范成法师云："整理关中法宝，弘扬江左禅风。"

九月六日晴。晨六时起，佛化社开欢迎会，邀余演讲，杨君叔吉以车来迎。开会时，康君寄遥主席，报告开会旨趣。杨君叔吉致欢迎词。余之讲题为"八识大意"，讲二小时方毕，摄影散会。而新闻记者团，已推举秦振鋆等来邀请照相，遂匆匆往，与俞、徐二君及记者团合摄一影。一时，还会馆。李君寿亭，在此设宴饯行，所办素蔬极丰腴，其味浓郁，似胜于沪上之蔬食也。三时，康君备汽车，亲送余等至临潼，叔吉、范成亦同往。五时，抵临潼之华清池。池为历史上著名之温泉，源出骊山，秦、汉以来，即见记载。唐贞观初，始营御汤，起建宫殿，环列山谷，因名华清宫，明皇每岁临幸焉。现华清池，即就旧时宫殿，改建园林。有桥，有亭，有曲池，花木秀蔚，房室清洁，温泉浴室，设备甚周，分男池女池，浴者购票入室。此处归省政府建设厅管辖，主任孟君希天，亲自招待，余等一到即入浴，沉浸池中，身心愉快，多日游山之劳倦，顿觉消除！浴后偃卧片时，再入浴一次，方出而晚膳。范成要余撰句，仍由剑华挥写，为以赠华清池及孟希天，并此间佛教分社办理孤儿院之张君宝卿。余即席拟联，赠华清池云："浴罢华清，远离尘垢；交逢新旧，快溯襁期。"赠孟君希天云："辋川远想王摩诘，华清却遇孟浩然。"赠张君宝卿云："发慈悲心，尽力救济；行菩萨道，惠及孤寒。"

九月七日晴。晨五时起，再浴于温泉。七时，乘汽车赴潼关。范成、寄遥、叔吉、希天，殷殷话别。因自用汽车，沿途不停。十二时半，即抵潼关，购票待车。二时半，火车方到，相率登车。三时十分开，九时抵陕州。即遇陇海特别快车，在卧车安睡。

八日晴。零时五分开车，在车中看书卧息。晚八时抵徐州，往迎宾旅馆度宿。

九日晴。晨七时起，津浦车至九时半方开，在旅馆坐待。偶在楼头，凭栏远眺，忽见老友高梦旦，携其婿洪君观涛，在街中闲步。梦旦骤见，大呼余名，余亦奇讶，因延入旅馆坐谈。始知洪君近赴沪，邀梦旦往游华山，昨日甫抵徐也。梦旦以为余早已返沪，不料于此见面。且云："我不能健步，到华望山而已，不能云游也。"稍坐，别去。余等于九时登津浦车，十时开，晚九时抵浦口，即过江至下关，乘沪宁夜车，十一时开行。

九月十日晴。晨八时到沪，乘马车回家。理发、洗浴、更衣，完全休息。

兹游之壮快，为登黄山以后所未有。余抵沪，学校已开学，甫息征尘，即往上课。西望长安，令我最不能忘者：一为华清沐浴之愉快，一为长途汽车之颠顿，皆印象极深。卒因震动心脏，未及一月，触发怔忡旧症，静息多日，方告痊。万望铁路早通长安，游者当益便矣。

马迹山纪游

　　马迹山在武进县东南九十里，四面环太湖，七十二峰之一也。余生平好游名山大川，足迹遍十五行省，独于吾邑则缺然。固非舍近图远，实因故乡无好湖山，此念横亘胸中而未去也。池君宗墨，瓯海人，独与吾常有缘，在戚墅堰办通成纺织厂十年。每抵沪，辄谈马迹山之胜。邀余往游，余诺而未行。癸酉之夏，校中暑假，池君以车来，接余共登京沪车，赴戚墅堰。信宿厂中，得以参观制棉、纺纱、织物、漂染、修理、准备、摇纱、整理各间、纯然利用废棉、废丝、废毛、制成日用物品。备极优良，管理完密，处处合乎科学。而尤注意于劳工福利。有医室、学校、合作社、公园，余别为文记之，此篇之作，则专记马迹山风景也。

　　七月四日晴。晨七时一刻，乘厂中汽船行。同行者池宗墨、汪惺时、丁雨亭、章则汶四君。汪君自温州来厂参观，临时加入者。

丁、章两君，厂中职员。丁习林学，章善摄影。自通成至雪堰桥，计六十里。经虞桥、洛阳、戴溪桥、天井桥、周桥，计三小时可达。乃因临行时，遗忘大皮箧一件。至戚墅堰，船乃开回。故至雪堰桥，已十一时一刻，多费去一小时。登岸，至吴顺兴饭馆午膳。此镇旧属常州阳湖县（今并入武进），吴君稚晖之故居在焉。其地人民口音，已近无锡。稚晖少时，至阳湖应童子试，邑人疑为冒籍，群起殴之，稚晖憾甚！终身口称："我里无锡。"此事甚趣，世人多不知之也！镇上市街窄溢污秽，一刻不可留！匆匆饭罢，雇湖船渡湖，船价一元二角。午后一时开船，雪堰桥至湖边，地名新村。计九里。湖边至马迹山之古竹湾，亦九里。今日因风不顺，至三时半始到。雨亭先往区公所接洽，区长丁君稚圭适赴常州，由职员许君自新招待，派役人来取行李。余等即至区公所，盥洗休息。拟即刻登冠嶂峰，嘱区役导往。出公所，向西南行，抵水平王庙。庙在分水岭。相传水平王为后稷庶子，佐禹治水，诲人浚道，后世祠之。自此登三冠嶂，乃樵者所行小路，荆榛塞途，刺足出血。山腰岩石陡削，更难着足！及顶，乱草丛生，没及膝盖，无路可寻。导者云："游人多不至此！"然登顶望太湖，则心胸渐为开拓。复鼓勇登二冠嶂。其难行如前。及顶，则望见太湖，境界愈阔！同人有欲折回者，余曰："登山必至最高峰。"然时已将暮，乃疾登头冠嶂，至此则全湖在目。北之古竹湾，南之庙渎，东之雄王嘴，西之西青嘴，了了可数！全山略为半圆形，其南面皆水田，湖沙所冲积也。盖冠嶂乃马迹山之主峰，自麓至顶，计六里。惜余所携测高器损坏，不能测其高度，至为遗憾！由头冠嶂而下，抵新城，经水平小学，此校为公立，有初、高两级，规模较完备。校旁为大有公司第六制种场。归区公所时，月已东升矣。丁区长之兄礼庭，特来招待，引余等至区长家中晚膳，肴馔甚丰，并出陈酿。宗墨饮之大乐。余出罐头素菜食之，膳毕还所。因蚊虫甚多，即在厅事张行军床五架，燃蚊虫香而卧。

七月五日晴。晨七时出发，丁君礼庭引导。循水平王庙，折至神骏寺。寺在秦履峰麓，唐贞观间杭将军恽，舍山建刹，名小灵山。宋改称祥符寺。清康熙时御赐神骏寺额。今有康熙、乾隆御书各一幅，及御赐绿端砚，存方丈室中。寺左有宋代榉树，高十馀丈。在寺前稍坐品泉，折回柴泉。泉旧名吴井，深尺许，旁有潭，径可五尺许。井高于潭约二尺，皆不盈不涸，下流入大渎。由柴泉向西行，水田千馀亩，秧针新绿，碧树间之，戽水茅亭，疏疏落落，天然一幅图画也！逾昼山，至嶂青，登韩山岭。折而北，至养鸡场。场为沙某所经营，其人不在山，仅用工役管理，闻开办费一千馀元，鸡为中外交杂种，皆白色，共四百只。嶂青人口约三百，柴泉约二百，地当马迹山之中心，为繁盛之区。逾岭赴西村，山岚重叠环抱，有高大之森林，行其中，虽夏日炎炎，并不觉热。云居道院，红墙隐隐，藏深树间。今俗称神仙庵。相传为葛洪丹室。院东有葛仙井。广约三尺，深倍之。余等在大树荫中草地，铺席而坐，合摄一影。遥见老树根前，系有农家所畜山羊两头，乃牵之来，摄入影中。礼庭云："山中大姓：丁、杭、秦、

263

张，杭姓人口较少，其馀三姓，则人口较繁。"由西村登蜈蚣岭，右为当武山，左为龟山，其下即雁门湾。湾南为蛇山，与龟山连接。湾为山之最西境，其内水田百馀亩。马迹山以杨梅著名，余与宗墨并坐树荫，恣啖杨梅。沿湾行，至湖口，望太湖。由雁门经牛塘湾，折西南行，过小桥，桥名牛塘，亦称福德。循岭脚高下而行，至吴王擂鼓墩。世传吴王督战于此。骤看不过一土堆，然以足踏之，空空然有声。立墩上望太湖，远可见无锡沿湖诸山，近则小椒山，乃在足底，形似覆箕，故俗呼称筲箕山。其东北有大椒山，及夫山。传称吴败越于夫椒即此。时已正午，礼庭约至柴泉吴君平斋家午膳。马迹山既无旅馆，又无商店，凡有食宿，非至区公所及人家不可。余等来时，绕行山麓，注意风景，及回柴泉，则由捷径过牛塘湾，即不遵原路，履田中阡陌而行，经西村，逾庙山，度迎春桥、大渎桥，而抵柴泉吴君平斋家，已午后二时矣。吴君与区长丁君稚圭皆常州东门师范毕业生，为马山人望所归。吴君为人亢爽切直，曾任区长。因不能如其志，途退职家居。与余谈，一见如故，供肴馔极丰美，并有枣子浸膏粱酒，其味醇醲！宗墨取而痛饮，并强饮雨亭。余则因戒酒，略一沾唇，已觉其醇厚，绝无膏粱之烈性矣。膳毕，宗墨与平斋耳语，说余起最早，饭后宜少睡。平斋导余入寝室，余睡半小时而起。不见宗墨诸人，而隔室则惺时方高卧未醒，遂出门寻宗墨。门前邻儿云："皆在吴氏宗祠。"欣然领余往，则宗墨、雨亭、则汶皆在。平斋缕述宗祠兴废，并要余作匾对，余允之。黄君辟尘来此购地办林垦，其办事处即租此祠。经理其事者，雨亭也。余等拟觅风景佳处，席地欣赏。平斋导往大渎之坝嘴，嘴形狭而尖，伸入渎中。碧水三面环之。嘴端有树，大小两株，荫可蔽日。清风徐来，披襟当之，快甚！遂共坐闲谈，出汽水饮之。未几，惺时从容徐步而来，盖卧醒而精神爽健也。则汶架快镜摄影。乡农大小六七人，咸来围观，宗墨招之坐，共摄入之。在此休息二小时，至五时，方由柴泉向东南行，经东村，松林高而密，风送涛声，鸟语时来，蝉鸣深树，此天籁也！至庙下，沿湖边向南，仰见土地庙，隐于古树间，树皆高大，松树有高逾十丈者，年龄皆百年以上。此外榉、柏、枫、杨、檀、栗、朴、榆、种类至多。登庙左山麓，即沿湖边曲折而行。大渎在土地庙以下，亦称庙渎，为马迹山南大港。形势险要，古来攻守重地也。大船驶入，可直抵大渎桥。若山北之古竹湾，则船只只能泊于口外耳。山中所产柴、米麦、蚕茧、杨梅，输出无锡。及无锡货物之输入，皆由此渎。登火石岭，在此望太湖，正对东、西洞庭山，西南可远望浙之湖州。火石岭下为点山，濒湖为西垭湾。有古银杏，在观音堂前，两株合抱，余与同人各展双手围之，大可六围。平斋在此握别，回柴泉。逾岭，即东垭湾。闻赵翼墓在此，以时促未及探访。登桃坞岭，岭颇高，有三折。顶有北极行宫，宫前湖面，有矗立之小山，曰笔山。东望则无锡之晖峤山也。自岭下，复登小墅岭，其下为小墅湾，有古橿树。相传宋初许姓所手植，共三株，今存其二，二株合一根，左右上出各十馀丈。此时红日西沉，未暇细观。幸月色甚佳，路径可辨。余生平所至各山多矣，至乘月夜游，此尚第一次也。登鸦鹊岭，而至大墅湾。自土地庙以东，每登一岭，必望见太湖。地势愈高，所见湖面，境界愈阔大。至大墅而益觉宽阔，且日暮起风，波涛汹涌拍岸，岸之逼窄处，径仅容足，各人鱼贯，懔懔前行。皓月渐上，清光映入波纹间，正如水银泻地，洸漾不定！登山望湖，至此最为痛快！忽见小舟，张帆近岸，为怒涛簸弄，首起则尾落，尾落则首起。宗墨云："此舟何来，得毋盗乎？"礼庭云："否，此渔舟也，乘涛取白鱼耳。"盖太湖白鱼，每随潮结队而至也。复逾对面山而下，至蓬坑。地低而洼，上覆茂树，不见月光。循田间小陌，缓缓而行，窄隘异常，偶失足则有堕水之虑。陌尽为小径，草深没踝，昏暗中，彼此不见，前呼后应而进，乃登窑荡岭。礼庭云："自此至檀溪，路较平矣。"檀溪以隐君泉而得名。泉出石壁，泻入石池，甘冽异常。相传宋邵协罢官隐此，故名。地又产茗，瀹茗品泉，食味独绝！余等择溪旁树下月光佳处，或椅坐，或席地坐，恣意欣赏。礼庭问村人："有佳茗否？"则曰："佳者已售罄，只有其次耳。"宗墨云："但担泉来，不需茗也。"泉在村后约里许。未几，村人担两桶来，即取而饮之。宗墨尽两杯，余尽一杯，甘生舌底，津津有味！礼庭云："马山杨梅，以檀溪产为最佳，因地当正东，得日光较多之故。"遂向村人购一篓，果然实大而圆，极其甘美，各取啖之，顷刻而尽。余齿素畏酸，多年不敢啖杨梅，昨今两日，必日尽数十颗，而齿无恙也。因嘱村人，明晨送十馀篓至区公所，以便携归。惺时明日必赶回上海，余乘此便，以红白杨梅各一篓，托带至家中。马山杨梅，每年销出价值万元，然不能经久，故销行不远。今得以二十四小时，藉惺时之便，运回上海，亦一有味之事也。礼庭向村人借一灯，导余等行，经栖云庵下，而登胜子岭。庵建于宋宝庆元年，隐蔽森林中。庵后有大榉树，前有桃园。胜子岭者，马迹东部之胜地也。右古竹，左檀溪，南对三冠嶂，蹬道皆乱石砌成，峻嶒曲折，夜行尤难！顶有小武当庙，亦称北极行宫。礼庭云："庙神最灵，村人有求必应，庙前石凳，不可坐，坐必获咎，平时村人担粪者，不敢过庙门，必绕其后而行。"然同人者已有溺于庙前者，闻之默然。余等在此稍憩，即由岭北下，杨梅成林，高当丈馀，拟明晨来此摄影，及回区公所，已十时矣。今日自西山绕至东山，往来步行，约四十馀里。雨亭习农，健步如飞，余所勿及！宗墨、则汶腰脚皆健，惺时稍逊，然态度闲静，初不觉苦。丁区长家中，具晚膳，礼庭作陪。各入饱啖，宗墨尤喜饮，雨亭不得已亦应之，辄尽一壶。及卧，已十二时矣。今夕蚊虫，较昨夕更猛，虽有蚊香，亦不退怯。诸君皆疲，鼾声大作。余则无论早睡迟睡，辄一小时即醒，蚊来，则以巾掩面避之。惺时秃顶光滑，无乱发障碍，蚊若以其易与而麇集之，迨天明，则红星点点满头矣！

七月六日。晨七时，吴君平斋来。八时，与宗墨等偕赴胜子岭杨梅林下。由则汶摄影毕，时村妇正摘取野杨梅。两日以来，则汶过杨梅树下，辄思摘食，宗墨以树有主止之，此次因平斋来，村妇识之，乃许则汶就树头摘食，则汶大喜。诸人亦各取数颗。

虽系野生，味极鲜美，与购买者不同！余等出门时，惺时言稍迟即来，皆以为昨日过于疲劳，托辞不出耳。乃未移时，又见惺时手摇蒲扇，大步而来，乃招之共啖，谈笑而归。早食毕，八时登舟。平斋、礼庭等，均送至古竹湾。开行时，一帆风顺。九时，已抵雪堰桥之万寿亭。对面舟中，忽有与雨亭招呼者，则区长丁稚圭也。乃共停舟，登万寿亭谈话。丁君必欲送余等至雪堰桥，谢之不允。乃告以雪堰桥市街污秽，一到即拟过汽船，不再停留，遂郑重握别而去。及抵雪堰桥，汽船早至，即登之。九时开行，及半途，机件忽坏，停轮修理。修后，行未久，又坏。于是屡停屡修，至午后三时，方抵戚墅堰。因惺时须回沪，遂在市楼午餐。餐毕，由宗墨导往刘氏花园游息。五时半，送惺时登车后，乘船返通成，已六时半矣。方停舟时，惺时等要求余各赠一联，余即口占，赠惺时云："倾盖汪伦，与子苏亭（通成同乐园中亭名）相见；扁舟范蠡，同游马迹归来。"赠雨亭云："殚心造林民所赖，健步登山我不如！"赠则汶云："废物成材娴漂染（则汶为通成漂染间主任，以油污脚花，漂成白絮），闲来筑舍畜鸡豚。"题通成纺织厂同乐园云："拓地数弓，劳资同乐；方塘半亩，鱼鸟亲人。"题园中苏亭云："出死入生，几以身殉厂；摩顶放踵，将永念斯亭！"宗墨尽瘁通成十年，己巳之秋，因积劳猝患伤寒几殆，缠绵半载方愈。回厂时，全体职工大慰。醵资建亭，以庆更生，苏亭之所以名也。

马迹山周百二十馀里，东西相距三十里，南北半之。若欲遍览全山，宜分两日：第一日游东部诸山，第二日游西部诸山。此行以惺时须限日返沪，兼程并进，以半日登三冠嶂，又尽一日之力，西至雁门，东达檀溪。然西之西青嘴，东之雄王嘴，皆未能到，所探胜景，仅十之六七耳！山中人口五千六百馀人，田二万二千六百数十亩。平均每人约占四亩。无大富，亦无游民。故山中有"富不过万，贫不讨饭"之谚。学校有公立者三所，私立者二所。学龄儿童一千一百五十二人。已入学者五百六十四人，不及百分之五十。地因四面环水，与他方隔离，风俗淳厚，人多土著，虽夜不闭户，亦无窃盗发生。游客戾止，无论识与不识，一见欢然，辄为导行。余等此来，如入桃源，印象甚深，故乡缺乏佳山水之观念，焕然冰释矣！既回沪，邮赠礼庭以联云："登山赖子为先导，夜月穿林送客归。"赠吴氏宗祠匾曰："三让遗风。"赠平斋联云："肝胆照人，豪气不输陈同甫；莼鲈款客，风味何如张季鹰。"赠稚圭联云："入山未逢，秋水伊人劳回溯；归舟相遇，旗亭留客不胜情！"

劳山纪游

　　劳山周围百馀里，距青岛市七十里，亦名牢山。顾亭林序黄侍御《劳山志》有云："秦始皇登此山，是必万人除道，一郡供张，四民废业，千里驿骚，于是齐人苦之，而名曰劳山也。"此言推原命名之意，比较得当。余于丁巳、壬戌、乙丑曾三至青岛，两次因船停不久，仅游全市。壬戌本拟登劳山，至观川台，土人传述山上有匪，亦未克游，心向往之久矣！癸酉之夏，乃约张君伯岸同游，而徐君培基，则自潍县来，约会于青岛。自沪至青，往返十日，游罢归来，记之如下。

　　七月二十五日晴。晨五时起，六时半赴实学通艺馆。七时张君伯岸雇汽车偕往虹口招商北站，登普安轮船。九时开行。一路无风浪，海风吹来，甚凉爽。余在舱面，饱吸空气，并尽日观毕《劳山志》八卷。志为明黄侍御宗昌所编。侍御系东林党，有节概，此志中多有寄慨之语。若论志书体裁，则殊欠翔实，不甚合也。晚间有雨，风浪较大，海中起雾，轮缓缓行，时时放气，以资警戒。九时即睡。

二十六日晴。晨五时起，气候甚凉，易夹衣，即至舱面行深呼吸。是日阅毕丁仲祜所著《肺病易愈法》。午后三时，抵青岛。伯岸之熟友东莱银行经理顾君逸农，明华银行经理张君绹伯，均在岸迎接。乃以行李交中国旅行社，而至利民饭店住宿。未几，顾君来，谈移时，导至东莱银行参观。今夕此间银行各行长，在青岛咖啡馆，欢迎上海来此商界要人，邀伯岸及余作来宾，余素性习静，不喜参加此等形式宴会，谢之。顾君亦不强，偕伯岸去。余独回饭店，预定游劳山日程。徐君培基及其弟裕基，于午后六时，自潍县赶到，决定明日一同赴山。余与徐君昆仲，偕往海滩栈桥观海。夜潮拍岸，凉爽如南方之秋天。栈桥者，逊清时甲午中日之战，我海军覆败，后李鸿章改就胶州湾，为海军根据地，故筑此桥，为海舰碇泊之所。名为桥，实一深入海中之码头，德人占据后，更用木接续建造，长至三百五十米。今市政府又斥资二十万，用水泥续建，并于堤端筑一亭，正对青岛。登此望海，最为爽豁，遂成青岛第一风景。回时购罐头食物。九时半洗浴，十时睡。

二十七日晴。晨五时起，徐君培基昆仲已来。进点心毕，即乘汽车离青岛市，向西北行三十里，至李村。又三十里，至九水。九水发源于劳山顶之巨峰，因柳树台之分水岭，分为北九水、南九水。北流较大，南流较小，此即南流者，通称则略云九水也。屈曲成涧，涧上有别墅，题曰观川台。石壁镌七律二首，为洪述祖手笔，今为日本妓所有，开设敷岛旅馆。昔洪氏为宋案匿居于此，欧战后青岛入日本之手，凡房屋地契交割，皆须在日领署注册。迨青岛交还中国时，洪已被戮，日总领事某眷一妓，遂倒填年月，伪造洪氏生前将此屋售与日妓之契据，在署注册，乃归此妓所有。述祖之子洪深，曾到此清理此公案，卒不能胜诉也。台后山峦层叠，石皆斜方形，间以绿树，有倪云林画意。沿涧行数转，过一石桥，曰弹月桥。再东北行十里至板房。停车，余与伯岸换乘肩舆，每乘规定每日价洋四元。伯岸鉴于去夏华山之游，步行甚苦，要余同乘。培基兄弟，则因到处作写景画，非步行不可。上坡，过竹窝村，丛竹稠密，下临清流。五里，到柳树台。先至劳山大饭店，店中经理栾君心圃，本胶济铁路职员，在此经营饭店（此地本德国大饭店及提督别署原址，日本攻青岛时，德国人自行焚毁。栾君刻苦经营已三年，劳山之阴，唯此为中国自营之饭店，馀皆外人所设也）。栾君为人，精干而有思想，为余等规定游山日程。余本拟先登劳山之顶，栾云："今日有雾，山上必雨，登临既不便，即强登亦不能望远。"乃决先游靛缸湾、北九水、骆驼头三处。余嘱店中，预备野外午餐四分，制好后即出门。向东北循观劳石屋大路而行，道旁有德国兵营，皆残破无人迹，亦德人自行焚毁者。二里许，至观劳石屋村。再折而东南行，林木蓊蔚，上蔽日光，涧水声喧，愈上愈大，逾涧中乱石，曲折践流而过。石皆圆滑，或蹲或立，大者如象，小者如巨卵，奔流循石罅急转，或垂直若带，或回漩如池。五里，至双石屋村，峰头有二石如屋，故名。涧中木石夹立，奔流到此，已成短瀑，长不过五尺馀，故呼为小瀑布。乡人支竹席于树荫下，设茶亭，坐而观瀑，胸襟为爽！自双石屋以上，石罅中短瀑，随处皆有。左右逾涧，虽仍履乱石而过，而涧之两旁，新筑石磴或高或下，皆甚整齐。五里，至石门峡。两旁有险峻山岭，对峙如门。中间巨石横卧，急湍乘之，如是者两重，故又称崖门。土人以其严肃可畏，讹为衙门，称前者曰大堂，后者曰二堂。崖尽处即鱼鳞口。再行里许，至靛缸湾。有瀑三节，可十馀尺，此即劳顶巨峰之水，自两岩之凹处，奔泻而下，名为鱼鳞瀑，汇而成半圆形之潭，作深碧色，故土名靛缸湾。自柳树台至此十五里。番禺叶恭绰于对面摩崖，刻"潮音瀑"三字。此瀑最大，合以下小瀑，流至保合桥，汇而为溪，则称北九水。其下流为白沙河，青岛市与即墨县之交界也。市工务局于瀑之对面崖上，新建石亭，尚未完工。登亭望之，则瀑之全身可见，其第一节最细，第二节较大，泐石成坎，自坎倒泻。第三节为最阔，而土人则于潭旁架木为亭，设茶座。时已午，余等即在此出携来午膳食之，且食且观，乐乃无极。忽有蒙蒙微雨，食毕，即止。一时，遵原路折回，至双石屋。向西北行，约三里，至北九水庙。自靛缸湾至此十里。庙在北九水之西，一老道居之。余乃往庙侧之小学校，见有男女学生六七人。教师为刘君绍杨，即墨人也。据云："系初级小学，学生三十人，不收学费，但收书籍费，不放暑假，惟减少教授时间，而放麦假、秋假，麦假两周，秋假三周。经费每年四百五十六元。附设民众学校，每晚讲授二时，每月经费十二元。"自此折回，至河西村，过段子岭。向西，路皆乱石，陂陀不平，乃下舆步行，攀石过涧，约半里，突见高峰斜锐侧出，如头仰空，即所谓骆驼头也。石纹却奇突，然不过一险峻之峰峦，而无足奇。自北九水至此，五里。斯时又雨，在岩下避之。再折回，过河西村，向北行，而至北九水。水自劳顶合诸峰之水，至此汇成大溪。岸周巨石，或横或立，老树成荫，两岸有茶亭多处，隐约林中，疏落有致。溪上本有保安桥，为水所毁。今架石通之，度桥向西南行，回至柳树台。因登台远望，台高四百四十公尺，四围槐树、枫树独多，而无柳树。舆人云："柳树台，乃下面之村名也。"今日往来计行四十五里。四时，回劳山饭店，盥洗啜茗。九时洗浴后，夜间大雷雨，声震瓦屋。

二十八日。晨七时起，以大雾漫山，恐未能出游，略为观望。舆人来，则云可行。遂于八时半出发，仍循观劳石屋北行，折西南至北九水，则与昨日所见大不同。溪水之大，已将石梁淹没。舆人赤足，再以两人左右扶舆过梁，水尚没及半身。急湍之声，远及数里。既而又渡一涧，至双石屋村，昨日所见之小瀑，已大至数倍。且各石罅中如此类之瀑，多至五六支。若再上至靛缸湾，其大更可想见。昔年在华山遇雨，得饱观瀑布，今劳山亦然，可谓巧矣！自双石屋向东北登峰，路极砠确，蓁莽蔽塞。下则涧流溅足，上则短松碍眉。其树之高大者，则荫蔽天日，如行黑夜中。

上坡下坡，曲折高低而达冈脊。舆人云："此名臭蒲涧。"由冈而下，绕行密林中约数里，远望石墙茅檐，隐于岩窝中者，即蔚竹庵。抵此为十时三十分。庵高五百八十公尺。其后倚高峰，左右冈峦，环拱若塘。山半有高大之森林，庵前修篁成丛。自庵左望岭脊缺处，涧水如断续白练，狂奔石罅而下，即所谓滑溜口也。庵建于明神宗万历年间，清嘉庆间重修。据闻劳山道家不同宗派者，只此一处云。庵中道士有五六人，客来烹泉进茶，但室内幽黑不洁，余等嘱其在天井中置座而饮之。自庵再东北上坡，皆无途径可寻，惟不规则之乱石，或圆而滑，或锐而角，有时流水没踝，攀登之艰，舆人喘汗，致失足颠蹶，余等时时下舆步行。树头水滴，足底泉流，衣履为之尽湿。至岭脊凹处，名滑溜口，高九百公尺。山高风烈，驻足不稳，云雾四合，对面不能见人。忽然雾开，沧海一角，突现眼前，即劳山湾之仰口。盖逾滑溜口，即自山阴翻过山阳，可以望海也。由口而下，峭岩陡削，不易着足，亦下舆步行，或扪危石，或践黄沙，逦迤以进。一时一刻，抵明道观。自蔚竹庵至此，通称八里，实不止此数。观建于唐代，新近修筑，其前有两大银杏，右边巨石，刻"明道观"三字。进门有客室三楹，至为精洁。道人苏姓，出为招呼，余嘱其蒸馒头，以为午饭，开罐头物食之。食毕，在正殿之左，遥望棋盘石，乃是对面山岭一斜方石，平卧侧出，相传两仙人在上弈棋，有樵夫在旁观之，及毕回家，则家人早故，已隔世矣。此等山头平石，到处多有，不过以神话而成古迹耳。二时三刻，从明道观后登峰，其路更艰。从陡削石跟，攀援而上，有石斜列，高至四五尺者，亦手足并用，猿猱以升。至岭脊，称棋盘北口，高八百八十公尺。自口下又见劳山湾。斯时雾消日出，海作蔚蓝色，小岛如螺，矗出海面。再上坡下坡，四时而至白云洞。自明道观至此，亦称八里。白云洞高四百四十公尺，清乾隆时明道观王真人来居斯洞。乃一横卧石，旁有两石支撑之，俨如厦屋。内供玉皇、太乙、老君三尊，入内异常清凉。后有古松，生于石隙，蟠屈如车盖，覆于洞上。洞左右有石崖，左名青龙，右名白虎。登青龙顶，可望劳山湾，道人云："此处观日出最宜。"以时晏不能久留，沿青龙崖侧石级而下，有横穴，题曰卧风窟。窟旁为地藏殿。洞所占地位甚仄，而势特秀美。洞外皆乱石错列，随山势高下，以达海边。而老松成林，枝干或上出如盖，或斜出如轮，或侧下如张网，间以竹林。盘山、黄山之松石，不是过也！从洞左上坡，处处可以见海。三刻至钓龙嘴，一岬略为方形，伸入海中，故名。青岛市工务局新绘市区全图作雕龙嘴，而《劳山志》雕作钓，似以钓为是。此处海面愈宽，大小岛屿错列，曰车门岛。再折而东南行，经钓龙嘴后，复向西南而至钓龙嘴村。村前新筑汽车道，此系海军司令提倡修筑。北接王哥庄，南抵太清宫。汽车自青岛来，可直达于此。过石桥后，折而西南，即登华严寺前盘道。道阔而平，两旁夹以大树，气象宏大。再上为曲径，夹以丛竹，益觉幽深。华严寺为劳山唯一僧庙，盖山中皆道观也。山门高处，因地势建藏经阁，内贮龙藏。阁前面海，可观日出。正殿不称大雄宝殿，特称那罗延殿，因对北面高峰之那罗延窟也。后为观世音殿，观音殿左精室三间，为客房，殿右为慈沾和尚祠。慈霑和尚，明末人，以那罗延窟，在昔为诸菩萨止息处，就故址修此寺，营殿宇、经阁、禅堂。后憨山大师德清，亦尝至此。寺中藏有憨山手书，登小金山妙高峰律诗八尺巨幅。余请寺僧出示之，问："尚有憨山未刻遗稿否？"答云无之。寺中四时花木皆备，有黄杨高三丈馀，二百年前物也。有僧办两级小学校，常年费二百元，教师一人，所收皆附近村童，不取学费。慈霑和尚塔院，即在小学之下。院门外有金鱼池二，长方形，以龙头引泉水喷入池中。观毕，至寺前华峰饭店，已七时半矣。余等今夕宿于此。每人每日房金一元，饭食西餐一元六角，中餐八角。店中无浴室。饭后以温水拭身，十时后睡。

附憨山大师诗：

独上高台眺大荒，飞来寒翠湿衣裳。一林寒吹生天籁，无数昏鸦送夕阳。厌俗久应辞浊世，濯缨今已在沧浪。何当长揖风尘外，披服云霞坐石床。

二十九日晴。晨四时起，至店右巨石顶看日出。适有黑云一片，遮蔽海面日出处，未能看得亲切，遂回。盥洗早餐毕，七时出发，循新筑路向西南行，一路观海，洪涛拍岸，如翻匹练。逾长岭，八时一刻抵黄山村，下临黄山口。三刻抵青山村，下临青山湾。自村后登岭。有涧水自石下泻，阔丈馀，若锡以嘉名，亦可称胜景。

就对面大石，坐观久之。再登岭，乱石崎岖，疑前无路。下而复上，遥望红瓦石墙，隐于绿树间。舆人曰："此明霞洞也。"及至洞下，竹径长里许，幽深曲折，行于绿云之中，虽日午连登数十石级，亦不觉热矣。洞高六百五十公尺。道人冯坚一肃入海岳真人祠，乃精室三间，遍悬书画。余等啜茗稍憩，道人以所绘八仙墩风景八幅见示。乃以小舟泛海，自太清宫起，历绘八仙墩之全景。八幅合而为一，笔势之秀，与岩石之奇相称！未几，馒头蒸熟，佐以四碟小菜供客，余等并出罐头品食之。午后，道人导观洞景。洞北山石镌明代孙紫阳真人行述。是洞开创于明代，真人乃明霞洞、白云洞、明道观之祖师也。洞亦与白云洞相类，乃大石横卧，旁支二石而成。清顺治年间大石自上压下，洞门陷没，故"明霞洞"三字，已离土不过一二寸，仅其右留一穴，名存实亡矣。道观构造为一字式，来时遥望红瓦作顶者为正殿。殿西另开一院，北屋向南，为观音殿。西屋向东，即海岳真人祠。院中花木繁多，凭墙外望，山光海色，皆收入眼底。一时，与道人别，由小径下，行于石隙丛莽中。约三里，抵上清宫，宫高一百九十公尺，建于宋，为云畾子刘志坚修真处，今仅旧屋数进，甚为萧索。宫前有银杏二株，高十馀丈，大可十围，二千年以上古树也。时雷雨忽至，遂入西偏客室暂避。雨止，寻邱长春真人遗迹，宫外西面浑元石上，有石刻绝诗十首，宫内东偏岩上，有青玉案词，皆真人手笔也。出宫南行，小径险仄，或逾石而过，或侧身由石旁悬下，或上危岭，仰则斜松横阻，俯则荆榛碍足，其路之难，较昨日白云洞至华严寺尤过之。遥望八水河瀑布，以时间不及，未能往。四时至海滨，是为太清宫湾。湾内筑石堤，长可数丈。堤畔就石上置灯，为停舟入港之标识。太清宫本名下清宫；上清在山上，下清在海滨，当是一家。今则上清贫而太清富，其规模雄阔，为劳山道观之最。宫前大道，阔四五尺，长及半里，两旁竹林，广可十数亩。行于竹径，与明霞洞前相似，但彼曲而此直耳。宫外有水泥所拓广场，为海军陆战队运动之所，盖陆战支队驻于此也。余等进宫后，道人张崇秀，导观一周。正殿题曰都会府。其前亦有银杏二，较上清为小。殿中供三官像，院内有耐冬树，高可二丈。东院为监院室及客房，西院为三清殿。院内耐冬一株，老干可合围，上分二枝，左右侧出，用木支持。道人云："此树名已见于《聊斋志异》，其古可想见矣。"又西为关岳殿，再西为三皇殿。院中富花木，而西院尤多。耐冬之外，有黄杨、牡丹、绣球。斯时复闻雷声，乃汲汲出观，西北行，已有小雨。及青山而雨遂大。六时，回华峰饭店，各人已淋漓尽致矣。恐受冷，各饮白兰地一杯。晚餐后，以温水拭身，八时即卧。是夕因连日劳顿，卧甚酣。

　　三十日。清晨五时起，七时出发。沿海边大道向东北行，经南洼至钓龙嘴。八时一刻，过仰口。仰口有新筑之战壕，当平津紧急时，此间水陆皆有防御工作，仰口为险要地。日本攻德时，支队即由此登陆也。复经长洼至石哥塔、小王庄。十时一刻，抵王哥庄。此处有市集，五日一集，今日正逢赶节。因路中无午膳处，在此地购馒头、汽水。市集在三官庙前，培基与伯岸往购物，余在庙西之修真庵前略徘徊，读庵前碑文，乃王重阳之传道处也。海军陆战支队，亦分驻于此。十一时，由王哥庄后小径向西南。过崖下、南山二村，遂登土阡岭，过马头涧。十二时三刻达岭顶。高三百二十公尺。余等在此处，出馒头、汽水、罐头物，共作野餐，以为人生一世，似此野餐，能有几次。然天若妒之，今晨出门即有雨，时作时止，及食甫毕，而雷雨大作。在此途中，前后十馀里，绝无人家可以暂避，不得不冒雨行。余服新制防雨布短衣裤，以为可无虑，然雨较昨日为大，卒不能御，竟连里衣湿透。急行回至劳山饭店，为午后二时。去湿衣，沐浴休息，晚九时半睡。

三十一日晴。晨五时起，出房外至庭中吸空气。王君鼎禹，同坐普安轮船来青岛，昨日亦到劳山饭店。一见余，即问是因是子否？其人颇学道，亦由道入佛，读过余之《静坐法》，卷端有照片，故见而知之也。王君闻余等将登劳顶，亦加入游团。七时一刻出发，由东北上坡，过松风亭。登岭，八时半至小劳顶，高八百公尺。至此稍息。斯时大劳顶尚隐于雾中，风吹雾散，忽然一现，未几又复隐没。由此下坡上坡，如是数次，至鹊崮岗，高八百十公尺。自冈而下，复上至煤石屋，再下至煤石东坡，高八百二十公尺。自此直登黄花顶，高八百九十公尺。其左有大石，矗立如门，右边石跟，有隙，阔尺馀，深约八九尺。余与培基侧身悬下，得一洞，高不过三尺，深广约二尺，对面石上镌"黄花洞"三字，人坐其中，外面不能见。相传明永乐帝起兵赴北平，经过此地，土人被杀几尽，惟有二人避此得免云。由顶左转，见双石柱对峙，高各十馀丈，俗呼秋千谷。再折而南，山岭大石数十，骈列如屏。由此下而绕上，方达劳山顶。顶亦名巨峰，高一千零九十公尺。今日柳树台并无雨，而山上则浓雾作小雨，时雨时晴。及将到顶，愈高则雨益大。顶巅有四五大石，下丰上锐，石旁有空，昔者德人曾杙铁柱，贯铁锁，俾便登临，今则无之。培基谓余能上否？余以手攀石尖，足插孔中，俯身而上，凡越三石，乃至绝顶。此处东南北三面，可望大海。西面俯看群山，远见即墨，惜乎今日大雾，惟茫茫云海而已！余自顶下，培基继上，余人皆不能也。雨复至，即匆匆下，已十二时。择一平石上，出携来西餐食之。顶下有泉，自石隙下流，为劳山最美之泉，以瓶取之，用作饮料，甘洌逾常，胜过冰水。食毕，雨又至。急由原路而返。二时半抵劳山饭店，整理行装。三时，店主栾君心圃，自驾汽车送余等回青岛。仍与伯岸宿新民饭店。洗浴更衣休息，晚十时睡。

八月一日晴。晨七时起，与伯岸至楼上十六号访王君汉强。未几，汉强复来谈天。渠为国货展览会事，即日须赴威海卫开会。徐君培基昆仲来。十时，偕出至鸿新照相馆，合摄劳山游侣一影，以作纪念。午后，偕伯岸往东莱银行访顾君逸农。余拟往观海水浴场，逸农以汽车陪余等往。至浴场，今日风浪较大，然中外男女入浴者，仍不少。技术精者，竟能跃入海水深处。复至海滨公园，余等即别逸农下车，在海滨游览。至六时半方回店晚餐，九时即睡。

二日先雨后晴。往明华银行访张君绸伯，伯岸欲观其搜藏古钱，渠出所藏，甚为美富，大概清代钱币，应有尽有。十时别回。十二时，顾君逸农以汽车来接余等至俄国饭店午餐。餐毕，仍以车送余等归。午后三时，与伯岸同往海滨，由栈桥东沿海行，至接收纪念塔。且行且赏海景，直至海滨公园、青岛水族馆。馆有听潮轩，在彼饮冰。时月已东升，步月而回，饭于万佛临素菜馆。至九时回店，洗浴，十时睡。

三日晴。晨七时，赴普安轮船，伯岸送余往。安顿行李毕，别去。少顷船主露出消息云：上海有飓风，今日恐不能开，已发电至沪局，三刻钟即有复电。后顾君逸农亦送客登船，船主已宣布改在明晨六时开行。于是客人纷纷登岸，逸农亦招我附其汽车而去。余至新民饭店，下车寻伯岸不见，遂独往第一公园游息，坐树荫下，饮劳山汽水，至十二时回船。午后，阅毕仲祜所著《深呼吸与身心之改造》。

四日晴。晨六时启碇。进黑水洋，有风浪。午后入黄海即平。是日，阅毕仲祜所著《生命一夕谈》。

五日晴。十二时船抵上海招商北站，一时返家。

诸暨苎萝山及五泄纪游

本年暑假，因酷热，迄未出游。拟俟秋凉，至杭、江一带采风，聊以自慰。八月之初，汪君仲长来谈，下月各校将开学，只有本月，尚有馀暇，不能再待矣。余亦以为然。决定八月九日首途。张君伯岸亦加入。目的地原定诸暨、江山、金华、永庆四处。卒以天气酷热，仅在诸暨留两日，江山留一日，未登仙霞岭，匆匆回沪。金华、永庆，当俟异日矣。

余等自沪动身，在杭州西湖清泰第二旅馆宿一宵，热度比上海为高，竟夕不能寐。昔有友人言西湖夏日如蒸鸭，诚然！翌日渡江，乘杭江车，半日即抵诸暨。旧友陆步青，既在杭州为之招呼，复函知诸暨农业学校校长许君子怡（兆恺），为预备住宿，情殊可感。适诸暨车站长吴君家钧，系交通大学毕业，为汪君仲长之弟子，邂逅相见，亲切异常。余等遂先至站中休息，遣人进城通知许校长。未几，许君来，即引导入城。遂分乘人力车进北门，吴站长亦随往。抵校。许君导至最后进大楼下休息。此校原系书院，后改中学，现遵厅令改初级农业。据校长云："中学时学生多至三百馀人，改农校后，少至数十人，盖社会观念，轻视职业之故。现拟迁至乡间，并开辟农场。"云云。余以今日不及赴五泄，而有半日之闲，不如就近先游苎萝山，一访西施遗迹。众皆赞成。

一、苎萝山

诸暨县治之主山曰长山，其最高峰曰白阳尖，故亦称白阳山。苎萝山者，白阳之支峰，特起于浦阳江畔者也。因西施在江畔浣纱，故有称此江为浣纱溪。濒江石厓，镌"浣纱"二字，相传王右军所书。余等乘人力车出南门，沿溪曲折而行，树木萧森，上蔽烈日，惜天旱，江水全涸，彻底砂砾，只有树荫，不见溪流，美中未免不足！江之左岸，有孤峰耸起曰金鸡山，顶有塔，为明万历十三年知县谢与思所建。山下有泰山庙，祀东岳。江之右岸，林木深处，小径通幽，由此即进苎萝山。有木牌坊，额为"古苎萝村"四字。再进即西施庙，距县城不过三里。庙貌甚新，中有西施塑像。正殿左右，各有偏屋，左曰北阁，右曰南厅。余等在南厅啜茗。许校长云："西施庙中之菜，为诸暨第一，可即在此晚餐。"遂先进炒面，随意游散，或卧或谈。仲长则携摄影机，摄西施像及山景。庙之对面，尚有洋楼三栋，系图书馆，惜无人管理，仅有工役一人在内看守而已。及晚膳，肴馔果精美，佐以醇酒，余与仲长共尽一壶。既醉既饱，于暮色苍茫中，步行返校。吴站长中途别归。是日午前后热至百零二度，晚间亦近九十度，又无风。校中虽尚比较清凉，然各人亦不能安睡。许校长谆嘱明日三时半起身，四时出城赴五泄。

二、五　泄

五泄山，在诸暨县西六十里，属灵泉乡。山峻而有五级，每级有峡，各有潭，潭水溢出，为峡所束，则激怒奔泻而下。其在东者曰东龙潭，在西者曰西龙潭。两潭合流，总名五泄溪。然惟东龙潭之瀑有五节，所谓五泄，似因此而得名也。

东龙潭

十一日晨三时半，许校长即来云："车已备齐。"即起身盥洗，进牛乳饼干。四时，乘惠民公司人力车出北门。四野昏蒙，满天星斗，张灯而行，斯时颇觉凉爽。五时，东方始放金光，彩霞层叠，红日将升未升，景状奇丽。行行复行行，经过陶山乡之十里亭、桑园、何村、大唐庙，而至草塔，计程二十五里。草塔为此间大镇，人口殷繁，其大族为赵姓。复行经五泉庵，越避水岭之麓，车道沿麓凿成，高低悬殊，故乘客须下车步行。此岭亦称第一峰，志称五泄有七十二峰，此其第一也。再经前杨横店，而抵青口。计诸暨至此五十里，人力车及此而止。再上即溪滩纵横，不能行车。向例游客皆换坐皮笼，昨夕许校长已托公司在草塔预雇竹舆，在此守候。许校长本拟陪同进山，余再三谢之，遂在此握别。八时，乘竹舆行，越数溪而过。方水大时，溪声激石，极为可观，今则因天旱，溪水全涸，但见乱石高低矗立于砂碛耳。抵夹岩寺，南北两岩夹峙，北岩高处有一洞，洞不甚大，内建小亭，岩下为寺，寺无僧人，有乡民管理之，煮茗款过客。再上则峰回路转，渐渐入胜。九时半抵五泄禅院，院地高二百八十公尺。唐元和三年，灵默禅师所建，名三学禅院。咸通六年，赐名五泄永安禅寺。寺僧食肉营生，不称住持，而改称经理。殿侧有客厅，额曰"双龙湫室"，系刘墉书。四壁悬书画，陈设尚整洁。余等下榻于东偏室内。因气候炎热，日午不能登山，乃在寺中游息。午饭后，各自安卧。直至四时，方出寺门，一僧为导，由寺左折西北行，里馀即至第五泄。瀑在悬崖泻下，阔可十馀丈，崖复凸出一角，使瀑势愈怒，其下则为潭。惜天旱瀑小，仅有一股下泻，亦无奔轰之势。于是绕瀑后之小径登山，石磴崚嶒，修竹夹道，道旁可俯视第三泄。再上升，复见第二泄。再上抵响铁岭之脊，测之，高四百四十公尺，此诸暨、富阳两县之交界也。由岭循小径而下，松毛覆途，滑不着足，攀藤扶葛，几于倾跌，乃至第一泄。泄水较大，然亦仅流于石隙间，未见汹涌，下为东龙潭，潭椭圆形，其深无底，水黑色，故亦称黑龙井。本拟沿第一泄而下，次第探二、三、四泄。但天气过热，仲长患头晕，伯岸则以肥硕不能行，余亦不愿过于冒险，遂止。循第一泄之上源登山，得一平地，宽广可数亩，曰刘龙坪，有刘龙庙。庙人烹茶享客，泉水与茶叶俱佳，伯岸购茶叶一包，余以水瓶贮水而归。循山后溪边行，至永丰亭，而仍遵来时原路，及抵寺，已昏黑矣。

西龙潭

西龙潭，在诸暨与浦江县交界。其水源不高，倾泻如散珠，滑而无声，四山环绕，石壁峭削，较之东龙潭之雷轰电掣，气象壮阔者，别是一种幽秀境界。自来游五泄者，恒不至西龙潭，大概有二因：一则为时间匆促，不暇兼顾；二则涧水大时，仅能至西谷口为止，不易上探龙潭。此次既天旱水小，余等乃决计往游。在五泄寺一宿后，于十二日晨六时，乘舆出寺向西南行，约里馀，即抵西谷。舍舆步入谷，朝曦虽升，而为深谷所蔽，殊觉清幽，与昨日之行于烈日下不同。然沿溪并无路，乱石突起，有高至寻丈者。或扪石隙以登，登而复下。或俯伏于此石，用足遥跨彼石，绝流而过。行至中途，见两峡对峙，中流巨石耸立，峡有两重，导者曰，此双龙门也，必从峡下攀扶石角而过。余乃先登，仲长继之，伯岸亦由舆人扶掖而进，然口叫"犯关"（宁波语）不已！有一独木，横卧溪流，伯岸坐其上，汲取溪水狂饮，为状至趣！仲长与余作俚语调之曰："渴饮溪坑水，倦蹲独木栏。行行三五里，处处叫犯关。"相与抚掌大笑！再上行，将至西龙潭，则两峡如锁。石角陡峻，不可登。其下则为急流。导者曰："至此可止矣。"余曰："既来此，相距咫尺，而不见龙潭可乎？"乃令舆夫之健者，从峡左试攀而过，余自度尚能为之，乃攀葛而上，侧其身俯伏以下，仲长亦鼓勇登，伯岸则不能从矣。乃与仲长阶至西龙潭边，久坐观之。瀑布之阔，约七八尺，从石崖泻下，与第一泄极似。惜亦因旱，只有涓涓细流。其下潭面则比东龙潭大数倍，而水清见底，故亦称白龙井。潭边高度，三百六十公尺。志称潭之上源两厓斗立，下开上合，形如窦，水自窦中出，仰视之，仅容一线，名一线天云。游毕，回寺，尚止十时半也。午膳后，仍乘舆至青口，换人力车返诸暨。在亭午烈日中，曝晒四小时半，头目昏眩，口鼻出火，几若中暑。而伯岸夜则露宿，昼抗炎威，若行无所事者，此其天赋有过人者也。

蒋竹庄先生访问记

赵君豪

蒋竹庄先生是爱护《旅行杂志》的一位，七八年来，为我们写过许多游记，这是读者和记者一致感谢的。

蒋先生是现代的旅行家，是现代的徐霞客，生平走了不少的路，游历了不少的名山大川，凡是对于蒋先生稍有认识的，都知道。在过去，蒋先生担任过教育行政官吏，建立许多功绩。近十年来，一直纵情山水，不肯为功名利禄所束缚了。蒋先生最感动人的，是谦和的容颜，淡泊的心情，每次和先生见面，畅谈以后，总不肯急遽告辞，先生诚挚恳切的态度，常给我以优美的印象。

这次去拜访先生，在一个炎夏星期日的午后。四点钟光景，下了一阵很大的雨，雨点稍小后，我恐怕失约，马上赶到先生家里。

寒暄了几句，坐定后又是大雨。我想，倘是我们是时在深山中，看雨看山，岂不更妙？

"先生是当代的旅行家，足迹遍天下，可以当之而无愧了。在国内走了许多地方呢？"我首先发问。

"足迹遍天下，是不敢承认的。我想想看，在国内，我到过江苏、浙江、湖南、湖北、江西、安徽、山东、河南、山西、陕西、河北这几个省，东三省到过奉天，还有广东也去过。现在引以为憾的，就是四川、云南、贵州、广西、福建等省，不曾游历过，不晓得将来还能够如愿以偿呢？"

"国外呢？"

"国外去的地方不多，仅仅乎到过日本、朝鲜、菲律宾。大连、旅顺，我们不能说是国外。"

我以为蒋先生游了这许多地方，生平这样喜欢旅行，必有他的动机，动机在什么地方，是值得我们研究的。这问题是很单纯的，先生的答复，是很有意思的。

我问："先生为什么喜欢旅行呢？"

先生的答复是："先兄克庄先生，是一位画家，山水很有功夫，年龄比我较长。我在幼时，常常看见先兄画山水，有莫名其妙的愉快。十二三岁时，格外觉得山水好，心里想将来一定做一个隐士，隐居在深山之中。我是常州人，住在常州城内，城内无山水，乡下也没有山水可看，我的幼年可以说没有游过什么山水。直到二十一岁，是民国纪元前十八年（前清光绪十九年），我到南京去乡试，那时当然没有火车，是雇了大船从长江去的。到此时，我方才看见了长江。后来船遇到了大风，栖霞山脚下黄天荡最险，就泊在山脚下守风，我方知道江行之险。到了南京，待试期间，我们跨驴骑马，到玄武湖、莫愁湖、燕子矶，这些地方去游玩，觉得很欢喜，但是还不晓得如何欣赏。后来从南京回常州，船过镇江，去游金山、北固山，这可以说是生平实行游山的第一次。"

"以后怎样呢？"

"以后就不行了。身体不好，有了很厉害的肺病，连半里路都不能走，于是不敢作游山之想。三十岁这一年，是壬寅年（前清光绪二十八年），专门养病，在家静坐了半年，大约静坐了三四个月的光景，很奇怪，小腹的气，冲开了后面的尾闾关，这样一来，所有的毛病，一朝解决（记者按：先生著有《因是子静坐法》，述静坐能治百病之功效）。我本不能走路的，但从此以后，体力甚健，又觉得有游山之望。"

我笑道："先生的游历生涯，将从兹始矣。"

先生小笑道："是的，让我慢慢说来。那时江苏有一个南菁书院，好像现在大学的研究院，是直接归学政管的。凡是岁科考在前数名的生员，统统调到南菁书院去肄业。书院里每月有月考，考第一的，奖八千文，我也是南菁研究的一人。后来到甲辰年（光绪三十年），南菁改为江南全省高等学堂，学科也变更了，添了许多科学，体操便是其中之一。许多学生大约总在二三十岁左右，很怕上操，惟有我很为欢喜。这一年暑假，我和一个同学将许多书籍装在小车上，我们便在烈日中步行，居然从江阴跑到常州，走了九十里，并且毫无倦意。"

我听了很为惊奇，同时我自忖，我绝对没有这样的本领，因问道："是一天走到的吗？"我心里想，蒋先生也许在路上宿一夜的。

"早上八点钟在江阴动身，下午四时就到了常州。"

"以后便常常游山么？"

"每年春秋两季，都动了游兴，时常结伴出游。"

"先生的游伴，是哪几位呢？"

先生慨然道："游伴是常常更换的，往年和我同游最多者，是袁观澜先生。袁先生是去世了。庄百俞先生现在不能走路。总而言之，去世者去世，退伍者退伍，现在只好与少年游了。"

"先生最有兴趣的游侣，是哪一位呢？"

"同游的都有兴趣，不过我常想到老友高梦旦先生。高先生的雅号是'无足游山'，这句话是形容高先生游山，非轿不行，无需乎两足。高先生的女公子君珊，是我的学生。大约在民国七年时，高先生在上海，君珊在北平当教授，我也在北平。有一次，我写信到上海，约高先生来北平游览妙峰山、滴水岩，信去后，被君珊知道了，就写信去阻止，说蒋先生能走路，父亲不可上当。高先生是妙人，将君珊的原信寄我，也不加可否。我马上再去信，说：'君不能陪我跑山，我却能陪君坐轿。'后来高先生果然来了，我们便坐轿同游，很为高兴，一时传为美谈。"

"先生游览的地方这样多，究竟以何处最为痛快呢？"

"最痛快是天台、雁荡之游。大约在民国七八年的时候，我们去雁荡的，一共四个人，就是张菊生、傅沅叔、白栗斋三先生和我，此游也有好笑的故事。我向来出门时，吃苦时真能会吃苦，舒服的时候却也喜欢舒服。我们这一行四个人，菊生最喜欢舒服，带了厨房，每顿吃大菜，又是大块头，不能走路。沅叔的走路本领最大，每到一处，走了不少的路。以上所说的是走普通的路，以下就要谈走险路了。"

　　"险路怎样呢？"

　　"天台山的石梁飞瀑，风景极美，但是也极险。上面两支瀑布，直冲下来，把石块冲为天然石梁，梁的下面，千军万马，浩瀚奔腾，实在骇人心目。石梁的两端，不过四五尺阔，背是拱起的，最狭处不过尺许。我们游历到这个地方，谁有胆量走过这石梁呢？从前徐霞客从石梁上走过去，也说是毛骨耸然。我们去的时候，刚巧下大雨，穿的是草鞋，瀑布是好看的。我看到这种壮美的风景，非走过石梁不可。我心里想，石梁总比家里门槛宽得多，小孩子在门槛上走来走去，不是和石梁一样么？我的一颗心，是非常宁静的，于是背了很重的雨衣，居然慢慢的走过了石梁，到了那一面，看见一座铜亭，中供五百尊罗汉。走过去不算，还要走回来，庙里的和尚，再三要搀扶我，我恐怕此扶彼倒，反为不美，坚决不要，又居然慢慢的回来了。这就是所谓走险路。"

　　我听了骇然！我不是佩服蒋先生的胆大，我佩服他有一颗宁静的心。

"拿石梁比家里门槛，这真是千古奇谭了。"我笑着说。

先生笑道："其实这是一样的。当时沉叔目睹了一切，非常佩服。后来他还作一首诗，说什么甘拜下风，他心雄而胆不壮呢。"

"后来怎样呢？"

"我们到天台时，雇了照相师，沿途摄取风景照片，就是商务印书馆所出的《中国名胜》。第二天，我们预备下山了。我想走过石梁不是快事，要坐在石梁上摄一个影，才算是快事，我又怕他们来阻挠我，我只得请菊生、沉叔等先行，说我还要指挥照相师摄几个风景画，他们方才去了。我果然如愿以偿，坐在石梁上大拍其照。"

蒋先生说到这里，同时给我一本画册，果然石梁上有人危坐，其下为万丈深渊，令人可怕，可惜原照不能翻印，不然，印在此处，倒很是有趣的事呢！

"先生多年前就游黄山，现在到黄山是很容易了。请说一点关于黄山。"

"我去游黄山，可算很苦了，那年游黄山，从上海坐船到大通上岸，先游九华，后到黄山，同游者是袁观澜先生。袁先生生平不曾到过黄山，听得我要去，他说情愿拼老命，也要去一趟。你晓得从前上黄山，绝对不能坐轿子，只凭两只脚。我们去的时候，共有九个人，上山的时候，只有六个人，到莲花峰去的时候，仅剩下四个人了。我们本来约定一个本地人去做向导，谁知这人陪我们到了黄山脚下，朝上一望，竟然一吓，就此回去，你想好笑不好笑呢？观澜先生是老了，当然不能多跑，也没有轿子坐，只好雇几名轿夫去搀扶他，居然也走到文殊台。我们连跑了三天，每天三四十里路，一共走了百馀里路。"

"现在一切都好了，路也修好了。先生何不再游黄山？"

"提起黄山修路，可以说分三个段落。最初一次是宜兴潘稚亮先生捐款兴修的，第二次是金松岑、储南强先生修的。第一次修紫云庵到文殊台。第二次修狮子林到天海。当时阎王壁、莲花峰一段未修，直到我们回到上海，观澜先生出力募捐，终把这一段修好。我并且还写了一篇修路的文章。现在游黄山的人，总是说这一段如何的好走，似乎毫无历史观念罢！"

"先生，画山水者，有南派北派的分别。先生游了南北的山水，觉得如何？"

"画山水者有所谓小青绿和大青绿的分别。小青绿的笔法，是非常淡雅的，大青绿是浓绿的。小青绿是南派，大青绿是北派。从前在幼年时代，也莫名其妙，现在看山，方体会到山水的意思。南方的山，非常秀丽，北方的山，很是雄壮的，果然分出了大青绿、小青绿的界限。画山水者，有一种笔法是皴法，所谓披麻皴、解纱皴、斧劈皴等皆是。我们看平庸的山，看不出什么皴法，但到了黄山，仔细一看，山上的石纹，果然是披麻皴、解索皴，和画上一样。至于北方的山，大概是斧劈皴居多。"

"先生，还有所谓'嶂'，是怎样呢？"

"提起了嶂，以雁荡山为最多。有云霞嶂、赤城嶂、铁城嶂等等。所谓嶂者，好像大城墙一样，是整块石屏，又高又大，可以有几十里长，并且山顶是整而平的。雁荡的云霞嶂和赤城嶂，石头多半是红的；铁城嶂完全是黑的。我们到了雁荡，方知道嶂字的解释。"

"五岳，先生都到过么？"

"惟有嵩岳不曾去过，因为到嵩岳太容易，并且听说有土匪，所以不去。袁观澜先生曾经去过，说嵩岳没有什么可以欣赏的地方。"

"五岳以何者为最好呢？"

"当然西岳华山了。华山固然顶好，同时也顶险。华山全山都险，凡是游历过的，大概可以知道的。不能走路的人，顶多游到青柯坪为止。我还记得当我们游华山时，诗人陈石遗，也去游山，第一日到青柯坪，住了一夜，第二天就下山去了。据说因为陈先生要做一首诗，才到华山去游览，这真是有趣了。华山一共有五个峰，稍稍能走路的人，大概到北峰而回，五峰全到者不多。和我同去的有俞剑华、徐培基师生，他们精壮的很，善于走路，一路写生，兴致极高。此外还有一位张伯岸先生，身体肥胖，不很能走路，比我们先上山，居然也走到北峰，伯岸本来想就此下山，后来遇见我们，也就加入同游。华山自青柯坪以上，都是逼直的铁链，一路抓住铁链爬上去，真不容易，后来我们决定目标，有进无退。惟伯岸叫苦，但终于游遍了五峰。山中最险处，是东峰旁边一座棋亭，俗名鹞子翻身，这个地方真是奇险，看着也吓煞人，伯岸竭力主张不让我去，但我终于去了。"

"是怎样险呢？"

"要从东峰到棋亭，必须两手抓住奇险奇窄的铁链，面向前，背负峭壁，直下二十馀步。然后翻转其身，用两手把住壁腹横悬之铁链，足尖踹进石间所凿之小孔，左脚换右脚，两手也逐渐前移。这横链长二三丈，横链走完，两壁间又有直垂之铁链，长约四五丈，从此链而下，再过两小山，终到棋亭。"

我听了，真觉得有些骇然！

我问道："先生竟有这样的胆量？"

先生笑道："我身体很轻，两手很有腕力，只要手用点力，身体就可以悬空了。我当时虽然到了棋亭，但是回来的时候，气力总觉不够。张恨水先生形容这一段路的危险，还有几句幽默的话，他好像说假使要寻死的话，何必到这个地方来呢？还有南峰后面的长空栈，也很危险，全是峭壁，旁边有栈道。两峭壁的中间，有悬空梯子数十级，沿峭壁栈道，有一个石洞，据说也无甚可观。我从棋亭回来后，轿夫劝我们到南峰去探石洞，我因为天雨，所以没有去，倘是天晴的话，说不定要去冒冒险呢？"

我说："万一不幸，铁链忽然中断了，怎么好呢？"

"惟有死而已。"先生笑了一笑。

"以上是华山，南岳衡山如何？"

"南岳衡山，一共有七十二峰，是最壮丽的山。上山一无危险，我和袁观澜先生去过的。最高的峰是祝融峰，峰顶房子是铁的，因为风大，瓦屋难以支持。祝融峰风云变幻，雨雨晴晴，一天不晓得好几回。在晴天的时候，从祝融峰远望，看见半山密密层层的云，我们便知道下面正在下雨，祝融峰实在太高了。"

"北岳恒山如何？"

"北岳恒山局面很小，只有一个主峰，风景不过如此。值得说的，是山脚有一个悬空寺。寺依山而筑，构造很奇，远望好像悬在空中。恒山也是风雨不时，我们去时，正是八月，坐在轿子里游山。轿夫一看，忽然说要下雨了，赶紧我们到悬空寺，果然轿子刚停好，大雨倾盆而来，片刻之间，水深四五尺。可是不到片刻，雨停了，水也退尽了，再继续我们的游程。恒山还有马，可以从山脚一直到山顶。"

"泰山的妙处呢？"

"泰山，去游的人是很多了。最好的地方是在山后的后石坞，风景很美，可惜没有去。"

"先生，还有什么地方可以见教么？"

"哦！四大名山如九华、普陀、五台，我都到过，惟有四川峨眉山没有去过。但是去也不难，不过要费点时间罢了。九华、普陀不必细讲，我觉得五台山气派很大，有东南西北中五峰。那年八月里到五台，已经下雪了。'胡天八月即飞雪'，想不到在五台即可看到。五台中以北台为最好，游历的人，应该在初夏的时候去，在这个时候，满山都是奇花异草。五台山山顶风大，仅有几个铁房子，壮丽的庙宇，都在山脚的。"

"先生游过宜兴两洞么？"

"提起了山洞，洞多莫过于雁荡了。不过雁荡的洞，都可以通光，其实并非真洞，不过两山相接，好像是洞而已。洞之最奇妙者，在南方当然要推善卷、庚桑两洞，在北方，大房山的云水洞，再好没有了。"

"云水洞我没有听见过。"我很忻然！

"宜兴两洞，还能通光，云水洞真是漆黑无光，非爬进去不可，肥胖的人恐怕爬不进，进去后莫测高深，要爬进几十步，才有点着落，顶好穿旧衣服去爬。我去的时候，带了一只水月电灯，可是无济于事，只照了几尺远，但是领路的人，深知内中黑暗的程度，点着十馀支尺大火把，才可以把里面看清楚。云水洞是洞里有洞，奥妙无穷。第三个洞，也名鹞子翻身，要人须先仰面将身子一直塌下到底一翻身就下去了。云水洞风景百馀种，多是石钟乳结成。第二洞有很高的白石，名'钟鼓楼'，领路者拿火把去敲击，果然发出钟鼓的声音，又有许多石头线条，排列得像筝，我们去弹，也发出筝的声音。还有菊花山、象驼宝瓶等，千奇百怪，闻所未闻，见所未见。最后一洞全是水，有十八尊罗汉，石片像幡一般似的从山顶挂下，真是伟大极了。后来我们从洞里爬出来时，仿佛黑夜乘凉，全身潮湿，尤其到洞口时，眼睛张不开。"

"上房山有这样的好去处，真是妙不可言。"

"这是地下，还有山上，上房山最高峰，是摘星坨，很难上去，所以一时，我们有'上天入地'的口号。我到云水洞后，回到北平，有一次到傅沅叔先生家里，在座七八个人，大家听我说云水洞的妙处，当时个个想去。但是后来只有沅叔一人去过，亦只到达第一洞而已。"

"这云水洞好像不曾听见过，也经过人工的开发吗？"

"不，不，志书上载的，大家一直知道的。这洞的好处，在乎石钟乳多，宜兴的两洞，也是一样，不过庚桑、善卷在平地上，而且有光。这个云水洞是往下趱罢了。"

我们谈了好久，我手不停挥的写，不知不觉地竟然两个钟头，朝屋外一看，雨也停了，太阳也出来了。可是蒋先生还没有倦意，我呢，当然不肯告辞的。

于是乎再问："先生，跑山当然不能穿皮鞋，但是布底鞋和草鞋是哪一种好？"

"跑山以布鞋为上，走险路还是草鞋好。"

"我想在中国旅行，所得到的是精神上的愉快，关于物质方面，衣不必谭，行也不必谭，食住两行，恐怕很苦罢！"我这样说。

"那当然啰！上次到黄山去，住的地方苦极了。可是我带了月宫帐，帐子是有底的，我到了污秽不堪的地方，就将月宫帐挂起，从圆门内爬进去，再把圆门一收，我就有我的小天地，什么也不管了。还有上五台山去，所住的客店，是一间泥地的草房，房外就是喂牲口的地方，人和牲口虽然不在一起，其实是相距咫尺，有时骡马探首入房，俨然和我打招呼一样。至于吃的东西，是油麦面，面粗如指，煮熟后放一些盐，每天十个铜元，便可以过活，我和仆人带了几升米，自己煮粥，吃下去甘美无比。诸如此类，真也说不胜说。我们谭了好久了，我还要告诉你旅行的道德，作为这次谭话的结束如何？"

"那是感谢极了."

"旅行道德，不是大问题，就是出外旅行，必须结伴，伴多了，意见也多，我的旅行道德，就是舍己从人，毫无成见。走路也好，坐轿子也好，人多固好，人少亦不妨。有这种精神，才可以始终同游，游得畅快。"

我们的谈话，到此告一段落。

蒋先生做的游记，实在不少，并且处处注重实际，依着他的指示，决不会吃亏，我再三劝他早日付印，蒋先生也很有此意。我想，在最短期内，我们可以读到现代不能比蒋先生再广博的游记。

这是极可称快的事。

握手告别时，我心里想，要周游世界，还是先周游全国。

图书在版编目（CIP）数据

蒋维乔游记 / 蒋维乔著；薛冰编 . —上海：上海三联书店，2020.7
（现代游记丛编）
ISBN 978-7-5426-6935-3

Ⅰ . ①蒋… Ⅱ . ①蒋… ②薛… Ⅲ . ①游记－作品集－中国－当代
Ⅳ . ① I267.4

中国版本图书馆 CIP 数据核字（2020）第 018118 号

蒋维乔游记

著　　者 /	蒋维乔	
编　　者 /	薛　冰	
责任编辑 /	程　力	
特约编辑 /	王　放	
装帧设计 /	鹏飞艺术	
监　　制 /	姚　军	
出版发行 /	上海三联书店	

（200030）中国上海市漕溪北路 331 号 A 座 6 楼

印　　刷 /	北京天恒嘉业印刷有限公司	
版　　次 /	2020 年 7 月第 1 版	
印　　次 /	2020 年 7 月第 1 次印刷	
开　　本 /	640×960　　1/16	
字　　数 /	161 千字	
印　　张 /	19.75	

ISBN 978-7-5426-6935-3/I · 1590

定　价：46.80元